Karen Vinot

Crampe à l'Hippocampe

ISBN numérique : 979-10-262-5284-9

EAN papier : 9791026252856

Librinova

Courriel : contact@librinova.com
Internet : www.librinova.com

AVANT PROPOS

L'Hippocampe, hôte fascinant des eaux tropicales et tempérées, étonne bon nombre d'observateurs avec sa silhouette chevaline. Mais l'hippocampe n'est pas qu'un intrigant poisson d'eau de mer, c'est aussi un élément du cerveau humain qui joue un rôle important dans la mémoire et la navigation spatiale.

1

Il faisait jour, un peu chaud. Elle se réveilla brusquement, envahie par cette désagréable sensation de ne pas avoir la moindre idée de l'endroit où l'on se trouve. Ce sentiment apparaît généralement à la suite d'un cauchemar et se dissipe au bout de quelques secondes. Mais après de longues minutes de trouble, la désorientation s'agrippait à elle comme un avare se cramponne à ses économies.

Elle observa avec attention l'environnement. Assise sur un banc, elle se trouvait au milieu d'un parc fleuri, au cœur d'un centre-ville. Elle cligna des yeux, encore et encore et regarda à nouveau autour d'elle : de longues allées en terre battue, des buissons d'ornement parfaitement taillés et plusieurs bancs identiques au sien étaient disposés çà et là. Ce décor plutôt accueillant ne lui était pas du tout familier.

Elle se leva pour atteindre la fontaine à quelques mètres d'elle. Appuyée sur le rebord, elle se passa un peu d'eau fraîche sur le visage, aspergeant au passage ses vêtements. Elle jeta un coup d'œil à sa tenue. Elle portait un jean bleu délavé, une marinière surmontée d'une veste en cuir et aux pieds, une paire de baskets blanches flambant neuve.

Le cerveau embué, elle essayait de rassembler les pièces de ses derniers souvenirs. Les plus récents remontaient à son repas de famille du dimanche. À moins d'avoir sévèrement abusé de la cave de son pépé, elle ne voyait vraiment pas ce qui avait pu la conduire ici.

L'amnésie perdurait, l'oppression grandissait, elle sentait la crise d'angoisse frapper aux portes de son esprit.

Elle se concentra sur sa respiration quelques instants pour enrayer le mécanisme avant qu'il ne la paralyse. Le combat remporté, elle fit quelques pas pour retourner à l'endroit de son réveil et essaya d'analyser la situation : elle ne ressentait pas de douleur, ses vêtements paraissaient propres, elle ne transportait aucun objet avec elle et ses poches étaient entièrement vides.

Une vieille dame se tenait sur le banc d'à côté, elle nourrissait les pigeons en souriant et s'adressait à eux comme s'il s'agissait de petits enfants à l'heure du goûter. Elle ne savait pas depuis combien de temps cette femme se trouvait assise là, mais peut-être pourrait-elle la renseigner.

— Excusez-moi Madame, je viens de me réveiller sur ce banc, j'ai dû faire un malaise. Avez-vous remarqué quelque chose ?

La grand-mère la regarda en plissant les yeux et en tendant l'oreille. Elle répéta sa question en augmentant le volume de sa voix.

— Désolée jeune fille, je ne me souviens de rien.

— Vous êtes certaine, pas même un détail ?

— Si, attendez, lorsque je suis arrivée un homme vous parlait, il a posé sa main sur votre épaule, puis il est parti dans cette direction.

De sa main tremblante, elle lui montrait une grande avenue avec beaucoup de circulation.

— Pourriez-vous me le décrire ?

— Mon mari était chauve comme un œuf, il s'appelait Simon.

La réponse fit naître un doux sourire sur les lèvres de la jeune femme.

— Pas votre mari Madame, l'homme que vous avez vu près de moi, de quoi avait-il l'air ?

— Oh il était grand, une belle carrure. Il portait un costume gris. Je dirais qu'il avait aux alentours de quarante-cinq ans.

— A-t-il dit quelque chose ?

— Je n'ai rien entendu, je suis sourde comme un pot !

Elle continuait de distribuer du pain aux oiseaux qui s'agitaient autour d'elle. Cette activité semblait la ravir.

— Une dernière chose, dans quelle ville sommes-nous ?

— Décidément, vous avez de drôles de questions, nous nous trouvons à Montpellier.

Elle salua la grand-mère puis s'engouffra dans l'avenue qu'elle lui avait indiquée, essayant de marcher dans les pas de l'homme au costume gris. Peut-être aurait-il été plus sage d'attendre sur le banc ? Peut-être allait-il revenir ? Cette situation était insensée. Au fur et à mesure qu'elle avançait dans cette artère, elle commençait à se convaincre qu'elle dormait. Elle se réveillerait bientôt en sursaut avec sa chienne Hydjie qui lui mordillerait les doigts de pied. Elle se ferait couler un grand café noir et le savourerait en repensant à cet étrange cauchemar. Elle se pinça très fort en fermant les yeux. Lorsqu'elle les ouvrit de nouveau, elle constata avec regret que rien ne s'était passé.

Elle marchait, l'air frais sur son visage l'apaisait. Elle plongea ses mains à nouveau dans ses poches, caressant l'espoir d'avoir mal fouillé et d'y trouver un indice ou mieux encore, son téléphone pour appeler à l'aide. Son espoir s'envola rapidement. Elle était dépossédée de tout bien matériel, une chance qu'elle ne soit pas toute nue !

Elle décida d'aller se ressourcer au bord du fleuve qui coulait non loin. Un coin de nature à l'écart de cette ville grouillante l'aiderait sans doute à canaliser son flux de pensées.

Assise dans l'herbe humide, elle commença par tester sa mémoire. Elle se souvenait exercer le métier de journaliste pour un quotidien local, en revanche sa dénomination et la ville dans laquelle il se situait lui échappait complètement.

Elle balaya les visages des membres de sa famille, ceux de ses amis, de ses collègues et rencontra le même blocage : aucun prénom, aucun nom de famille ne s'associait à ces physionomies. Elle visualisa son appartement jusqu'au moindre bibelot, mais elle n'en possédait pas l'adresse. Et si elle avait oublié jusqu'à son propre nom ? Elle prononça à voix haute :

— Je m'appelle Lydia…

Mais la suite ne vint pas. Elle répéta cette phrase plusieurs fois sans qu'aucun de ses essais ne soit concluant. Sa vision se troubla. Des larmes envahirent ses globes oculaires puis roulèrent le long de ses joues rosies. Elle ne comprenait rien à ce qu'il se passait. La tête dans les genoux elle ne luttait plus, elle pleurait à chaudes larmes, ressentant le besoin d'évacuer toute cette confusion. Qu'est-ce qui avait pu lui provoquer de tels troubles ? Que faisait-elle seule dans cette ville qu'elle ne connaissait pas ?

Un rayon de soleil attiré par la noirceur de sa veste, lui apporta progressivement une chaleur réconfortante, qui au fil des minutes, finit par tarir la vague de désespoir.

Elle éprouvait le besoin d'être dans l'action afin d'écarter les pensées angoissantes qui se bousculaient dans son esprit. Elle se confia la mission enfantine de trouver l'heure et retourna dans l'avenue. Elle y croiserait sans problème un passant capable de lui fournir l'information. Elle interpella le premier homme qui marchait dans sa direction.

— Monsieur, pourriez-vous m'indiquer l'heure s'il vous plaît ?

L'homme à qui elle s'adressait avait l'allure d'un gentleman anglais. Il sortit une montre à gousset de sa poche, écarta l'objet le plus loin possible de son visage et ferma un œil.

— Il est précisément 14 h 02.

Il rangea l'objet et continua son chemin. Avait-elle atterri dans une époque qui n'était pas la sienne ? Qui pouvait bien indiquer l'heure avec une montre à gousset en 2018 ? Elle prêta attention aux détails. Les voitures paraissaient modernes, bien que quelques spécimens antiques circulaient encore, les promeneurs pianotaient sur leurs téléphones portables dernier cri et des panneaux digitaux informaient les automobilistes et les passants des dernières promotions en vigueur. Tout semblait correspondre à l'époque dans laquelle elle avait vécu avant le trou noir. Elle poussa un soupir de soulagement. Elle avait juste interrogé un original.

Son état de santé la préoccupait. Elle n'avait jamais été sujette aux pertes de mémoire. Elle envisagea de consulter un médecin pour se rassurer quant à d'éventuels troubles physiques et surtout mentaux. Elle ne disposait d'aucun papier d'identité sur elle, pas de carte vitale, ni de mutuelle et encore moins d'argent. C'était le moment de sortir du tiroir ce bon vieux serment d'Hippocrate qui disait *« Je donnerai mes soins à l'indigent et à quiconque me les demandera. Je ne me laisserai pas influencer par la soif du gain ou la recherche de la gloire »*. Elle allait tenter sa chance. Il lui fallait encore trouver un docteur qui recevait cet après-midi. Sans téléphone portable, comment s'y prenait-on déjà ?

Elle marcha jusqu'à trouver un bureau de Poste. Trônait-il encore à l'intérieur ce bon vieil annuaire jaune ? Pour en avoir le cœur net, elle pénétra dans l'office. Elle aperçut le saint Graal dans un coin de la pièce. Dix personnes attendaient leur tour en file indienne. Bienheureuse de ne pas avoir à faire la queue pour réclamer l'objet de sa convoitise, elle s'en saisit. Qui aurait pensé qu'elle se servirait encore un jour de la version papier de cette bible des professionnels ? Et surtout qu'elle lui trouverait un côté rassurant, presque attachant. *Promis Mamie, je ne te demanderai plus jamais pourquoi tu continues à commander cet annuaire. Et même mieux, à mon retour, je monterai une association pour sa conservation !*

M. comme Médecins... Ah voilà ! Il y en avait à foison dans la ville. Comment s'assurer qu'ils consultaient bien cet après-midi ? Elle avait besoin de téléphoner. Les gens, coincés dans la file d'attente accepteraient sans doute de lui prêter leur mobile. Elle sélectionna une candidate potentielle à l'entraide digitale.

— Bonjour, j'ai oublié mon téléphone à la maison, j'ai besoin de passer un coup de fil, accepteriez-vous de me prêter le vôtre cinq petites minutes ?

La femme lui jeta un regard plein de suspicion.

— Je suis désolée mais je n'ai pas de portable.

— Ce n'est pas grave, je vais demander à quelqu'un d'autre, merci.

Lydia ne comprenait pas bien pourquoi elle l'avait gratifiée d'un « merci » puisqu'elle n'avait pas accédé à sa requête, les réflexes d'une bonne éducation en toutes circonstances sans doute. Elle aurait peut-être plus de chance avec ce jeune homme dans sa tranche d'âge, possédant probablement un téléphone au forfait illimité lui permettant de communiquer jour et nuit. D'ailleurs, il avait les yeux rivés dessus. Le sourire ravageur de la jeune femme en détresse aurait peut-être plus d'effet sur lui qu'il n'en avait eu sur la petite dame.

— Bonjour, excuse-moi de t'interrompre, je n'ai pas mon portable sur moi et j'aurais besoin d'appeler un ou deux numéros dans cet annuaire. Pour être franche je ne me sens pas très bien et je cherche un médecin qui consulte actuellement.

Le jeune homme lui sourit agréablement.

— Pas de souci. Sinon mon oncle est médecin, son cabinet

se trouve à quelques pâtés de maison d'ici. Si tu ne te sens pas très bien, je peux même t'y conduire en voiture.

Le visage de Lydia s'illumina, elle n'en attendait pas tant. Normalement, elle aurait décliné poliment l'offre, se demandant sur quel pervers elle était encore tombée. Mais la situation dans laquelle elle se trouvait ne lui permettait pas de refuser l'opportunité, elle l'accueillait même à bras ouverts.

— Ce serait vraiment gentil de ta part.

— Attends-moi sur cette chaise, j'ai un recommandé à envoyer, ensuite je te conduis au cabinet de mon oncle.

Ils sortirent ensemble du bureau de Poste. Un homme, vêtu d'un costume gris et particulièrement grand se tenait face au distributeur, il retirait de l'argent. L'idée qu'il puisse s'agir du personnage décrit par la grand-mère aux pigeons, lui traversa l'esprit. Elle devait lui parler.

— Comment allez-vous ?

— Excusez-moi mais est-ce qu'on s'est déjà croisé quelque part ?

— Oh pardon ! De dos, je vous ai confondu avec mon professeur de piano, toutes mes excuses.

Sa stratégie n'avait pas fonctionné, il ne l'avait pas reconnue, ce n'était pas lui. Elle courut après le jeune homme qui n'avait pas remarqué son absence, les yeux encore rivés sur son téléphone.

— Tu t'appelles comment ?

— Lydia, et toi ?

— Sébastien. Tu n'es pas du coin à priori ?

— Pas vraiment, je suis journaliste, je venais faire une interview ici et j'ai commencé à avoir des vertiges.

— Tu as mangé ce midi ?

— Non, car j'étais déjà en retard pour mon rendez-vous.

— Commence par manger un morceau peut être, tu verras si tu te sens mieux après. Il y a une épicerie à côté du cabinet, tu pourras t'acheter quelque chose.

— Bonne idée.

Sans le moindre sou en poche, il lui était difficile d'acheter quoique ce soit. Mais si elle lui avouait qu'elle n'avait pas d'argent, ou la vérité sur sa situation, elle craignait qu'il ne devienne méfiant à son égard. Sébastien lui ouvrit la portière et elle s'installa sur le siège passager. Elle remarqua la délicate attention du jeune homme. Elle se sentait plus détendue à présent, distraite par la musique et conduite par ce garçon bienveillant. Elle était presque déçue que le cabinet soit si proche, elle aurait bien passé un peu plus de temps en sa compagnie. Elle se sentait si seule dans sa sombre galère.

— Tu interviewais quelle personnalité de la ville ?

— Un boulanger pour lui demander son avis sur le sans gluten.

C'était la première réponse qui lui était venue à l'esprit ! Elle espérait qu'il ne connaissait aucun boulanger, ou qu'il ne soit pas du métier lui-même. Elle n'avait pas envie d'étayer son mensonge.

— Tu habites dans quelle ville ?

Mince la question qui fâche. Aucun nom ne lui revenait en tête. Elle regarda les panneaux sur le bord de la route et choisit la première destination qui tomba sous ses yeux.

— J'habite à « Toutes directions ».

Le jeune homme explosa de rire tandis qu'elle rougissait.

— J'adore ton sens de l'humour.

— Je vis à Alès et toi ?

Pas à Alès pitié !

— J'habite ici, à Montpellier.

— Et tu fais quoi dans la vie, à part sauver des demoiselles en détresse ?

— J'ai repris des études pour devenir instit. Mais à côté, j'ai un job alimentaire. Je travaille dans une supérette.

— Tiens, nous voilà arrivés. Il ne prend pas de nouveaux patients, dis-lui que tu viens de ma part.

— Merci c'est très gentil à toi. Au revoir Sébastien.

— Salut Lydia. Prends soin de toi.

Elle referma la portière et regarda son ami éphémère s'éloigner dans la rue. Le cabinet se situait dans un petit pavillon un peu défraîchi.

2

La salle d'attente était bondée. L'avantage c'est qu'elle se sentait moins seule. Mais combien de temps allait-elle patienter ? Elle ne ressortirait probablement pas avant la tombée de la nuit.

Elle attrapa un magazine et le feuilleta. L'atmosphère demeurait silencieuse parfois ponctuée de quelques quintes de toux. Lors des changements de patients, elle pouvait apercevoir le docteur. Il portait une imposante moustache et une paire de petites lunettes rondes façon binocle. Elle trouvait que ce type de monture donnait un air plus intelligent et le port de la moustache, un côté bourgeois et rassurant.

Elle cherchait à engager la conversation avec quelqu'un mais ne savait comment s'y prendre. Quel sujet aborder pour que la discussion ne retombe pas aussi sec ? Un petit garçon la regardait fixement. Il se tourna vers sa mère et demanda :

— Maman, pourquoi la dame n'a pas de sac à main alors que toi tu en as un très grand ?

— C'est parce que j'ai un petit garçon et que je dois emporter ses jouets pour l'occuper chez le médecin.

C'était l'occasion, elle devait la saisir coûte que coûte. Lydia avait horreur du mensonge, mais dans son métier il lui arrivait parfois d'y recourir pour la bonne cause. Dans la situation actuelle, il s'agissait d'un cas de force majeure.

— Je n'ai pas de sac parce qu'on me l'a volé ce midi.

— Doux Jésus ! s'exclama une vieille femme. Le voleur ne vous a pas malmenée j'espère ?

— Il m'a frappé avec son casque de moto derrière la tête puis m'a arraché mon sac à main. J'ai perdu connaissance. Je suis très embêtée, je n'ai plus de papiers, plus d'argent, plus de téléphone et des pertes de mémoires.

Et si ce mensonge, qui venait de sortir si naturellement, correspondait à ce qu'il s'était passé ? Lydia se toucha la tête machinalement, mais ne sentit aucune bosse.

La vieille dame s'indigna.

— C'est incroyable la progression de la délinquance dans cette ville. Vous avez porté plainte ?

— Je commence par le médecin et je me rendrai ensuite au commissariat.

— Bon courage Mademoiselle. Tenez, voici cinq euros pour vous acheter une petite douceur en sortant. Ce n'est pas grand-chose, mais cela vous fera du bien au moral.

Elle lui tendit le billet. Lydia était touchée par ce geste spontané et la perspective d'avaler un peu de nourriture ce soir.

— C'est vraiment gentil de votre part. Je mangerai un morceau de chocolat en pensant à vous.

— Maman, moi aussi j'aurai droit à du chocolat après le docteur ?

Des rires de bon cœur éclatèrent dans la salle. Un semblant de chaleur humaine réchauffait désormais cette pièce froide.

La salle continua de se vider jusqu'à ce qu'il ne reste plus que Lydia. Le médecin aux grandes moustaches passa sa tête par la porte pour l'appeler. Elle se leva et pénétra dans la salle de consultation.

— Vous savez que je ne prends plus de nouveaux patients ? Cet après-midi, les consultations étaient sur rendez-vous uniquement.

— C'est votre neveu, Sébastien, qui m'a conduite ici car j'étais prise de malaises.

L'homme lui adressa un regard qui l'invita à lui en dire plus.

— Mon histoire va sans doute vous paraître étrange. Je me suis réveillée en début d'après-midi sur un banc public. Je me suis vite rendu compte que j'avais des trous de mémoires. J'ai rencontré votre neveu à la Poste alors que je cherchais les coordonnées d'un médecin dans l'annuaire et il m'a conduite ici. Je n'ai pas d'argent pour cette consultation et pas beaucoup d'éléments pour vous aider.

Le médecin semblait surpris. En trente ans de carrière, il n'avait encore jamais rien entendu de tel.

— L'argent n'est pas un problème, je vais vous ausculter. Passez dans la salle d'à côté. Quel âge avez-vous ?

— J'ai trente-trois ans.

— Est-ce que vous avez consommé de la drogue, de l'alcool ou pris des médicaments ?

— Je ne me souviens pas, mais en temps normal je ne touche jamais à aucune drogue et je ne consomme de l'alcool qu'occasionnellement.

— Avez-vous subi un choc ?

— Je ne sais pas.

— Quel est votre dernier souvenir avant de vous réveiller sur le banc ?

— J'étais en famille, nous partagions un bon repas. Et après, c'est le trou noir.

— Vous avez des souvenirs de votre enfance ?

— Aussi loin que je puisse remonter, oui.

— De votre adolescence ?

— Oui.

— De votre vie actuelle ?

— Oui, en revanche, j'ai des difficultés à me souvenir des noms de famille, des lieux, des adresses et des numéros de téléphone, ce qui fait que je ne peux contacter personne de mon entourage pour me venir en aide. C'est très étrange, je ressens comme un blocage. Je visualise les visages, les endroits que j'ai l'habitude de fréquenter mais je suis incapable de les situer et de les nommer.

Le docteur sondait le profil général de Lydia avant d'entamer son examen. La jeune femme était de taille moyenne avec une allure élancée. Son teint frais, sa peau claire parsemée de quelques grains de beauté, ses longs cheveux bruns d'aspect sain et brillant, ses yeux noirs pétillants, son poids en rapport avec sa taille et ses ongles roses luisants ne laissaient présager aucun signe extérieur de mauvaise santé ou d'hygiène de vie douteuse. Elle ne présentait pas de tremblements et sa diction était parfaite. Il prit sa tension, un peu élevée en raison du stress qui l'habitait. Il testa ses réflexes, son équilibre et la réactivité de ses yeux dans le but de détecter un éventuel traumatisme. Il contrôla sa température puis examina son corps à la recherche de potentiels hématomes.

— Je n'ai rien décelé, votre état de santé est correct. Une analyse de sang pourrait compléter mon examen. Je veux bien vous faire l'ordonnance mais sans papier et sans argent, le laboratoire n'acceptera pas de vous faire les prélèvements sanguins. Une consultation neurologique pourrait peut-être vous aider. Essayez de vous rendre aux urgences. Je vous écris l'adresse.

— Est-ce que je peux avoir un verre d'eau ?

— Bien sûr, prenez un gobelet en plastique à côté de l'évier.

Le médecin lui tendit l'ordonnance.

— Merci pour votre aide, au revoir Docteur.

La lumière du jour commençait à décliner. Les urgences se présentaient comme une bonne option. Elle passerait la nuit là-bas.

3

Le bus était plein à craquer. Lydia adressa un bonjour poli au chauffeur et se glissa parmi les voyageurs. Coincée entre un chariot de courses et une valise, elle faisait le bilan de sa journée. La majeure partie de son temps avait été consumée par l'attente. Au bureau de Poste, les clients s'étaient armés de patience pour tenter d'atteindre l'unique comptoir ouvert, dans la salle d'attente du médecin les patients portaient bien leur nom, dans le bus à présent les usagers restaient confinés pendant la durée de leur trajet et un sort identique lui était réservé pour le restant de sa soirée à l'hôpital. Nos vies étaient-elles standardisées au point de nous retrouver tous au même endroit, au même moment ?

Le bus se stoppa devant l'entrée du bâtiment, elle se fraya un chemin puis descendit. Lydia n'aimait pas beaucoup les urgences, le simple fait d'évoquer ce lieu lui hérissait les poils sur tout le corps, elle redoutait l'agitation et avait une peur bleue d'entrevoir la moindre goutte de sang. Elle prit son courage à deux mains, pénétra dans l'enceinte et se dirigea vers l'accueil. Un garçonnet qui s'était ouvert le front hurlait. Sa mère essayait tant bien que mal de le calmer à base de bisous magiques. Le monsieur devant elle trépignait d'impatience et sa mauvaise humeur s'aggravait à chaque cri strident de l'enfant. Lydia se demandait si les baisers qui guérissent pouvaient aussi fonctionner sur un adulte ?

La place au guichet se libéra. Elle remplit comme elle put le formulaire tendu par la secrétaire médicale mal aimable, puis prit place dans la salle d'attente aussi bondée que celle du docteur à moustache. Lydia n'était pas en urgence vitale, elle risquait de patienter de longues heures, mais ce n'était pas un problème, elle préférait passer la nuit ici plutôt qu'à l'extérieur. Elle s'assit par terre faute de siège disponible et commença à se demander qui allait remarquer sa disparition en premier. Sa fidèle chienne sans doute, mais la pauvre bête n'allait pas lui être d'une grande aide. Ses parents et son manager seraient sûrement les premiers à s'inquiéter.

Lydia était une jeune femme bien entourée, à la vie sociale active, cependant elle vivait seule. Plus personne ne prenait soin d'elle au quotidien depuis qu'elle avait quitté le cocon familial. Ces instants de partage autour du dîner où chacun contait sa journée, ces longues soirées à jouer aux cartes ou à regarder un même film en riant ou en s'émouvant en cœur, lui manquaient cruellement. La société lui paraissait si paradoxale, à la fois capable de nous mettre en contact virtuel avec des citoyens des quatre coins du globe tout en raréfiant les échanges de proximité. Elle visualisa soudain la brutale transition de la fin de journée, entre la promiscuité imposée avec des masses d'inconnus dans les transports en commun et le soudain isolement, une fois passé le seuil de la porte du domicile. En ville, on connaissait à peine ses voisins et nombreux citadins passaient leurs soirées seuls, emmurés dans leur appartement exigu. Quelle tristesse de se retrouver en tête à tête avec son assiette de soupe. Elle se souvenait de l'immeuble à taille humaine dans lequel elle avait habité avec ses parents, lorsqu'elle fréquentait encore l'école primaire. La classe terminée, elle rentrait sereinement à pied, son cartable sur le dos. Dans le bâtiment de quatre étages, tout le monde se connaissait. Il était fréquent que les voisins se reçoivent, que les enfants du quartier jouent ensemble dans le parc. On se croisait régulièrement sur le palier, dans la cage d'ascenseur ou sur le parking, prenant des nouvelles des uns des autres. Pourquoi dans sa résidence ce contact n'existait quasiment plus ? Était-ce la taille des immeubles qui avait augmenté provoquant une trop grande concentration ? Ou bien le temps qui manquait et après lequel tout le monde courrait ? Les nouvelles technologies avec lesquelles nous passions tant de précieuses heures en tête à tête ? Le nombre croissant de célibataires et l'arrivée tardive du premier enfant ? Lydia se disait que les siècles précédents avaient connu bien des drames mais le mal de notre époque résidait dans le stress et la solitude et en ce moment précis, elle baignait dedans.

Un carambolage entre un car scolaire et un camion agitait les urgences dans tous les sens : traumatismes, membres cassés, crises d'angoisse, il fallait gérer tous les maux des enfants le plus rapidement possible. Les parents arrivaient au fur et à mesure dans la panique la plus totale, n'ayant pas d'information sur le pronostic vital de leurs chérubins. Lydia observait l'agitation. Elle portait une profonde admiration au corps médical : leur dévouement, leur réactivité, leur courage face à la souffrance, leurs conditions de travail difficiles, le manque de moyens et parfois de reconnaissance. Malgré tout, ils étaient là et se donnaient à fond pour sauver des vies.

Lydia n'était définitivement pas prête de passer ce soir. Épuisée par toutes les émotions qui l'avaient traversée au cours de cette journée, elle s'assoupit.

Elle fut tirée de son sommeil par un bel infirmier en blouse. L'horloge indiquait six heures du matin. L'auscultation et les examens ne révélèrent rien de plus. En raison de sa condition fébrile, on lui offrit un plateau déjeuner. Manger à l'hôpital s'annonçait comme le pire repas du monde, mais le ventre vide de Lydia fit remonter la cote du plateau en flèche.

Elle quitta les urgences, avec les coordonnées d'un foyer pour femmes en poche.

4

Lydia attaquait une nouvelle journée hors du commun. Perchée sur les hauteurs de la ville, elle s'accordait un instant pour admirer le lever du soleil. Dans nos vies trépidantes, emplies de lumières artificielles, nous oublions presque ce phénomène naturel, marquant inlassablement le commencement de chaque jour. Assise sur un muret de béton, elle regardait l'astre solaire s'élever et mettre en lumière la ville. Les ruelles et les habitations s'animaient. Malgré le contexte, elle savourait pleinement cette parenthèse inattendue. Que faire désormais ? Habituée à un agenda bien rempli, elle se plaignait souvent de n'avoir pas assez de temps. Jouissant d'une soudaine liberté, elle ne savait comment la mettre à profit. La nature humaine entretenait depuis toujours un rapport inconfortable avec le vide, son cerveau se mit donc rapidement en quête d'une occupation.

Un marché s'installait en bas de la colline. Les stands se montaient et les étalages commençaient à se remplir. Une opportunité de promenade se profilait pour la journaliste à la mémoire récalcitrante. Lydia avait toujours adoré les marchés, leurs odeurs, leurs couleurs, les voix puissantes qui s'entremêlaient, les visages souriants, ravis d'échanger quelques mots et de marchander quelques euros contre des produits frais. Elle allait se nourrir de cette ambiance et qui sait peut-être conclure une bonne affaire avec ses cinq euros de pouvoir d'achat.

Elle descendait la colline à grands pas. Dans les rues, déambulaient déjà quelques travailleurs mal réveillés, prenant le chemin du bureau. Leur mine semblait trop pâle pour cette fin d'été. Les bienfaits des quelques semaines de congés payés s'étaient déjà effacés. Elle se remémora sa motivation à la sortie de son école de journalisme. Débordant d'idées et d'énergie, elle pensait révolutionner le monde des journaux avec ses articles novateurs et sa plume aiguisée. Chaque matin, habillée d'un grand sourire, elle se rendait dans les locaux du journal régional qui l'avait embauchée. La première année avait été consacrée à l'apprentissage de son métier. Elle se devait de répondre aux exigences de son manager et laisser de côté ses idées. Malgré une légère frustration, elle demeurait une employée docile.

Au bout de deux années d'expérience, on la changea de rubrique. Plus autonome dans le choix de ses sujets, elle commençait à développer son propre style. Puis les perspectives de développement étant restreintes face à son grand appétit, elle décida de postuler dans un journal de plus grande envergure, plus moderne, plus percutant. Avec son bagage, elle fut engagée sans mal. Elle dut à nouveau prendre ses marques, faire connaissance avec sa nouvelle équipe, s'imprégner de leur mode de communication et du ton des articles. Tout ceci nourrit sa motivation durant les trois années qui suivirent. Elle ne vit pas passer le temps. Puis elle atteignit ce stade où l'on est confortablement installé dans son poste. On l'exerce avec beaucoup d'automatismes, le niveau de créativité commence à diminuer en même temps que le degré de motivation. Elle s'était alors posé la question de sortir de cette zone de confort pour apprendre de nouveau, retrouver l'envie tout en s'exposant aux risques que comporte tout changement. Elle avait investi dans un appartement, contracté un crédit qu'elle assumait seule et qui courrait encore sur vingt ans. Elle s'était construit un environnement chaleureux dans lequel se trouvait sa famille, ses amis, ses collègues, ses habitudes. Était-il nécessaire de chambouler cet équilibre pour retrouver un peu d'énergie et de motivation ? Elle y avait longuement réfléchi, pesé le pour et le contre, puis avait accepté un poste dans ce même journal avec un peu plus de responsabilités. Après tout, il s'agissait de la suite logique de sa carrière. Dans les faits, son travail quotidien changeait peu. Son salaire était meilleur. Elle jouissait d'un prestigieux statut social et d'un pouvoir d'achat au-dessus de la moyenne qui lui permettait d'être une fervente adepte de la société de consommation, de sortir beaucoup et de voyager vers des contrées lointaines. Mais malgré cela, elle se l'avouait sans honte : sa vie l'ennuyait profondément. Elle devait sans doute porter en sortant de chez elle, le même masque que ces gens qu'elle était en train de croiser de bon matin. Elle marqua un temps d'arrêt sur un banc du boulevard décidant de consacrer une heure à l'observation des passants.

L'emplacement avait été choisi de manière stratégique pour bénéficier du meilleur poste. Ce qui interpella Lydia en premier fut une sorte de déshumanisation générale. Il planait sur elle, l'impression de faire face à une armée robotisée. Les corps téléguidés progressaient sur les trottoirs comme sur un tapis roulant mécanisé. Leur allure était conditionnée par leur grand nombre. Certains, plus pressés que les autres, doublaient. Les deux tiers maintenaient la cadence, les yeux fixés sur leur smartphone. Certains souriaient face à l'écran, d'autres plissaient les yeux, ou encore pestaient contre la lenteur de la 4G. Rien ne semblait aller assez vite à leur goût : le réseau téléphonique, la vitesse de circulation, l'attente sous les abribus... Paradoxalement nous vivions dans l'époque la plus rapide que l'humanité n'ait jamais connue. C'était notre rapport au temps qui avait changé.

Lydia fut frappée par la diversité des moyens de transport. Sur une même voie circulaient des vélos, trottinettes, skate-boards ou encore monoroues. On retrouvait aussi les traditionnels engins motorisés : voitures, camions, motos, scooters, bus... Puis traversaient au milieu de tout cela, les simples piétons. Tous s'entremêlaient à des allures différentes, ce qui engendrait un joyeux bazar organisé et plusieurs accidents étaient évités de justesse.

Au milieu des humains robots, marchaient quelques groupes d'adolescents, des couples et des paires d'amis qui discutaient entre eux. Moins absorbés par le mouvement de foule, ils échangeaient des sourires et autres gestes complices. Lydia était rassurée, l'humanité n'avait pas complètement disparu de la surface de la terre de bon matin.

Entre 8 h 00 et 8 h 30, débutait le défilé des parents d'élèves accompagnant leurs enfants sur le chemin de l'école. Lydia focalisa son attention sur un père en costume cravate et sa progéniture. Le manteau de la petite fille était positionné de travers. Elle imaginait qu'elle l'avait enfilé rapidement, avant de mettre son cartable par-dessus et quitter le domicile à la hâte. Le petit garçon lui, affichait un air bougon, mal réveillé, ses cheveux étaient parsemés d'épis. Le père les tirait par la main les forçant à accélérer le pas.

Lydia portait pour la première fois de sa vie un regard critique sur toute cette agitation. Elle en avait fait partie, de nombreuses années durant, sans même s'en rendre compte. Un malaise s'installa en elle face à ce spectacle de gens pressés, stressés, qui couraient après on ne sait quoi. La majorité ne respirait pas le bonheur de se rendre sur leur lieu de travail. Mais pourquoi diable s'imposait-on un pareil quotidien ? Quelqu'un avait-il trouvé la réponse à la sempiternelle question : vivre pour travailler ou travailler pour vivre? Pourquoi s'interdisait-on d'oser prendre la voie qui nous rendrait heureux? Était-ce le fruit d'un conditionnement familial, culturel, social, tellement intériorisé qu'on ne s'en rendait plus compte? Et si l'on prenait quelques minutes pour se replonger dans nos rêves d'enfant et d'adolescent, comment envisageait-on notre avenir à cette époque insouciante, où tout nous semblait encore possible? La petite fille que Lydia avait été se voyait habiter à la campagne aux côtés de son mari, de leurs deux enfants et de beaucoup d'animaux. Elle voulait acheter une ancienne maison à retaper avec un grand jardin, le week-end venu, la bricoler en famille en riant et en aspergeant leurs salopettes de peinture. Elle s'était bien éloignée de son idéal, elle avait grandi et pourtant en y songeant, elle caressait toujours ce vieux rêve. Mais la pression de la réussite sociale, ses échecs sentimentaux et les barrières derrière lesquelles elle s'était inconsciemment retranchée, l'empêchaient de vivre pleinement sa vie, d'assumer ses propres choix. Si elle se sortait de cette situation d'amnésique errante, elle se promettait de repenser sérieusement à tout cela.

Elle quitta son poste d'observation et remarqua la présence d'un homme qui la scrutait discrètement depuis l'abribus. Son visage était à demi masqué par l'ombre de sa casquette noire. Lorsqu'elle lui adressa un regard franc, il fit mine d'être occupé à lire son journal, mais elle avait bien senti son regard posé sur elle, quelques minutes auparavant.

5

Lydia déambulait lentement à travers les stands. Elle se rechargeait en énergie positive au contact des commerçants dynamiques. Les couleurs vives des fruits et légumes de saison et les premiers rayons de soleil, la rendirent d'humeur plus légère.

— Quelques olives méditerranéennes pour l'apéritif de ce soir, Mademoiselle ? lui proposa un vendeur à la peau hâlée et à l'accent chantant.

— Non merci, pas aujourd'hui.

— Goûtez-les, elles ont un parfum exceptionnel cette année.

— D'accord, juste une alors.

Elle lui tendit sa main puis croqua dans le fruit huileux. En effet elle était délicieuse cette olive, elle en aurait bien acheté quelques livres si sa bourse le lui avait permis.

— Elle est excellente, mais j'ai uniquement de quoi payer ma baguette.

— Ce n'est pas grave, je suis là tous les lundis, tu repasseras ma jolie.

Il lui avait communiqué une information précieuse, nous étions lundi. Elle poursuivit son tour. La nourriture en abondance lui donnait faim, mais sans argent, elle ne pouvait rien espérer. Pas question de dépenser ses cinq euros, elle les gardait comme le plus précieux des trésors. Ils ne devaient servir qu'en cas d'urgence.

Une dame d'un âge certain, aux verres de contact épais et à la voix tremblante, l'interpella.

— Jeune fille, pouvez-vous me dire à combien sont les

figues ? Je suis sortie avec les mauvaises lunettes, je n'arrive pas à lire l'écriteau. À votre âge, vous devez encore avoir de bons yeux, pas aussi fatigués que les miens. Mon fils vient me rendre visite ce week-end et je voudrais lui faire de la confiture, il en raffole.

— Bien sûr Madame.

Lydia lui indiqua le prix.

— Madone, ça n'est pas donné ! Mais quand on aime, il paraît qu'on ne compte pas. Jeune homme, donnez-moi un bon kilo de figues, s'il vous plaît. Et vous m'en mettrez une supplémentaire pour la demoiselle.

— Oh merci c'est très gentil à vous, je suis comme votre fils, j'en suis très friande.

Lydia observa de plus près l'étalage de fruits et légumes du commerçant et s'aperçut que la marchandise n'était pas toujours de première fraîcheur. Il lui vint alors une idée.

— Je fais partie des restos du cœur et je me posais la question par rapport à vos fruits et légumes invendus et abîmés, qu'en faites-vous ?

— Je les donne déjà à une association, elle s'appelle les trois tartes solidaires.

— Bravo pour votre générosité !

Lydia était déçue. Elle pensait récupérer quelques fruits pour ce soir, les partager éventuellement avec d'autres malheureux dans le besoin, mais son plan avait échoué. Elle allait demander au concurrent, sait-on jamais. Mais sa tentative fut vaine, les tartes solidaires étaient visiblement dans la place. Changement de stratégie, elle attendrait l'association. Après tout, elle était dans le besoin, peut-être obtiendrait-elle un peu d'aide de leur part. Elle pénétra dans une grande librairie et tomba sur les journaux, ce qui lui permit de savoir que nous étions le 17 septembre 2018. Elle balaya les actualités, peut-être y trouverait-elle une photo d'elle en gros plan, accompagnée d'un article relatant sa disparition. Elle ne vit rien de cela et sortit de la librairie rattrapée par un profond sentiment de désespoir.

L'homme à la casquette était en train de faire quelques emplettes. Elle trouva la coïncidence étrange mais après tout, il avait le droit de faire son marché. Elle espérait qu'il ne la suivait pas. Elle développait la plus grande méfiance à son égard.

L'association arriva en fin de matinée. Trois femmes descendirent d'une camionnette rafistolée. La première se trouvait être la plus âgée. Sa chevelure grise et blanche, coiffée d'un chignon volumineux, tenait à l'aide d'une barrette en forme de colibri. Elle avait le visage doux de la grand-mère bienveillante. La seconde, avait l'allure d'une mère de famille dynamique. Elle portait des cheveux coupés court à la garçonne et un jean bleu très ample. Elle se rendit tout de suite auprès du commerçant pour discuter, sans doute se positionnait-elle comme le leader de ce trio. La dernière était une adolescente un peu nonchalante. Elle sortit du véhicule en traînant les pieds et se posta les bras croisés devant l'étalage. La grand-mère se rapprocha d'elle, lui prit le bras et lui déposa un délicat baiser sur la joue. Les trois femmes s'emparèrent des cagettes que leur montrait le commerçant, et chargèrent énergiquement leur camionnette. Lorsqu'elles eurent fini, Lydia s'approcha :

— Mesdames, excusez-moi de vous déranger, je m'appelle Lydia. J'ai vu que vous vous occupiez d'une association qui distribue de la nourriture et je suis temporairement dans le besoin. Est-ce que vous seriez à la recherche de bénévolat en échange d'un repas ?

La femme au chignon prit la parole.

— Enchantée Lydia, passez donc nous voir à partir de quinze heures, nous sommes situées au 8 rue des roses. Vous pourrez nous aider dans les préparations.

La camionnette s'éloigna. Lydia la regardait comme un

espoir de se sortir de cette situation.

6

Elle sonna, la porte du sas de sécurité s'ouvrit. Une femme en uniforme de police se tenait derrière le guichet d'accueil. Lydia s'avança.

— Je vous écoute.

— Je viens pour un renseignement, je voulais savoir si quelqu'un vous avait signalé ma disparition.

— Asseyez-vous, j'appelle un de mes collègues.

La situation était assez grotesque. Elle avait l'impression de passer pour une insensée auprès de chacun de ses interlocuteurs. Une journée s'était déjà écoulée et pas l'ombre d'un souvenir n'avait pointé le bout de son nez. Un homme en civil arriva dans le hall du commissariat et s'adressa à elle d'une voix grave et autoritaire.

— Vous me suivez, je vais prendre votre déposition.

Elle s'exécuta comme un soldat obéissant.

— Installez-vous.

Il lui désigna une chaise au coin de son bureau. La pièce n'était guère accueillante. Le mobilier rudimentaire avait plusieurs décennies au compteur. Le bureau esquinté croulait sous la paperasserie et les murs jaunis par le temps tombaient en décrépitude. La fenêtre étroite laissait passer un peu de lumière mais sa vitre dépolie empêchait de voir à travers. Si un annuaire jaune avait traîné dans les parages, il ne lui aurait pas fait le même effet qu'à la Poste.

— Je vous écoute pour les renseignements habituels : nom, prénom, date de naissance.

— Mon prénom est Lydia mais pour le reste, je n'ai pas mes papiers d'identité et j'ai des troubles de la mémoire.

C'est précisément la raison pour laquelle je suis ici.

— Dans quel but sollicitez-vous la police ?

— Parce que je suis perdue depuis plus de vingt-quatre heures, loin de chez moi et je venais voir si un membre de ma famille n'avait pas signalé ma disparition.

— Est-ce que quelqu'un aurait pu vous faire prendre quelque chose à votre insu ?

— Je n'en sais rien, je suis allée consulter aux urgences, ils n'ont rien décelé.

— Bon, reprenez depuis le début. Je vais prendre note et consulter le fichier.

Elle passa une bonne heure dans le bureau du fonctionnaire de police à lui expliquer son étrange mésaventure. Il tapa son rapport sur ordinateur et la fit signer. Il ne trouva aucune disparition signalée récemment qui correspondait à la jeune femme. Il lui demanda ses coordonnées pour la tenir informée s'il avait du nouveau. Elle communiqua l'adresse du foyer pour femme qu'on lui avait transmise ce matin, n'ayant rien d'autre à lui fournir. Il la raccompagna à l'accueil, dans une froideur des plus totales puis partit chercher la personne suivante. Son espoir dégringola à moins douze sur une échelle de dix. Personne ne la recherchait et la police n'avait pas l'air préoccupée par son histoire. Elle n'avait trouvé aucune aide, pas même un peu de compassion.

Afin de ne pas sombrer dans la déprime, elle prit immédiatement le chemin de l'association. Quelques pâtés de maisons plus loin, elle se trouva face au 8 rue des roses. Une pancarte sur le portail signalait le lieu et les horaires d'ouverture. Elle pénétra dans la cour intérieure, puis aperçut les trois femmes au fond de ce qui pouvait s'apparenter à un grand garage, d'une propreté irréprochable.

— C'est Lydia, vous m'aviez dit que je pouvais passer vers

quinze heures.

— Tout à fait, répondit la femme la plus âgée. Je me prénomme Marie-Rose, voici ma fille, Garance et ma petite fille Camélia.

— Oh ! Vous avez toutes des prénoms inspirés de fleurs !

— C'est exact, c'est ainsi depuis plusieurs générations.

Elle semblait très fière de cette originalité familiale.

— Je viens vous apporter mon aide, comme convenu.

— Bien, je vous explique. Nous avons récupéré ce matin les invendus et nous allons les transformer en quiches, tartes et soupes. En fin d'après-midi, les gens dans le besoin viendront s'approvisionner et nous laisseront en contrepartie le montant qu'ils souhaitent. L'argent collecté nous servira à acheter quelques ingrédients nécessaires à la préparation des plats et à couvrir les frais de la camionnette.

— C'est un joli projet solidaire.

— Merci, nous faisons ce que nous pouvons pour apporter un peu de notre aide aux gens qui traversent des périodes difficiles. Pour aujourd'hui, tu peux t'installer sur la table ronde et aider Camélia à éplucher les fruits et légumes.

— Très bien, je m'y attelle. Enchantée Camélia.

— Salut.

L'adolescente affichait une moue boudeuse. Lydia prit place sur la chaise. La jeune journaliste pensait aux moments complètement décalés qu'elle était en train de vivre. Elle se retrouvait à éplucher des carottes flétries au fond d'un garage, en compagnie de trois femmes aux prénoms de fleurs improbables, tout ceci dans le but d'obtenir de quoi manger ce soir. Elle en était désormais convaincue, on lui avait administré de la drogue dure en douce. Dans une heure, elle verrait débarquer des licornes magiques qui la reconduiraient chez elle au grand galop, crinières multicolores au vent et elle se réveillerait la tête dans une bassine en train d'évacuer tout le poison de son corps.

L'adolescente à l'allure rebelle demeurait silencieuse, Lydia tenta une approche de circonstance.

— Tu aimes cuisiner en dehors de l'association ?

— Non pas trop, je donne deux demi-journées par semaine, c'est déjà pas mal, le reste du temps je n'y touche plus.

— Qu'est-ce que tu aimes faire du temps libre qu'il te reste ?

— Je vois mes copines. Et toi tu cuisines ?

— Oui j'aime ça, mais j'ai peu de temps pour le faire car je travaille beaucoup.

— Tu fais quoi comme boulot ?

— Je suis journaliste.

— C'est cool. Et ça ne paye pas assez pour te nourrir convenablement ?

— C'est-à-dire que je n'ai plus de travail en ce moment.

— Ah d'accord, désolée.

— Pas de souci. Et toi, tu sais quel métier tu voudrais faire plus tard ?

— Non, j'aimerais faire quelque chose qui soit utile aux autres, mais je n'ai pas d'idée précise.

— Tu as sans doute encore le temps de réfléchir à tout ça avant de prendre ta décision.

— Oui encore une année, mais ça va passer vite. C'est super dur de savoir ce que tu veux faire quand dans ta vie tu as seulement été à un stage, durant ta troisième au collège, dans la seule entreprise qui voulait bien de toi.

— Je comprends. C'est sans doute une des décisions les plus structurantes de ta vie et tu as peu d'opportunités d'aller sur le terrain pour te rendre compte si ce métier va te convenir ou non.

— C'est à peu près ça.

Le reste de l'épluchage se déroula en silence. On entendait parfois Marie-Rose et Garance échanger autour des recettes, de l'assaisonnement ou encore du temps de cuisson. De bonnes odeurs se dégageaient des deux fours. Ces fruits et légumes destinés à la poubelle renaissaient de leurs cendres.

On commença à changer la disposition du garage afin d'accueillir les bénéficiaires des repas. L'association ouvrait ses portes à partir de dix-huit heures trente et les refermait deux heures après. Toutes les quiches et tartes étaient désormais en vitrine et la soupe dans de grandes marmites. L'association ne fournissait pas les récipients, les gens venaient avec de quoi emporter leur marchandise.

— Tu veux nous aider à distribuer les repas Lydia ? demanda Garance.

— Oui avec plaisir.

— Camélia, ma puce, tu es remplacée ce soir, prends une part de tarte et va réviser tes leçons pour demain.

— J'avoue que ça m'arrange, je n'ai encore rien fait pour mon interro.

L'adolescente enfila son sac sur les épaules avant de disparaître dans les escaliers.

Les premiers clients se présentèrent à l'entrée. Un couple très distingué et tiré à quatre épingles pénétra dans la cour. Ils ne semblaient pas dans le besoin. Ils demandèrent une bouteille de soupe, deux doses de lasagnes aux légumes ainsi que deux parts de tarte aux prunes. Ils donnèrent plusieurs billets à Marie-Rose en échange.

— Merci pour votre infaillible générosité.

— Nous raffolons de votre cuisine, vous le savez chère Marie-Rose. Depuis que vous avez fermé votre restaurant, c'est notre seul moyen de savourer encore vos bons petits plats. Et en plus nous contribuons à l'association. Tout le plaisir est pour nous.

Ils repartirent ravis, bras dessus, bras dessous.

Les seconds clients à passer la porte furent une mère et ses deux enfants. Lydia sentait la honte peser sur le dos de cette femme. Les sourires et les mots agréables de Garance et Marie-Rose n'y changeaient rien. Une fois leur panier bien rempli, cette maman désemparée et ses deux jeunes enfants quittèrent les lieux en toute discrétion, cédant leur place au prochain candidat. Un homme à l'allure et à l'odeur du sans domicile fixe en mal de douche pénétra dans le garage.

— Salut mes petites donzelles ! Pour ce soir ce sera un litre de soupe et un ch'ti canon !

Il souriait à pleines dents, exposant les trois incisives et les deux canines fragiles qu'il lui restait encore. Marie-Rose lui adressa un clin d'œil affectueux.

— Mon Maurice, je vois que tu as toujours la forme. Voilà ta soupe. Pour le petit canon, nous n'avons pas encore appris à faire du vin avec le raisin que nous récupérons, mais si tu as ce talent, prends donc quelques grappes.

— OK, je vais les mettre en bouteille au château.

Il riait. À chaque soulèvement de sa cage thoracique, Lydia s'inquiétait pour l'avenir de ses dents.

— À la prochaine mes beautés fatales !

Il franchit le seuil du garage en manquant de tomber à trois reprises.

Une quarantaine de personnes vinrent ainsi se ravitailler auprès de l'association. Lydia les avait toutes observées et avait fait le constat qu'il ne se dessinait pas de profil type. Ces hommes et ces femmes n'avaient rien en commun à part la misère financière.

— Tu as bien travaillé pour ton premier jour. Sers-toi donc à ta guise.

Marie-Rose lui montrait les copieux restes.

— Ce fut une riche expérience pour moi.

— Si tu veux revenir nous aider mercredi, la porte est grande ouverte.

Lydia serra la main des deux femmes et sortit du garage. Il faisait déjà nuit. Elle marcha un peu, puis s'installa pour manger son repas à la lumière d'un réverbère. Il est vrai qu'il ne s'agissait que d'une simple tarte salée mais elle était franchement bonne. Marie-Rose méritait amplement son titre honorifique de reine des quiches.

7

Lydia se retourna plusieurs fois, elle se sentait suivie. La rue demeurait sombre et déserte. Un frisson lui glaça le sang, elle accéléra le pas. Sa paranoïa ne la quittait pas. Au croisement de deux rues, elle crut apercevoir l'homme à la casquette. Psychose ou réalité, elle était fatiguée et ne savait plus faire la différence. À bout de souffle, elle arriva devant le foyer. L'entrée était surmontée d'une enseigne lumineuse rectangulaire, sur laquelle on pouvait lire « Foyer d'accueil » en caractère d'imprimerie rouge cerise. Lydia n'aurait jamais pensé demander un jour l'hospitalité à ce genre d'établissement. Elle se trouvait très gênée à l'idée d'y entrer mais la simple pensée de passer la nuit dehors avec l'homme à la casquette à ses trousses, lui fit franchir le pas.

Il n'y avait personne à l'accueil. Lydia posa ses mains sur le comptoir usé et attendit. Elle entendit deux femmes se disputer au loin et une troisième essayant de les calmer. Au bout de quelques minutes, une dame vêtue d'une blouse comme dans un hôpital, s'assit sur la chaise haute du bureau d'accueil.

— Bonsoir, vous avez besoin d'un lit ?

— Euh... c'est-à-dire que oui... Je n'ai aucun endroit pour passer la nuit et on m'a donné l'adresse de ce foyer.

— Vous avez de la chance, il m'en reste un.

Cette nouvelle réjouit Lydia et lui fit le même effet que si elle venait de remporter une croisière dans les îles.

— Venez, je vais vous faire visiter et vous expliquer le fonctionnement des lieux.

Lydia suivit la femme qui s'était enfoncée dans un corridor étroit. La lumière d'un néon en fin de vie clignotait bruyamment. Le grésillement et les flashs de lumière accentuaient le côté lugubre de ce long couloir.

— Ici ce sont les douches, voici votre kit journalier de toilette.

Les sanitaires étaient rudimentaires. Lydia sentait l'odeur de sa propre transpiration. Cette douche lui ferait le plus grand bien.

— J'aurais besoin de laver mes vêtements.

— Il y a une buanderie, c'est la porte en face.

La femme s'enfonça dans un autre corridor.

— Ici c'est la salle de vie et le réfectoire. Vous y trouverez un micro-ondes et de quoi vous installer. Il y a un peu de vaisselle à disposition, des éponges et des produits ménagers pour laisser les lieux propres.

La pièce était meublée de tables et de chaises toutes dépareillées. Trois femmes se tenaient attablées, elles dînaient. Les murs tapissés d'affiches communiquaient les noms de différentes associations et des numéros d'aide.

— Je vais vous conduire à votre chambre.

Lydia espérait que l'endroit serait propre et que ses colocataires se montreraient accueillantes.

— C'est ici, le lit disponible est en haut à droite. Vous êtes quatre dans cette chambre. La règle c'est de se respecter les unes les autres. Voilà, la visite est terminée, en cas de besoin, je suis à l'accueil toute la nuit. Le centre ferme ses portes à 8 h 30, pour les rouvrir à 19 heures.

Lydia adressa un bonsoir timide aux trois autres femmes allongées dans leurs lits. L'une d'entre elles se retourna sans répondre tandis que les deux autres la saluèrent. Elle quitta la chambre pour se diriger vers les sanitaires. Lydia prit une bonne douche chaude. La chaleur sur sa peau s'avérait relaxante. Elle resta longuement sous cette pluie à quarante degrés, le regard fixé sur le carrelage aux joints noircis et laissa éclater quelques sanglots. Elle s'enveloppa dans sa serviette, lança sa lessive, puis retourna dans sa chambre. Elle aperçut le visage de celle qui ne lui avait pas dit bonsoir tout à l'heure. Un frisson de terreur traversa Lydia. Cette femme avait été battue, sa figure était couverte de plaies tuméfiées. Lydia, la boule au ventre, grimpa dans son lit. Elle devait attendre que la machine à laver termine son cycle avant de se coucher. Elle s'adressa en chuchotant à la jeune femme qui lisait.

— Est-ce qu'on peut trouver des livres ici ?

— Oui dans la salle de vie. Je viens d'en finir un, je ne l'ai pas encore rapporté, tu le veux ?

— Oui merci.

Il s'agissait d'un roman policier. Ce bouquin ferait bien l'affaire pour tuer une heure.

Après sa lecture, Lydia se dirigea vers la buanderie et récupéra son linge. La femme qui était venue à l'association avec ses deux enfants se trouvait là. Lydia lui fit un sourire. Elle le lui rendit très timidement puis se tourna vers sa machine à laver. De retour dans sa chambre, elle étendit ses vêtements sur le radiateur et monta se coucher. Malgré la fatigue, elle eut beaucoup de mal à trouver le sommeil. Elle pensait à sa famille, son chien, son appartement et même à son ex. Elle se demandait comment elle allait se sortir de cette galère.

Au petit matin, les premiers rayons de lumière la tirèrent de sa rêverie. Elle mit un court instant à se remémorer l'endroit dans lequel elle se trouvait. Elle descendit discrètement de son lit superposé, prit ses affaires encore humides sur le radiateur et alla se vêtir. La sensation du linge froid sur la peau était fortement désagréable. Elle se rendit dans la salle de bains pour mettre un coup de séchoir sur tout ça.

Une joyeuse cacophonie résonnait depuis la salle de vie. Lydia se dirigea vers l'écho des bavardages. Elle franchit la porte et fut interpellée par une femme à la peau très noire, qui contrastait nettement avec sa blouse blanche de service.

— Venez prendre le petit-déjeuner. Je viens d'apprendre que j'étais grand-mère, j'ai ramené les croissants pour fêter ça.

Lydia s'attabla avec les cinq autres convives. Les visages de ces femmes étaient marqués par les épreuves de la vie, mais ce matin, toutes partageaient le bonheur de cette nouvelle grand-mère et le plaisir de savourer un croissant au beurre et une boisson chaude, ensemble. Elles parlaient des nourrissons. Les bébés avaient ce pouvoir de rendre heureuses la plupart des femmes. Et le sujet de conversation était intarissable. Toutes racontaient leurs souvenirs et leurs anecdotes. Il n'y avait plus de gêne à se trouver dans un foyer, dans une situation difficile. Les barrières étaient tombées, seul ce moment de partage comptait. Cette scène était belle à voir. Lydia aurait bien pris sa plume pour la transformer en article de journal poignant. La petite festivité terminée, chacune retourna à son quotidien.

Lydia repassa par l'accueil et demanda si elle pouvait conserver son lit pour ce soir. La réceptionniste acquiesça. L'armoire des fournitures était grande ouverte, la journaliste en profita pour quémander un stylo et un cahier.

À la sortie du bâtiment, Lydia se trouva totalement éblouie par la luminosité. Le foyer était plutôt sombre et ses yeux mirent plusieurs secondes à s'adapter à cette brutale transition. Un flash lui traversa l'esprit. Ses neurones semblaient lentement se reconnecter les uns aux autres. Tandis qu'elle s'efforçait de recoller les morceaux de sa mémoire capricieuse, elle sentit une main se poser sur son épaule. Saisie de surprise, elle se retourna brusquement et aperçut le visage de l'homme à la casquette noire.

8

Prostrée devant le foyer, les yeux dans le vague, elle tenait un cahier dans sa main droite et un stylo dans sa main gauche. Son regard faisait des allers-retours entre ces deux objets. Elle venait d'avoir un blanc. Sa tête tournait, elle se sentait désorientée, comme lors de son réveil sur le banc. Elle retourna à l'intérieur du foyer et se dirigea dans la pièce de vie. La cafetière contenait encore quelques gouttes. Elle se servit une tasse avec beaucoup de sucre et la but d'une traite. La femme de l'accueil pénétra dans la salle et indiqua à Lydia qu'elle allait fermer les portes. Elle devait quitter les lieux dans la minute qui suivait.

La jeune femme encore fébrile se tenait stoïque dans la rue, devant les portes closes de l'établissement. Elle faisait le point. Elle se retrouvait sans domicile fixe et journaliste en arrêt involontaire. Elle possédait de quoi écrire. Cette combinaison peu banale lui inspira une idée pour occuper sa nouvelle journée. Elle irait à la rencontre d'un sans-abri pour rédiger son portrait.

Son objectif en tête, elle se mit en route à la recherche d'un candidat. Elle cibla une rue commerçante, terrain propice pour faire la manche. Elle passa devant les vitrines du chocolatier, de l'opticien, du marchand de chaussures, sans tomber sur le moindre spécimen à interviewer. L'odeur du pain frais pénétra ses narines et la guida jusqu'à la source. Un homme se tenait assis près de l'entrée de la boulangerie. Elle se pencha sur lui en signe de salutation. Il la regarda d'un air ébahi et s'adressa à elle avec un fort accent slave. Elle tenta d'engager la conversation mais l'homme lui fit comprendre qu'il ne parlait pas français. Elle poursuivit sa quête.

Un peu plus loin, elle tomba sur un SDF, coiffé d'un bonnet rouge. Son sac à dos usé et son duvet se tenaient posés à côté de lui. Il était en conversation avec un centre d'hébergement d'urgence. Il raccrocha frénétiquement et traita de tous les noms d'oiseaux la personne avec qui il venait de s'entretenir. Il s'aperçut de la présence de la jeune femme qui l'observait avec insistance. Il la fusilla du regard :

— Qu'est-ce qu'elle regarde celle-là ? T'as jamais vu un clochard de ta vie ?

— J'attendais que vous finissiez votre conversation. Je ne voulais pas vous offusquer. Je suis journaliste. Je souhaitais faire un article sur un sans-abri...

— Écoute ma mignonne, je ne suis pas un animal de foire, alors va faire tes conneries ailleurs.

— Désolée de vous avoir importuné.

Il répéta les propos de Lydia avec un air moqueur. Elle pressa le pas pour s'éloigner au plus vite de ce malheureux qui avait été fort désagréable à son égard. La quête du bon profil pour son interview semblait tout à coup plus difficile que prévu. Elle essuya encore deux refus. Lydia était tenace. Lorsqu'elle avait décidé d'entreprendre quelque chose, elle ne se laissait pas décourager aux premiers obstacles.

Elle l'aperçut soudain. Assis sur un carton posé à même le sol, il fumait sa pipe. Le bec se perdait dans sa barbe dense, d'un blanc parfait. La rugosité de sa peau rougie contrastait avec le bleu doux de ses yeux. Il portait une casquette de marin, similaire à celle du capitaine Haddock et des chaussures bateau. Son petit chien dormait à côté de lui. L'animal ressemblait plus à un toutou d'appartement qu'à un corniaud de rue. Malgré sa condition, il se dégageait de cet homme une certaine élégance. Lydia fit un pas en sa direction.

— Est-ce que je peux vous offrir un café à la place d'une pièce ?

Il fut surpris par la question et resta silencieux quelques secondes.

— Ça fait tellement longtemps que je n'ai pas pris le café avec une dame, j'ai perdu les bonnes manières vous savez.

— Pas besoin de manières, ne vous en faites pas.

— Déjà il me semble que ce sont les hommes qui invitent ces dames à prendre un café et non l'inverse. Est-ce que les coutumes auraient déjà changé ?

— Je crois qu'il n'y a plus vraiment de codes de nos jours.

Il se leva et prit son chien sous le bras.

— Dans ce cas, allons donc nous installer à la terrasse d'en face.

Lydia était enjouée d'avoir enfin réussi à se créer une opportunité d'échanger avec un sans domicile. Cet homme paraissait poli et charmant, ce qui le rendait d'autant plus intrigant. Ils prirent place autour d'une modeste table et un serveur ne tarda pas à arriver. La présence du clochard dans l'établissement semblait le déranger quelque peu mais il prit poliment la commande.

— Jeune fille, comment vous prénommez-vous et en quel honneur m'avez-vous proposé ce café ?

C'est lui qui menait l'interview pour l'instant.

— Je m'appelle Lydia. J'avais du temps devant moi aujourd'hui et j'ai eu envie d'en faire quelque chose de particulier comme échanger un peu de chaleur humaine.

— C'est une démarche peu banale en effet. C'est mon jour de chance alors on dirait.

Il lui adressa un clin d'œil et but une gorgée de son café noir.

— Comment s'appelle votre petit chien ?

— Facteur.

— Parce qu'il adore la livraison du courrier ?

— On pourrait dire ça. Ma femme et moi possédions un bateau et lors d'un de nos séjours, nous avons croisé la route de ce petit phénomène. Tous les matins, il venait nous déposer un objet devant notre voilier. Il s'asseyait, il nous regardait le ramasser puis il repartait aussitôt. Ce petit jeu a duré pendant dix jours. Nous avons cherché à qui il appartenait, mais personne ne s'est jamais manifesté. Nous lui donnions un peu de nourriture en échange de ses cadeaux matinaux, puis lorsque nous avons levé l'ancre, il est reparti à bord avec nous.

— C'est une histoire originale ! Et est-ce que Facteur continue de vous gâter tous les matins ?

— Non, depuis que nous l'avons adopté, il s'est arrêté. Vous savez c'est un malin.

Il lui caressa affectueusement la tête.

— Vous viviez donc sur un bateau ?

— C'est exact. Quelques années avant l'âge de la retraite, j'ai bénéficié d'un plan de licenciement économique. Je travaillais dans une usine. Les ventes se sont écroulées petit à petit, alors pour se moderniser et se recentrer, ils ont vendu une des activités de l'entreprise et le repreneur a proposé un plan de départ. Avec mes indemnités, j'ai investi dans un bateau.

— Quels étaient vos projets de vie à la suite de ce plan ?

— Notre petit dernier venait de quitter le nid. Ma femme se sentait terriblement seule après ce départ et avait besoin de changement. De mon côté, après une carrière entièrement dédiée à l'usine, je ne valais plus grand-chose sur le marché du travail et j'avais aussi besoin d'un nouveau départ. Nous avons longuement échangé, puis nous avons décidé d'investir dans un voilier à retaper à notre goût, puis de nous jeter à l'eau pour un tour du monde.

L'homme à la casquette était parti dans ses pensées. Les yeux fixes, il ne parlait plus. Lydia réalisa qu'elle lui avait donné son prénom mais qu'elle n'avait pas demandé le sien en retour. C'était sans doute le bon moment.

— Je connais le prénom de votre petit compagnon, mais pas le vôtre, nous n'avons pas fini les présentations il me semble.

— C'est vrai cela ! Je m'appelle Paul, mais tout le monde ici m'appelle Polo.

— Alors Polo, dites-moi combien de temps vous avez mis pour retaper votre voilier ?

— L'opération a duré un an. Nous avions entreposé le bateau dans notre jardin et les copains venaient nous donner un coup de main. Nous formions une bonne équipe. Les hommes, remettaient en état le bateau et les femmes s'occupaient de la décoration. Chaque journée de chantier se finissait par un banquet festif.

Paul était de nouveau absent. Sur ses fines lèvres se dessinait un sourire. Ces souvenirs semblaient heureux, il s'y replongeait avec un grand plaisir.

Lydia lui laissa le temps de savourer ce moment. Elle ne prononça plus aucun mot jusqu'à ce qu'il revienne dans l'instant présent.

Le serveur leur apporta l'addition. Lydia posa son billet sur la table. C'était officiel, elle n'avait plus un euro en poche.

Paul lui proposa de poursuivre leur conversation en allant marcher sur les bords du fleuve, ce qu'elle accepta volontiers. En chemin, c'est lui qui se mit à poser des questions.

— Et toi Lydia, je peux te tutoyer ?

— Bien sûr.

— Qu'est-ce que tu fais dans la vie ?

Elle n'était pas confiante pour lui avouer son métier. Après tout, il ne souhaitait peut-être pas étaler sa vie dans un article et cet aveu professionnel pouvait être un frein à leur discussion. Elle n'avait pas non plus envie de lui mentir, lui qui se livrait à une parfaite inconnue avec tant de sincérité.

— Je suis en quête de sens.

— ça alors, c'est une nouvelle profession ?

Lydia sourit, puis étaya sa réponse.

— Vous savez, on commence une carrière, puis on doute de notre choix. En parallèle, des événements familiaux viennent vous bousculer et vous vous demandez à quoi vous servez ? Quel est le sens de votre vie ? Quelle tournure au tiers du parcours vous avez envie de lui donner ?

— Je te taquine, je comprends parfaitement. Je trouve même cela très sain de prendre du recul et de se poser des questions. C'est ainsi que l'on se construit et que l'on parvient à ce qui nous semble essentiel.

— Il vous est arrivé souvent au cours de votre vie de vous poser ce genre de question ?

— Au moins mille fois !

— Et vous avez trouvé des réponses ?

— Parfois oui, parfois non.

Arrivés sur les bords du fleuve, ils se promenaient aux côtés d'autres marcheurs et de quelques cyclistes. De majestueux saules pleureurs se tenaient sur la rive et caressaient le fleuve du bout de leurs branches. L'atmosphère était détendue. Lydia entretenait avec Paul un échange aussi simple que naturel. Elle avait l'impression de se promener au côté de son grand-père, qui lui contait patiemment sa jeunesse.

— Et ce bateau, à quoi ressemblait-il après le chantier ?

— Sa beauté nous éclaboussait... C'était comme si nous venions de mettre au monde notre cinquième enfant.

— Oh, vous êtes donc l'heureux Papa de quatre enfants, quel âge ont-ils ?

— L'aîné, Sacha va sur ses quarante-six ans. La suivante, Carmen a soufflé ses quarante-trois bougies récemment. Noémie a déjà vécu trente-huit printemps et le petit dernier, Nathan, vient de fêter ses trente-cinq ans.

— Est-ce que vous les voyez toujours ?

— Oui bien sûr. Ils sont aux quatre coins du globe, mais à Noël, nous nous réunissons toujours, tous les cinq.

— Que pensent-ils de votre situation ?

— Tu veux dire du fait que je passe mes journées dans la rue ?

— Oui... c'est ce que j'ai voulu dire.

— Ils n'en savent absolument rien !

Lydia resta bouche bée. Pourquoi et comment Paul cachait-il sa situation à ses proches ? Il sortit un vieux carnet de sa poche et un crayon puis commença à dessiner. Lydia l'observait. Il était calme et concentré. Son regard passait du croquis au fleuve sans cesse tandis que sa main faisait naître une esquisse. Elle mourrait d'envie de savoir ce qu'il couchait dans ce carnet, mais elle avait déjà posé beaucoup de questions, elle n'osait plus rentrer dans son intimité et préférait le laisser venir à elle. Après d'interminables minutes, Paul brisa le silence.

— Ce carnet, c'est ma mémoire. Un jour je le confierai à mes enfants et c'est à travers lui que je leur transmettrai mon histoire.

Puis il se tut à nouveau. Lydia sentit que leur discussion avait remué beaucoup d'émotions et qu'il fallait peut-être lui laisser un temps de repos.

— J'ai rendez-vous avec une amie pour le déjeuner, je vais vous laisser Paul. Est-ce que vous auriez un moment de libre plus tard pour continuer notre échange ?

Il considéra la question un court instant.

— Je t'invite à mon tour à prendre le café demain matin ?
— Avec plaisir.
— Alors disons neuf heures, même endroit ?
— Entendu Paul, à demain.

Elle lui serra affectueusement la main, ce qui le fit légèrement tressaillir.

9

Les bancs étaient devenus ses meilleurs alliés, elle ne s'était pas rendu compte de leur utilité publique jusqu'à ce jour. Elle ouvrit son carnet de notes et commença à coucher sur papier la folle aventure de ces deux derniers jours. Lydia aimait écrire depuis toujours. Toute petite déjà, elle excellait en rédaction. Plus grande, elle confiait ses tourments d'adolescente à son journal intime. Adulte, elle n'oubliait jamais son cahier de vacances pour partir explorer des contrées lointaines. Ces écrits représentaient de la mémoire vivante. En les ouvrant, il lui devenait possible de revivre un voyage dans les moindres détails et les plus profonds ressentis. Elle pouvait relire les mots de la petite fille qu'elle avait été, se glisser dans sa peau, rire et pleurer avec elle, essayer de la comprendre ou encore revivre des scènes qui l'avaient touchée. L'écriture possédait ce côté magique de retranscrire à travers son auteur tout ce qui avait existé : un décor, une discussion, une odeur, un sentiment.

Le poignet endolori par les nombreuses lignes, elle referma son carnet. Une émotion qu'elle avait oublié ces dernières années vint la cueillir : l'ennui. Sa vie suroccupée et surconnectée, ne laissait aucune place à un quelconque blanc. L'ennui portait une lourde connotation négative. Il invoquait l'inactivité, le temps perdu, le vide. Les nouvelles technologies permettaient aisément de pallier cette sensation effroyable. Transports en commun perturbés, salles d'attente bondées, embouteillages à perte de vue, réunions interminables, dans chacune des situations ennuyeuses, le smartphone volait au secours des âmes paniquées par l'idée de se retrouver seules avec elles-mêmes. Les gens avaient constamment besoin de faire quelque chose pour se sentir exister. Lorsque l'être humain s'ennuyait, il n'avait plus envie de rien, pas même de consommer. Or nous étions devenus des rois de la consommation et des passe-temps les plus variés et la société semblait encline à nous maintenir dans ce besoin de faire et d'avoir plutôt que de nous aider à nous épanouir dans l'être. Lydia se trouvait actuellement sur la touche, désengagée de ses gestes et de ses pensées réflexes. Tenue à l'écart du matériel et sortie de son rythme, elle était en proie à l'ennui. Quel effet avait-il provoqué sur son comportement et en avait-elle tiré profit au cours de ces deux jours ? D'abord il avait changé son rapport au temps. Habituellement, les journées lui paraissaient trop courtes, alors que les dernières heures lui avaient semblé interminables. L'ennui l'avait aussi poussée à aller vers les autres : elle était montée en voiture avec un inconnu, elle avait pris le petit-déjeuner avec des femmes du foyer, elle avait cuisiné pour une association et enfin elle venait de partager un café et une promenade avec un sans domicile fixe. Le fait d'être déracinée et face au vide avait provoqué chez elle un comportement pro social. En voulant combler à tout prix l'ennui, elle avait également boosté sa créativité, se lançant le défi d'écrire un article sur le parcours d'un homme de la rue. Enfin l'ennui lui avait aussi permis de prendre du recul et d'actionner son esprit critique en observant un défilé de passants.

Elle referma ce débat philosophique par la conclusion suivante : il ne fallait pas fuir l'ennui car il était porteur de potentiel inconnu. Une fois apprivoisé, il pouvait permettre de conquérir une autre réalité, peut-être plus authentique que celle de l'hyperactivité. Encore un sujet passionnant pour un futur article...

10

— Hey Lydia !

Elle se retourna machinalement et aperçut une des femmes avec qui elle avait partagé le petit-déjeuner au foyer. Il s'agissait d'une jeune métisse à la peau dorée et à la coupe afro. Sa chevelure lui donnait des allures de lionne. Elle portait un bandeau imprimé dans ses cheveux bouclés, aux reflets blond doré. Habillée avec des vêtements colorés et près du corps, elle affichait un look plein de fraîcheur et de dynamisme.

— Hey Mélissa ! Comment vas-tu depuis ce matin ?

— Bien, je sors du travail.

— Tu bosses dans quel secteur ?

— Je suis vendeuse dans une boulangerie. Dis mois, je vais écouter un groupe de percussionnistes qui fait une répétition en plein air, ça te dit de venir ?

— Oui, avec plaisir ! J'adore la musique.

Lydia quitta son banc et emboîta le pas à Melissa.

— Alors comment tu t'es retrouvée au foyer toi ?

— Bah écoute, il m'est arrivé un truc bizarre, je me suis réveillée amnésique sur un banc il y a deux jours. Je n'avais pas d'argent sur moi, pas de téléphone, pas de contact dans le coin... On m'a donné les coordonnées du foyer car je n'avais nulle part où aller.

— Pas banale ton histoire !

— Tu m'étonnes... J'espère que tu ne me prends pas pour une cinglée, j'ai peur d'en parler à cause de cela.

— T'inquiète, je ne suis pas là pour te juger, on a toutes nos ennuis.

— Et toi, comment tu t'es retrouvée là ?

— Mon mec me tapait dessus. Une fois il a failli me tuer, je me suis échappée et j'ai demandé de l'aide au centre.

— Ça fait longtemps que tu es là ?

— Ça fait trois mois maintenant. J'ai pu trouver un travail grâce à Dieu. Maintenant, j'attends d'économiser un peu pour me trouver un appart. J'aime bien être au centre, on est plusieurs nanas à être dans la galère et à s'apporter notre soutien mutuel, ça aide à se relever.

— C'est vrai, l'entraide est la bienvenue quand tu traverses des moments comme ça.

— C'est ici la répète. Je viens les écouter pendant une heure tous les jours après le taf, ça me vide la tête.

— Je t'avouerai que de mon côté ça n'est pas vraiment l'effet recherché !

Les deux jeunes femmes éclatèrent de rire.

Le groupe se composait de quatre membres, tous très jeunes. L'un d'entre eux portait des dreadlocks et un débardeur ample qui laissait entrevoir les muscles saillants de ses pectoraux. Il se tenait assis et faisait rebondir ses mains habiles sur son Djembé. Deux autres musiciens à la peau couleur ébène et aux tuniques colorées, jouaient sur des bongos tout en réalisant des vocalises. Le dernier percussionniste transpirait terriblement, des gouttes de sueur perlaient le long de son torse nu. Ses bras tatoués des poignets aux épaules frappaient inlassablement la peau de ses Congas. Assises dans la pelouse, Mélissa et Lydia écoutaient leur cœur taper dans leur poitrine au rythme des tambours. Elles accompagnaient la musique en tapant dans leurs mains et en balançant de gauche à droite le haut de leur corps. Le son était bénéfique. Elles ne pensaient plus à rien et se laissaient transporter.

Au troisième morceau, Mélissa se leva et entraîna Lydia dans une danse endiablée. Les deux jeunes femmes sautaient pieds nus dans la pelouse et oubliaient leurs mésaventures le temps de ces quelques minutes de légèreté. Lydia commençait à entrer dans un état de transe : les percussions, la danse, les émotions, le manque de nourriture et de sommeil, firent basculer son esprit et son corps. Dans sa transe elle voyait les visages un peu déformés de ses proches et leurs noms qui s'écrivaient peu à peu dans un ciel rouge. Elle se mit à crier puis s'effondra.

Mélissa se précipita sur elle. Les musiciens stoppèrent la répétition et formèrent un cercle autour du corps inerte de Lydia. Ils prononçaient son prénom, la secouaient légèrement pour essayer de la réanimer. Un homme surgit au milieu de la scène. Il demanda à tout le monde de s'écarter, expliquant qu'il était médecin. Durant de longues secondes, il parla à Lydia, lui toucha le visage, l'épaule. La jeune femme finit par se réveiller et l'homme prit aussitôt la fuite. Mélissa, interloquée par son comportement étrange lui courut après pour lui demander des explications, mais elle ne parvint pas à le rattraper et retourna auprès de Lydia.

— Hey, ça va ma belle ?

— Je ne sais pas, je vois des hommes tatoués et torse nu. Qu'est-ce qu'il s'est passé ? Est-ce que je suis morte ?

— Non, tu es bel et bien vivante. On dansait toutes les deux et tu as fait un malaise.

— Je n'ai pas beaucoup mangé, ça doit être ça.

— Il y a un médecin qui est venu te réanimer mais le type était bizarre, il est reparti en courant une fois que tu t'es réveillée.

— Ah bon, il ressemblait à quoi ?

— J'étais paniquée, je n'ai pas trop fait attention.

— J'ai l'impression d'être suivie depuis deux jours, c'était peut-être lui.

— J'ai essayé de le rattraper mais il courrait trop vite pour moi. Viens, je vais te payer un truc sucré à la boulangerie, tu as besoin de manger et sans doute de boire aussi.

Le salon de thé était désertique. Les jeunes femmes commandèrent deux infusions et quelques pâtisseries. Cette pause sucrée fut l'occasion d'échanger un peu plus sur leurs vies respectives.

Mélissa confia à Lydia qu'elle était mère d'une petite fille de six ans. Son père en avait la garde et l'empêchait de la voir. Elle se rendait quotidiennement à sa sortie d'école pour la regarder de loin et allait secrètement lui rendre visite à la récréation pour s'assurer qu'elle allait bien. Dès qu'elle aurait son appartement et un peu d'argent, elle se paierait un avocat pour récupérer son enfant.

11

Paul et Lydia se trouvaient de nouveau attablés à la terrasse du café.

— Est-ce que je t'ai raconté la mise à l'eau du bateau ?

— Et non, nous n'avons pas eu le temps hier.

— C'est bien ce que je me disais.

Le sans domicile était d'une propreté impeccable. Il avait pris soin de tailler sa barbe. Si Lydia ne l'avait pas vu hier assis sur un carton, elle aurait douté de sa condition. Il prit une grande respiration et commença son récit posément.

— C'était le 10 mai 2010. Le bateau avait été acheminé jusqu'au port de Palavas les flots. Tous les amis qui avaient participé au chantier étaient présents, nos quatre enfants également. Nous l'avons regardé tous ensemble, glisser lentement vers les flots. Une fois à l'eau, j'ai sabré le champagne et nous avons tous partagé le verre de l'amitié. Ma femme Nelly et moi, avions déjà posé nos bagages dans notre nouveau logement flottant. Après de longues embrassades d'au revoir, nous sommes montés à bord et avons pris le large. C'était le début d'une seconde vie.

— Waouh, l'aventure ! Votre histoire me laisse rêveuse. Et quelle était votre première destination ?

— Cap sur Rome ! Nous avions toujours rêvé de visiter l'Italie Nelly et moi. Nous partions pour une croisière de six mois sur la Méditerranée. Pour notre première expérience de matelots, nous ne voulions pas trop nous éloigner. Mais nous nous étions promis que si l'aventure nous plaisait, notre deuxième croisière serait plus exotique.

— Et alors comment s'est passée cette première fois ?

— Merveilleusement bien… Nous allions de port en port, chaque jour était une découverte. Nous nous sentions si libres. Cette aventure semblait même nous faire rajeunir. On se redécouvrait l'un l'autre dans un environnement complètement nouveau.

— Et Facteur, vous l'avez rencontré où ?

— Lors d'un long stop dans le port d'Assos, sur une île grecque de la mer Ionienne : La Céphalonie. Nous nous sentions si bien sur ce petit bout de terre paradisiaque. C'est là que Facteur est venu à notre rencontre. Quand nous avons levé l'ancre pour une autre destination, il s'est mis à hurler sur le port, puis il s'est jeté à l'eau pour suivre le bateau. J'ai plongé pour l'attraper et nous l'avons embarqué pour la suite de l'aventure. Il a le pied marin celui-là.

— Ce petit chien a l'air d'avoir un tempérament incroyable !

— Il est comme moi, il est vieux maintenant mais oui c'est un sacré.

— Paul, vous êtes allé au bout de votre croisière méditerranéenne avec Nelly ?

— Oui nous sommes rentrés en fin d'année, le cœur rempli de joie et de souvenirs inoubliables. Nous avons concocté un reportage de nos aventures et l'avons partagé le soir de Noël avec nos enfants.

— Vous n'avez pas eu le mal de terre ?

— Si, c'est pour cela que nous avons préparé tout de suite notre nouvelle croisière et sommes repartis en mer ! Cap sur l'Asie du Sud-Est cette fois !

— Eh bien, quel trajet ! Vous l'avez vraiment fait ?

— Oui jeune fille, et comment qu'on l'a fait. Nelly, Facteur et moi, le trio infernal !

La joie emplissait le cœur de Paul. Il revivait ces instants de bonheur sans nuage avec sa femme et son fidèle compagnon. Lydia se plaisait à contempler son visage expressif, ses yeux bleus qui laissaient monter parfois une larme lorsque les souvenirs devenaient trop forts. Comment avait-il pu se retrouver dans la rue après un début de retraite aussi passionnant et une vie familiale qui semblait solide ?

— On sent que vos souvenirs aux côtés de Nelly sont plaisants. Votre visage s'illumine lorsque vous racontez.

— C'était le temps des jours heureux. J'ai vécu aux côtés d'une femme extraordinaire. Nous avons passé presque cinquante ans de notre vie ensemble. Elle mesurait à peine 1,60 m mais elle avait un caractère bien trempé. Je ne faisais pas le malin du haut de mon 1,80 m lorsqu'elle me faisait ses gros yeux. Elle était déterminée mais à côté de cela c'était un ange. Elle incarnait la générosité et la bienveillance.

— Paul, vous parlez au passé, je comprends que Nelly n'est plus à vos côtés ?

Il souffla longuement. La joie déserta son visage, laissant place à un grand vide dans ses yeux et une longue absence sur ses lèvres.

— Malheureusement non.

Il replongea dans un silence monacal. Il réfléchissait. Au fil de sa pensée, ses traits se détendaient. Une idée semblait avoir germé dans son esprit taciturne. Il regarda la jeune femme l'index posé sur sa bouche.

— Est-ce que ça te dirait de voir mon bateau Lydia ?

Surprise par la proposition, elle écarquilla de grands yeux, comme ceux des enfants devant un paquet-cadeau. Le récit de Paul l'avait touchée et oui, elle était curieuse de découvrir ce voilier.

— J'aimerais beaucoup. Où est-il ?

— Dans mon jardin secret, à deux heures de route d'ici.

— Je n'ai pas de voiture Paul, comment va-t-on s'y rendre ?

— Ne t'en fais pas pour ça, si tu es partante, je m'occupe des détails logistiques. Es-tu libre cet après-midi ?

— Euh, c'est-à-dire que je... euh... oui je peux me rendre libre.

— Parfait ! Alors retrouve-moi ici pour seize heures.

Il posa la monnaie sur la table et quitta la terrasse.

12

Lydia aperçut Mélissa à travers la vitrine, en train de servir des pâtisseries à un groupe de collégiens. Elle lui fit signe d'entrer dans la boulangerie.

— Salut toi !

— Salut Mélissa, je passais dans le quartier.

— Tu tombes bien, je finis mon service dans cinq minutes. Tu m'attends et on va se manger un sandwich dans le parc ?

— Excellente idée, je meurs de faim !

Mélissa quitta son uniforme, prit deux invendus en vitrine et embarqua Lydia pour un déjeuner entre filles.

— Tu as fait quoi de ta matinée ?

— J'ai discuté avec un SDF.

— Tu traînes avec des clodos toi ?

— J'ai envie de réaliser le portrait de l'un d'entre eux. J'ai toujours été intriguée par leur histoire et piquée par la curiosité de savoir comment on peut en arriver là.

— Fais gaffe quand même, ces types sont souvent des alcooliques.

— C'est un grand-père avec qui je discute. Il a tout l'air d'un homme normal.

— Et il te raconte quoi ?

— C'est un navigateur, il a fait le tour du monde avec sa femme.

— Ouais bah prends garde qu'il ne te mène pas en bateau.

— T'es bête. Justement, ce soir il veut me montrer son voilier.

— Attends, Papy possède un super voilier et il crèche dans la rue ? ça ne tient pas la route son histoire.

— Quand il en parle pourtant, ça paraît très réel.
— Et il est où son rafiot ?
— À deux heures d'ici, sur un terrain.
— Et il va t'emmener là-bas ?
— Oui, en fin d'après-midi.
— Attends, ce n'est pas sérieux. Tu ne peux pas suivre un type que tu connais à peine. Si ça se trouve, il n'a pas discuté avec une fille depuis dix ans, il va t'emmener dans son trou perdu et tu ne pourras pas te défendre.
— Mais non, tu vois le mal partout.
— Je sais de quoi sont capables certains hommes. Je n'ai pas envie de voir ta trombine au JT.
— Arrête, tu vas me filer des angoisses. Cet homme m'inspire confiance.
— Tu as un téléphone ?
— Non, je n'ai pas ce bonheur.
— Viens, je vais t'en acheter un comme ceux qu'on avait au lycée. Tu pourras me contacter s'il t'arrive un pépin.
— Arrête Mélissa, tu es adorable mais garde ton argent pour ta fille.
— Ne discute pas avec moi, un cadeau ne se refuse pas.

Lydia venait de passer plusieurs jours sans téléphone, ce qui ne lui était plus arrivé depuis une petite vingtaine d'années. Elle tenait désormais entre ses mains un spécimen du siècle dernier, avec un unique numéro enregistré dedans, mais cet objet lui procurait une certaine satisfaction.

13

Deux coups de Klaxon retentirent. Lydia se tourna en direction du bruit et aperçut Paul, au volant d'une petite citadine, accompagné de Facteur qui sortait sa tête par la vitre. Elle s'approcha lentement du véhicule.

— Salut Lydia, j'ai loué cette petite voiture pour la soirée, pour nous rendre au bateau.

Avec quel argent Paul avait-il pu louer cette voiture ? Si elle ne montait pas, elle ne le saurait jamais et la journaliste curieuse qu'elle était se devait d'aller jusqu'au bout. Elle prit place à bord du véhicule.

— Où allons-nous ?

— À Saint Cyprès Mam'selle !

Il était plein d'enthousiasme. Lydia ne voulait pas jouer les rabat-joie, mais elle avait quand même besoin d'éclaircir certaines choses. Le trajet en voiture lui paraissait être le moment opportun pour cette petite investigation.

— Paul, je ne voudrais pas être indiscrète mais vous êtes SDF. Comment avez-vous pu payer la location de cette voiture ?

— C'est que je ne suis pas un SDF comme les autres. Je suis un SDF volontaire, moi !

Jamais elle n'aurait imaginé pareille réponse. Mais bien sûr, SDF volontaire, un peu comme pompier volontaire, c'est très tendance comme activité !

— Excusez-moi Paul, mais c'est assez surprenant comme concept. Je ne comprends pas quel est votre objectif ?

— C'est une longue histoire, pour l'instant allons voir le bateau.

— Eh bien ! que de mystères...

— Tu sais, toute ma vie, j'ai été un homme très ordinaire. Il est vrai que ces dernières années sont un peu inaccoutumées dirons-nous.

Lydia voulut poser une question mais Paul ne lui laissa pas le temps.

— Je possède un petit terrain à Saint Cyprès et le bateau y est entreposé depuis quatre ans. Je n'y suis jamais retourné, je ne sais pas dans quel état nous allons le retrouver.

— Vous habitiez dans cette ville avant de faire du volontariat ?

— Oui, nous avions un pavillon avec Nelly. Nous y avons élevé nos quatre enfants.

— Vous l'avez vendu ?

— Oui, après la mort de ma femme, je ne supportais plus de vivre seul dedans. Je la voyais partout, chaque pièce était chargée de souvenirs qui m'étaient bien trop douloureux. Au bout d'un an passé seul entre ces quatre murs, j'ai décidé de la mettre en vente et j'ai donné une petite somme d'argent à chacun de nos enfants, pour les aider à accomplir leurs projets.

— Quelle générosité Paul, vous leur avez offert un sacré coup de pouce.

— Nelly était une femme généreuse, elle aurait voulu que je procède ainsi.

— Comment faites-vous pour cacher à vos enfants votre situation ? Ils ne vous demandent rien à propos de votre chez-vous ?

— Ils pensent que je vis sur mon bateau, que je continue de naviguer. À Noël, je les invite tous au restaurant, car le bateau est bien trop petit pour les recevoir. Ça leur convient comme ça.

— Mais ils ne vous posent pas de question sur vos occupations ?

— Si, mais j'invente des histoires, c'est facile.

Lydia n'insista pas et changea de sujet.

— Vous n'avez pas pris le volant depuis combien de temps ?

— Pourquoi cette question, je conduis si mal que ça ?

— Non, non, simple curiosité.

— Depuis trois ans, mais c'est comme si je n'avais jamais cessé de piloter. D'ailleurs j'avais oublié à quel point c'était bon ! Ça t'ennuie si je pousse un peu le moteur sur l'autoroute ? Je suis en manque de sensations fortes !

— Poussez pas trop quand même, moi j'ai ma dose depuis trois jours !

Il se mit à sourire sadiquement puis enfonça son pied sur l'accélérateur. On aurait dit un adolescent de quinze ans.

— J'ai beaucoup parlé de moi mais tu ne m'as rien raconté de ta vie. Je sais juste que tu as du temps disponible à consacrer à un grand-père loufoque.

— Je suis journaliste.

Elle laissa planer un silence volontaire.

— Ce doit être un métier passionnant. Quels sont tes sujets de prédilection ?

— Les SDF volontaires, j'étudie leurs mœurs et je viens de tomber sur un beau spécimen !

L'improbable duo se mit à rire en chœur.

— Pour résumer grossièrement, j'ai perdu la mémoire et je suis devenue SDF malgré moi.

— Tu me fais marcher ?

— Non, malheureusement c'est vrai. Depuis trois jours, j'essaye de survivre et de m'occuper l'esprit pour ne pas devenir complètement folle.

— On se demande quel est le plus fou de nous deux ?

— Oui on peut faire un concours. Je n'ai pas voulu vous le dire le premier jour, pour ne pas vous faire fuir. Je voulais faire mon job puisque c'est une des choses que je sais le mieux faire. Vous l'avez sous-entendu tout à l'heure, il est parfois trop tôt pour expliquer certaines choses.

— Tu as bien fait, je n'aurai jamais parlé à une journaliste, de peur que mes enfants tombent sur l'article. Maintenant que je sais que tu fais du journalisme pour occuper tes journées de SDF, je n'ai plus d'inquiétude de me retrouver en première page !

14

Engagée sur une piste en terre, la voiture de location les secouait dans tous les sens. Si Lydia avait été un prunier, tous ses fruits seraient au sol. Paul arrêta le véhicule au pied d'une grille rouillée. Les ronces entremêlées dans les barreaux rendaient l'entrée de la propriété digne d'un film d'horreur. Lydia s'efforçait de garder son sang-froid. Les mises en garde de Mélissa lui trottaient dans la tête. Paul sortit une grande clé et l'enfonça dans la serrure. Après quelques tentatives, le portail se déverrouilla. La végétation dense rendait l'ouverture difficile. Paul poussait la grille délabrée de toutes ses forces, provoquant un grincement à chaque effort. Personne n'avait pénétré ces lieux depuis une paire d'années. Tous deux se frayèrent, tant bien que mal, un chemin au milieu des herbes hautes. Il était difficile de déjouer les pièges tendus par le jardin en friche. Les ronces agrippaient leurs vêtements, les branches griffaient leurs visages. Lydia trébucha sur une pierre manquant de s'affaler dans un tapis d'orties. En relevant la tête, elle aperçut une masse volumineuse à quelques mètres d'elle.

— Ah ! Il est toujours là mon grand !

Le bateau se dressait devant eux, abrité sous une immense bâche. Le vieux capitaine dévorait du regard le monument. Il s'en approcha lentement tel un explorateur qui venait de découvrir un temple sacré au milieu de la jungle.

— Viens me filer un coup de main Lydia, nous allons retirer les sangles et le libérer.

Après quelques efforts pour détacher les liens, la bâche

glissa à terre, révélant un élégant voilier en bois. Leurs deux regards convergeaient vers le bateau qui venait de refaire surface. Paul plaça délicatement sa main sur la coque et la caressa lentement. Lydia fit quelques pas en avant pour déchiffrer une inscription. Elle balaya d'un revers de main les toiles d'araignées pour dévoiler six lettres blanches : Paully.

— Je présume que le nom du voilier est la contraction de Paul et Nelly ?

— C'est exact. Paully est né d'une fusion de nos idées, de notre dur labeur et de nos économies. Il incarnait une sorte de prolongement de nous-même, alors nous l'avons baptisé ainsi. Trois ans que je ne l'avais plus vu ce vieil ami ! Je suis assez heureux de le retrouver en l'état. Je te fais la visite ?

Paul saisit l'échelle qui se trouvait au sol, l'appuya contre le voilier et se hissa à bord. Ils pénétrèrent dans la cabine. Lydia découvrit une décoration très soignée. De petits rideaux brodés encadraient chaque hublot. Ils étaient assortis au tissu qui recouvrait la banquette. La kitchenette toute équipée demeurait figée dans le temps, tout comme le bouquet séché qui ornait la table. La pièce disposait d'un grand nombre de rangements. Sur les étagères poussiéreuses, Lydia aperçut au milieu de divers bibelots, une photo du couple. Jeunes, ils posaient enlacés et souriants, devant la porte d'entrée d'une maison. Nelly portait une robe d'époque qui marquait sa taille fine et lui allait remarquablement bien. Paul portait ses habits du dimanche, un béret posé sur sa tête bien droite et un élégant foulard noué autour de son cou.

— La cabine est décorée avec beaucoup de goût.

La voix de Lydia était pleine de respect.

— C'est Nelly qui avait choisi les tissus et elle a tout cousu main avec ses amies du club de Patchwork.

Paul, ouvrit un des nombreux petits placards et en sortit

une bouteille de porto accompagnée de deux verres blancs.

— Si je ne m'abuse, c'est l'heure de l'apéro. Veux-tu trinquer aux retrouvailles avec ce bon vieux navire ?

— J'ai des principes Paul. Je ne refuse jamais un apéro avec un ami.

Ils firent claquer leurs verres.

— Si ça te dit, j'ai acheté de quoi dîner dans la voiture.

— Je n'ai jamais mangé à bord d'un bateau, il faut une première à tout !

— Ne bouge pas, je vais nous allumer des bougies, je n'ai pas l'électricité sur le terrain et nous serons bientôt plongés dans le noir. Surtout n'y vois pas là une proposition de dîner romantique, avec mon grand âge, tu es à l'abri !

La nuit tombée, ils partageaient un poulet rôti froid à la lueur de la bougie.

— Tu sais Lydia, je suis heureux de ce dîner. La vie est dépourvue d'intérêt seul dans la rue, avec pour unique instant de chaleur humaine, le traditionnel dîner de Noël auprès de mes enfants.

— J'imagine que cette période n'a pas été facile à traverser.

— C'est mon chemin de croix. J'avais besoin de passer par là je suppose. Combien de fois, j'ai envisagé de mettre fin à mes jours pour la rejoindre mais ce geste aurait été lâche de ma part, alors j'ai tenu bon.

— Où est-ce que vous dormez ?

— J'ai une place dans un foyer, je ne reste pas dehors, j'y passe seulement mes journées. Mon dos âgé a besoin d'un minimum de confort et puis je ne voulais pas que Facteur prenne froid.

— Pourquoi passer vos journées dans la rue ?

— La rue est un spectacle, tous les jours s'y joue de nouvelles scènes. Je contemple la vie des autres, elle nourrit mon âme morte. Tu sais, je n'ai pas envie de me morfondre ce soir, pour la première fois je me sens bien. Assez parlé de moi, parlons un peu de ta situation. Comment vas-tu faire pour retrouver ta vie d'avant ton amnésie ?

— Si seulement je savais... Je n'ai pas la moindre piste pour retrouver mes affaires et l'endroit d'où je viens.

— J'ai une idée... Qu'est-ce que tu penses d'aller faire un tour aux objets trouvés ensemble demain ? Ton sac à main s'y trouve peut-être.

— Je n'y avais pas pensé. Après tout, on ne sait jamais.

La bouteille de vin trônait au milieu de la table, entourée de leurs verres complètement vides. Le liquide enivrant coulait dans les veines des deux âmes en peine aux cœurs désormais joyeux. Ils riaient à gorge déployée. Paul avait même sorti son vieux poste de radio et s'était mis en tête d'apprendre à danser la valse à Lydia. Il se révélait être un sacré danseur. Lydia, piètre cavalière, ne cessait de lui marcher sur les pieds ce qui les faisait beaucoup rire. Au bout de quelques voltes, la tête de la jeune fille tournait fortement. Lydia s'assit sur la banquette pour recouvrer un peu ses esprits pendant que Paul continuait de virevolter, une chaise en guise de partenaire. Gai comme un pinson, il chantait en duo avec Édith piaf.

— Capitaine Paul, j'ai passé une excellente soirée à bord du Paully.

— Moussaillon Lydia, je vois que vous avez le mal de mer, pourtant nous sommes à quai !

— C'est exact mon capitaine, je crois que j'ai besoin de m'allonger.

— Tu veux que je te raccompagne au foyer ? Sinon, je peux te préparer la cabine. Je dormirai dans la voiture ou dans le canapé et on repartira à Montpellier demain matin. Qu'est-ce que tu préfères ?

— La route est longue, il est tard, nous avons bu. On peut rester là pour ce soir, ce sera plus prudent.

— OK jeune fille. Je te prépare ta suite.

15

La cafetière sifflait. Lydia se réveilla emmitouflée dans son lit douillet. Un léger mal de crâne lui rappelait sa soirée un peu trop arrosée de la veille. Dans sa minuscule chambre, il faisait une chaleur écrasante. Elle entrouvrit le hublot pour faire pénétrer un peu d'air frais. Dans le jardin, les oiseaux s'en donnaient à cœur joie, elle tendit l'oreille et crut reconnaître le chant des fauvettes. Elle se hissa du lit.

— Paul, vous êtes là ?

Aucune réponse ne lui parvint en retour. Elle coupa le gaz sous la cafetière prête à déborder et sortit sur le pont. Elle se trouvait visiblement seule à bord. Elle scruta le jardin sous tous ses angles mais ne détecta pas la moindre présence. Elle avança jusqu'au cockpit pour admirer la barre à roue. C'était la première fois qu'elle montait sur un voilier. Elle serra dans ses mains les poignées de bois et porta son regard au lointain. Dans la peau du capitaine, elle s'imaginait voguer sur des eaux tranquilles, l'océan à perte de vue. Elle foula le sol en teck de ses pieds nus, observant chaque élément du bateau. Elle sentit comme une aiguille s'enfoncer dans son gros orteil et porta son regard au niveau du plancher. Une immense trace noirâtre maculait le sol. La marque lui faisait penser au vestige d'une tache de sang. Paul n'avait pas raconté à Lydia les circonstances de la mort de sa femme. Et si le voilier était le théâtre d'une scène de crime ? *J'accuse le capitaine Paul, sur le bateau avec le chandelier.* Elle espérait ne pas remporter cette partie de Cluedo.

De retour à l'intérieur de la cabine, elle alluma son téléphone pour écrire à Mélissa. Sa copine de foyer ne la voyant pas rentrer hier soir, lui avait adressé plusieurs messages et avait tenté de la joindre. Elle se servit une tasse de café et s'en délecta en observant l'intérieur du bateau. Les nombreux placards étaient soigneusement fermés à l'aide de minuscules clés. Lydia fut prise d'une soudaine envie de les ouvrir tous. Elle en choisit un au hasard et tira sur la poignée. Le placard renfermait de la vaisselle en porcelaine. Elle en déverrouilla un second pour y découvrir une pile de nappes et de serviettes. L'envie d'en explorer encore un dernier la consumait. Elle n'y résista pas, celui-ci contenait des romans. La couverture colorée du livre de droite attira son œil, elle le tira du placard. Une enveloppe glissa d'entre les pages et s'écrasa sur le sol. Intriguée, Lydia la ramassa. Elle jeta un œil à travers le hublot s'assurant que Paul n'allait pas surprendre son indiscrétion et sortit furtivement la lettre de son enveloppe. Elle la déplia rapidement tout en veillant à ne pas la déchirer. Deux lignes manuscrites figuraient au milieu d'un prospectus de plongée sous-marine : « *RDV ce soir à minuit au bout de la jetée* ».

16

— Lydia, Lydia, réveille-toi ! Lydia, est-ce que tu m'entends ?

Paul agenouillé à côté d'elle était blanc comme un linge. La jeune femme se trouvait allongée dans les hautes herbes du jardin, totalement inerte.

— Lydia, parle-moi bon sang. Est-ce que tu vas bien ?

— Je ne sais pas, qu'est-ce que je fais là ?

— Je ne sais pas non plus. J'étais parti nous chercher le petit-déjeuner et quand je suis arrivé tu étais inconsciente au milieu du jardin. J'ai eu très peur.

— Comme je ne vous trouvais pas sur le bateau, je suis descendue voir si la voiture était toujours là. C'est tout ce dont je me souviens.

— Tu as souvent des pertes de conscience comme ça ?

— D'habitude non, mais en ce moment ça m'arrive une fois par jour.

— On va prendre le petit-déjeuner ça va te remonter.

— C'est gentil de vous préoccuper de moi.

— Entre SDF, on se doit bien ça ! Allez debout, les croissants vont refroidir.

Ils s'installèrent sur le pont. Il faisait une journée magnifique. À cette époque dans le Sud, on pouvait encore savourer le petit-déjeuner en extérieur.

— Paul, il y a une tache énorme sous nos pieds, que s'est-il passé ?

— Oh ça... J'étais mal réveillé un matin, la cafetière pleine m'a échappé des mains. Ça a séché rapidement avec la chaleur qu'il faisait en Asie, je n'ai jamais réussi à l'enlever.

Lydia s'apprêtait à poser une nouvelle question, lorsque Paul l'interrompit.

— Sinon, je pensais m'arrêter dire bonjour à de la famille qui habite dans le village d'à côté. Tu ne vois pas d'inconvénient à faire un détour ?

17

Lydia regardait à travers la vitre de la voiture les grandes haies de cyprès plantées au milieu du paysage vallonné. Quelques fermes isolées, entourées de vaches en pâture, se dressaient fièrement sur le haut des collines. Le vent soufflait en spirale emportant avec lui les premières feuilles mortes.

Ils entrèrent dans l'enceinte d'un village. Sur la place principale, bordée de commerces dont les enseignes semblaient figées dans le temps, un groupe d'hommes disputaient une partie de pétanque. Paul dépassa l'église au grand clocher, ralentit et se gara devant une charmante maison blanche aux volets couleur lavande. Derrière sa clôture, une femme taillait ses rosiers. Elle portait une jupe et un gilet de couleur violine, ses cheveux gris étaient coiffés en un volumineux brushing et sur son nez tombaient de petites lunettes en forme de demi-lune. Paul se présenta à la grille. La dame au sécateur leva la tête.

— ça alors, Paul !

La bouche tombante et les yeux ébahis, elle accourut jusqu'à la porte et le prit dans ses bras.

— Te revoilà, j'étais si inquiète. Pourquoi n'as-tu jamais donné de nouvelles ? Je t'en prie, entre.

— Je suis avec une amie

— Tout le monde est la bienvenue dans notre maison, venez donc. Georges, viens vite voir qui est là.

Et Georges, personnage moustachu aux sourcils épais et aux yeux agrandis par ses lunettes rondes, apparut dans la cuisine. Le pauvre homme semblait avoir vu un fantôme.

Il était bien portant dans son pantalon noir qui tenait à l'aide de bretelles encadrant sa bedaine. Georges et sa paire de charentaises adressèrent une longue et chaleureuse poignée de main à Paul, puis tout le monde prit place autour de la table ronde.

— Comment vas-tu Paul ?

La voix de Marie était pleine d'inquiétude.

— Je fais aller.

— Où étais-tu passé ? Georges et moi on s'est fait tellement de souci. Tu n'as jamais répondu à nos messages.

— C'est une longue histoire.

— Oh, mais que je suis impolie, nous n'avons pas fait les présentations jeune fille. Je suis la sœur de Nelly et Georges est mon mari.

— Enchantée de faire votre connaissance. Je n'ai pas connu Nelly mais Paul m'a beaucoup parlé d'elle. Je suis journaliste et j'ai rencontré Paul pour l'interviewer sur ses nombreuses croisières.

— Nous allons vous laisser à présent, nous passions vous faire un rapide bonjour, nous avons à faire.

— Paul, tu ne vas pas partir si vite tout de même. Restez donc pour le déjeuner, j'ai cuisiné des lasagnes pour au moins dix personnes.

— Ma femme ne s'est jamais remise du départ des enfants, elle cuisine toujours comme s'ils vivaient encore parmi nous, du coup je mange pour cinq et je ne rentre plus dans aucun de mes pantalons. Je vous demanderais presque de rester comme un service.

— Merci pour l'hospitalité mais nous avons un rendez-vous à deux heures d'ici. Nous allons être en retard si nous ne partons pas tout de suite.

— On peut reporter à demain, il n'y a pas d'urgence, proposa Lydia.

Paul la fusilla du regard tandis que Marie surenchérit

aussitôt.

— Tu vois, il n'y a pas d'urgence, tu dois avoir plein de choses à nous raconter après tout ce temps et cela fera une entrée en matière pour l'article de ton amie.

Paul se leva et enfila la première manche de sa veste.

— Pose tes fesses sur ce banc Paul Mills et ne bouge plus !

Marie possédait sans doute la même détermination que sa sœur. Paul ne bronchait plus. De nouveau assis les bras croisés, il faisait la tête.

— Veuillez m'excuser Mademoiselle pour mon franc-parler mais mon beau-frère ne me laisse guère le choix.

Les tentatives de fuite de Paul avaient mis Marie hors d'elle. Si les légumes des lasagnes étaient passés à la moulinette ce matin, c'était à présent au tour de son beau-frère. Marie le questionnait dans tous les sens. Cette femme avait dû travailler au service des renseignements. Elle incarnait à merveille le rôle de commissaire en plein interrogatoire de son suspect principal. Georges était très attentif mais restait relativement silencieux. Quant à Paul, sa moue et ses phrases composées d'un maximum de trois mots, en disaient long sur son degré d'agacement.

— Est-ce que je peux utiliser vos toilettes ?

— Bien évidemment, c'est tout au fond du couloir à droite.

Lydia voulait les laisser en paix un moment pour qu'ils puissent se dire les choses sans être gênées par sa présence. Mais sa curiosité la poussa à rester cachée pour écouter leur conversation.

Marie chuchotait fermement.

— Paul, je profite de l'absence de la demoiselle pour aborder un sujet familial. Tu as raconté à tes enfants l'incident sur le voilier ?

— Non, toujours pas.

— Tu ne crois pas qu'il serait temps de leur dire la vérité ?

— Marie, je n'ai juste pas envie de revivre la scène la plus traumatisante de ma vie. Est-ce que tu peux comprendre ça ? Nelly est morte, je pourrais leur raconter les circonstances dans les moindres détails sordides, ça ne la ramènera pas.

— Paul, je t'en prie, essaye au moins. Les secrets brisent les familles. Les enfants et toi étiez si soudés avant le drame. Et puis tout garder n'est pas bon pour toi, c'est en train de te ronger de l'intérieur. Georges et moi, t'avons toujours soutenu et nous continuerons de le faire mais pour l'amour du ciel, parle leur Paul. Tes enfants ne te voient plus qu'une fois par an. Arrête d'être aussi égoïste. Ils ont beau être des adultes, ils ont toujours besoin de toi.

— Écoute Marie, si tu m'invites à manger pour faire mon procès devant une amie, je vais devoir décliner l'invitation.

Lydia était toujours prostrée dans le couloir avec désormais l'intime conviction que la trace sur le bateau correspondait bien au sang de Nelly. Elle se faufila rapidement aux toilettes.

18

— On ne va plus aux objets trouvés ?

— Tu ne semblais pas pressée de t'y rendre tout à l'heure.

— C'est que je ne voulais pas vous priver de retrouvailles dignes de ce nom avec votre famille.

— Tu parles d'un moment agréable, Marie m'a assommé de questions et de reproches.

— Paul, est-ce que je peux vous demander de quelle façon est décédée votre épouse ?

— Avant d'y répondre, je vais te montrer quelque chose.

Il braqua le volant et s'emmancha dans le chemin cabossé qui menait au bateau. De retour à bord du voilier, ils s'installèrent dans le salon. Paul ouvrit un placard que Lydia n'avait pas encore exploré et en sortit un album photo.

— Ce sont les clichés de notre dernier voyage. Nous avons navigué durant deux ans en Asie du Sud-Est. Nous étions tombés amoureux de cette région du globe. Les paysages nous épataient un peu plus chaque jour et le calme et l'optimisme de la population locale nous apportait notre dose de gaieté quotidienne. Nous avions sympathisé avec un patron de restaurant en Malaisie, à force de fréquenter son établissement, il était devenu un bon copain. Il avait résidé plusieurs années aux Philippines et nous avait conseillé de ne pas quitter l'Asie du Sud-Est sans passer par les paysages grandioses de cet archipel. Il nous avait concocté un circuit personnalisé et nous sommes partis en suivant son itinéraire.

Paul poursuivit son histoire en tournant les pages de

l'album. Lydia, ravie de s'adonner à un voyage virtuel, découvrait la dernière croisière du couple avec le son et l'image.

— Nous avions commencé par l'île de Palawan. El Nido était notre petit port d'attache. Nous avions vu des merveilles dans les pays précédents, mais rien de semblable à la beauté de la baie de Bacuit. Tous ces îlots sous forme de pitons rocheux plongeant dans la mer, ces lagons translucides, ces forêts tropicales, ces plages de sable blanc nous faisaient écarquiller des yeux d'enfants émerveillés chaque jour que Dieu nous offrait dans ce paradis perdu.

Durant nos deux années en Asie, Nelly et moi nous étions formés à la plongée sous-marine. Nous sommes restés un long moment dans l'archipel pour savourer les nombreux spots qu'offrait le site.

Paul s'était adonné à la photo subaquatique pour le plus grand plaisir de Lydia qui suivait leurs aventures en image au-dessus et en dessous du niveau de la mer.

— Après ce séjour, nous avons mis le cap sur Siquijor. Regarde cette photo, elle est incroyable : à l'approche de l'île nous avons été escortés par une horde de dauphins. C'était un instant fabuleux. Nous les observions en train de jouer, sauter, passer sous la coque. Nelly s'était agrippée au garde-corps pour se pencher et les admirer de plus près. D'un geste malheureux elle a accroché son bracelet qui s'est rompu et est tombé dans l'eau. C'était un bijou que lui avait donné sa mère, elle y tenait énormément. J'ai jeté à la mer une casserole en fonte, attachée à ma bouée de signalisation pour repérer l'endroit et pouvoir y retourner le lendemain.

Lydia souriait en imaginant la scène du lancer de casserole.

— Nous avons accosté sur l'île. Le soir, pour célébrer notre arrivée, nous avons dîné dans un restaurant de poissons, puis nous avons fait une longue balade sur la plage main dans la main.

Paul faisait défiler les photos pendant que Lydia visionnait les bateaux colorés de pêcheurs, les nasses pleines d'oursins, les enfants qui jouaient sur la plage... Elle ressentait elle aussi cette atmosphère douce, joyeuse, insouciante... Sur un cliché, Nelly pataugeait les pieds dans l'eau avec un sourire jusqu'aux oreilles. Sur un autre, Paul posait fièrement en combinaison de plongée. C'est justement à partir de cette photo, qu'il poursuivit son histoire.

— J'avais promis à Nelly de mettre tout en œuvre pour retrouver son cher bracelet. Nous sommes donc partis au lever du soleil et avons navigué jusqu'à la bouée. J'ai enfilé ma combinaison et je suis parti en quête de l'objet. Le bijou était assez fin, alors après un repérage vain je me suis mis à gratouiller le sol dans l'espoir de le faire ressurgir des profondeurs. En remuant le sable, j'ai soudain aperçu quelque chose. Persuadé qu'il s'agissait du bracelet de ma femme, je m'en suis saisi immédiatement. Je me voyais déjà remonté en héros, acclamé par Nelly. Mais je ne tenais pas le bijou de famille. Le sujet était fin, rond et en partie recouvert de concrétions marines. Je l'ai gardé avec moi et j'ai continué mes fouilles. Je suis alors tombé sur quatre bibelots similaires. Cette découverte m'a soudain intrigué alors je suis remonté sur le bateau pour la montrer à Nelly.

Lydia tenait dans ses mains la photo des cinq minuscules objets couverts de sédiments. La journaliste captivée l'observait sous toutes les coutures, essayant de deviner de quels matériaux il pouvait bien s'agir.

— Je me suis délesté de ma combinaison et nous avons nettoyé mes petites trouvailles. Après une bonne heure d'un frottage minutieux, nous avons découvert qu'il s'agissait de pièces de monnaie espagnoles, probablement en or. Elles dataient du XVIIe siècle. Nelly et moi n'osions plus rien dire face à cette découverte. Nous tenions peut-être entre les mains, une partie d'un trésor.

— C'est incroyable ! Mais qu'est-ce que vous avez fait, vous êtes retourné à l'eau pour chercher le reste ?

— J'ai plongé durant les trois jours suivants. Nelly restait à bord pour surveiller les environs. Malgré des heures de recherches, je n'ai absolument rien trouvé. Ces pièces m'obsédaient, j'étais persuadé qu'il y en avait d'autres. Je ne dormais presque plus, je ne pensais qu'à mes recherches. À moins d'une cinquantaine de mètres, j'avais découvert un important rocher. Il abritait beaucoup de poissons et crustacés en raison de ses nombreuses cavités. J'ai décidé de poursuivre mon exploration à ses pieds. Et crois-moi si tu veux mais j'ai remonté une trentaine de pièces en une matinée.

— C'est complètement dingue cette histoire. Vous en avez trouvé combien au total ?

Le récit mettait Lydia dans un état de surexcitation.

— C'étaient les dernières que je remontais ce jour-là. Nelly commençait à avoir peur de cette découverte et craignait que sa valeur nous attire des ennuis. Nous naviguions en terre inconnue, loin de chez nous et la mer regorgeait de pirates dans ces coins-là. Et puis cette découverte virait à l'obsession de mon côté et Nelly s'ennuyait à mourir seule sur le bateau pendant que je faisais mes recherches sous-marines.

J'ai donc mis de côté mon petit trésor et nous avons passé les jours suivants à visiter cette délicieuse île qu'était Siquijor. Au volant de notre scooter de location, nous roulions à travers ce paradis comme deux adolescents amoureux et insouciants.

Un soir, au restaurant, je me suis fait aborder par un type étrange pendant que Nelly était partie aux toilettes.

Il s'est assis à ma table moins d'une minute et m'a parlé en plongeant ses yeux noirs dans les miens : « On parle beaucoup de toi ici amigo, les touristes en général ne plongent pas autant de fois au même endroit ».

— Il était menaçant ou c'était pour vous mettre en garde ?

— Je ne savais pas vraiment qu'elles étaient ses intentions, je lui ai répondu que ma femme avait perdu un bijou et que je lui avais promis de le retrouver. Il s'est levé et il est parti. Je n'ai rien dit à Nelly car j'avais peur de l'inquiéter encore plus qu'elle ne l'était déjà.

Le lendemain, avant qu'elle ne se lève, je suis allé cacher le trésor sous l'ancre du bateau.

Nous avons pris le petit-déjeuner, puis nous sommes allés à terre acheter quelques provisions avant le départ. Nous avions décidé de quitter Siquijor et de continuer notre périple vers l'île voisine de Bohol pour découvrir cette curiosité géologique qu'on appelle les Chocolate hills. Lorsque nous sommes remontés à bord avec nos sacs de courses, le bateau avait été cambriolé. Tout était sens dessus dessous. J'ai bien vérifié qu'il n'y avait plus personne à bord et pris Nelly dans mes bras pour la réconforter car elle tremblait de tout son être, sous le choc. Une fois ses esprits retrouvés, elle m'a fait remarquer que les pièces avaient disparu de leur cachette. Je lui ai alors avoué les avoir mises en sécurité sous l'ancre. Je suis descendu les chercher et nous sommes partis cap sur Bohol. Durant le trajet, Nelly ne cessait de me répéter que cet argent allait nous porter malheur.

— Vous deviez être inquiets après ce cambriolage. Est-ce qu'ils vous avaient dérobé quelque chose ?

— Non rien du tout. Arrivés à Bohol, nous avons essayé de nous détendre et d'oublier ce fâcheux épisode. Je ne savais pas si le cambriolage était un pur hasard ou s'il y avait un lien avec le type du restaurant. Un soir, en remontant à bord, nous avons trouvé une lettre coincée dans la barre. Nous l'avons décachetée « Dépose ton butin dans la barque jaune à minuit sinon de graves ennuis t'attendent ».

— Nelly m'a supplié d'aller porter les pièces dans cette embarcation et de rentrer en France. Le cambriolage puis les menaces, pour elle c'en était trop. Elle me répétait que nous n'avions jamais été aussi heureux que depuis notre vie frugale sur ce bateau. Que nous n'avions pas besoin de cet or, qu'il allait détruire notre famille si nous le gardions. Je ne partageais pas vraiment son avis. Je m'étais beaucoup amusé à sortir ce trésor. Je voulais le préserver, il était ma fierté. J'étais aussi curieux de connaître sa valeur. Je me disais qu'il nous permettrait peut-être d'offrir à nos enfants un moyen de réaliser leurs projets. Nous nous sommes fortement disputés ce soir-là, Nelly et moi.

— Et alors, quelle décision avez-vous prise ? Est-ce que vous avez finalement déposé les pièces dans cette barque ?

— Je suis allé en porter la moitié. Je me disais que la ou les personnes qui avaient rédigé le courrier ne pouvaient pas savoir combien j'en avais sorti de l'eau et qu'ils seraient déjà ravis d'un tel butin. Le lendemain, nous devions nous rendre à l'agence de voyages pour acheter des billets d'avion pour rentrer. Et nous voulions également nous renseigner pour faire rapatrier le voilier en France par Cargo. Nelly voulait partir au plus vite, elle ne se sentait plus du tout en sécurité à bord.

— Est-ce que vous avez pu voir la personne s'emparer des pièces d'or dans la barque ?

— Non j'ai regardé autour de moi, pour m'assurer que personne ne pouvait me voir déposer le sac. Puis je suis reparti au plus vite auprès de Nelly. Nous nous sommes barricadés dans le bateau, nous n'avons presque pas dormi. Le lendemain, nous levions l'ancre pour naviguer jusqu'à

Cebu où nous pouvions prendre un vol et laisser notre voilier en sécurité.

— Et ce n'est pas ce qu'il s'est passé ?

— Au bout de vingt minutes de navigation, un semi-rigide s'est approché de notre bateau. Deux hommes sont montés à bord, ils portaient un foulard sur le bas du visage. Un troisième attendait sur l'embarcation. Ils m'ont remercié pour le butin et m'ont demandé le reste. Ils nous menaçaient avec une arme. Nelly était pétrifiée. Je leur ai répondu que nous n'avions gardé que deux pièces en souvenir de notre découverte. Je leur ai indiqué où les trouver. Ils s'en sont emparés et m'ont répondu qu'ils allaient fouiller le bateau pour vérifier s'il n'y en avait pas d'autres. Lorsqu'ils ont ouvert la porte de notre cabine, Facteur est sorti. Il a sauté à la gorge de celui qui nous braquait et le coup est parti. Nelly a reçu la balle dans l'artère fémorale. Les deux hommes ont sauté du bateau et sont repartis à toute vitesse en mer. J'ai essayé d'arrêter l'hémorragie, j'ai appelé les secours. Puis je suis resté les attendre en rassurant Nelly comme je pouvais. Mais la vérité c'est que je n'arrivais pas à stopper le flux. Elle perdait de plus en plus de sang. Elle m'a regardé avec ses yeux doux et si faibles et a murmuré « Argent de malheur ». Puis elle m'a susurré qu'elle m'aimait ainsi que nos enfants et qu'elle nous attendrait sagement, mais surtout de prendre notre temps, puis elle s'est évanouie. Les secours sont arrivés, ils m'ont dit qu'elle était inconsciente mais encore vivante, qu'ils allaient tout mettre en œuvre mais que son état était grave. Ils la transportaient à l'hôpital le plus proche. Je les ai suivis avec mon voilier mais j'allais moins vite. Je me suis rendu dès que j'ai pu à l'hôpital. En arrivant, ils m'ont annoncé qu'elle était décédée. J'aurais échangé toutes ces pièces de malheur contre la vie de ma femme mais l'argent ne peut rien face à la mort.

Paul laissa s'échapper une pudique larme. Lydia touchée par son récit le prit dans ses bras et lui témoigna toute sa compassion.

— La tache sur le bateau, ce n'est donc pas du café.

— Non ce n'est pas du café, je ne pouvais pas te le dire sans te raconter l'histoire.

— Est-ce que vous vous infligez cette vie de misère pour vous punir ?

Paul semblait vidé, sans accorder de réponse à Lydia, il partit se coucher.

19

Lydia tenait son vieux modèle de téléphone portable entre ses mains. Elle l'observait sous toutes les coutures et réapprenait à l'utiliser avec intérêt. Quel progrès cet objet avait subi en une vingtaine d'années ! Du haut de ses trente-trois ans, elle avait connu sa démocratisation, la création de l'antenne intégrée, l'écriture T9, le passage en couleur et enfin la rupture technologique avec l'arrivée des smartphones. Elle repensait à ses grands-parents qui lui avaient souvent évoqué l'époque de la création des postes de télévision et de la transition vers la couleur. Dans son esprit, il s'agissait de discours de vieux dinosaures. À cet instant, elle se rendait compte qu'elle aussi pouvait désormais tenir ce genre de propos à des adolescents, au sujet de l'évolution fulgurante du mobile. Affolée, elle s'approcha du miroir de la porte d'entrée, examina sa chevelure brune avec minutie, persuadée d'avoir fait l'acquisition en une demi-seconde d'une centaine de cheveux blancs supplémentaires. Elle comptabilisa chaque intrus capillaire et recula devant le nombre trop important de l'envahisseur.

Elle se replongea dans le souvenir de son tout premier téléphone qui fonctionnait avec une carte prépayée. Elle s'en servait surtout pour communiquer par SMS avec ses amies du lycée. Le texto coûtait 1 franc et ne comptait pas plus de cent soixante caractères. Il fallait adapter sa prose ! Mon Dieu, elle avait aussi connu les francs ! Elle repensa aux cahiers d'école dans lesquels elle recopiait ses textos afin de pouvoir les conserver et les relire à l'infini. Avec les gigas de stockage à disposition, il ne nous viendrait plus à l'esprit de recopier des conversations ! Cette relique entre ses doigts ne prenait pas de photos, ne possédait pas de GPS, elle ne pouvait faire aucun achat avec, ni poster sa vie sur les réseaux sociaux... En revanche elle pouvait faire une bonne partie de Snake !

Elle regarda le clavier numérique, puis composa machinalement un numéro. Trois sonneries retentirent puis une femme décrocha.

— Allô ?

— Oui bonjour c'est Lydia.

— Lydia ma chérie, comment vas-tu ?

— Maman...

— Oui c'est Maman, tu pensais avoir composé le numéro de quelqu'un d'autre ?

— Maman ne t'inquiète pas, je vais très bien.

— Pourquoi je devrais m'inquiéter ma puce, tu as l'air bizarre, ça ne va pas ? Je ne t'entends pas très bien.

— Attends, je sors dans le jardin. Je capte assez mal depuis l'endroit où je me trouve.

— Et moi je te rappelle dans cinq minutes car je suis en voiture, à tout de suite ma chérie.

— Maman, je...

La mère de Lydia avait raccroché.

Elle entendit les herbes crisser. Elle jeta un coup d'œil aux alentours et aperçut la silhouette d'un homme qui s'approchait du bateau. Prise de panique elle rentra à l'intérieur et s'enferma à double tour. Paul ronflait comme un ours. Haletante, elle reprenait sa respiration appuyée contre les meubles de la cuisine quand une voix l'interpella à travers la porte.

— Lydia ouvre-moi, c'est Thomas, Thomas Péquin.

Ce nom lui disait vaguement quelque chose, mais elle ne savait plus qui était cet homme.

— Qu'est-ce que tu me veux ?

— Je t'ai aperçu à Saint Cyprès tout à l'heure. Je t'ai appelé mais tu ne m'as pas entendu. On était ensemble à l'école primaire, tu te souviens ? Je t'ai suivie pour te dire bonjour et savoir ce que tu devenais. Désolé si je t'ai fait peur, ce n'était pas mon but.

Lydia entrouvrit la porte. Le visage de son mystérieux camarade de classe baignait à moitié dans l'obscurité. Le jeune homme lui tendit la main pour la saluer et elle fit de même.

20

Le réveil sonna huit heures, Lydia ouvrit un œil, confortablement bordée dans le lit double de la cabine. Sur la table de nuit se trouvait son téléphone portable, elle consulta son historique. Il n'y figurait que des appels et messages de Melissa, pourtant elle aurait juré avoir parlé à sa mère hier au soir. Elle trouva son carnet de notes ouvert sur le lit et son crayon tombé à terre. Morphée l'avait sans doute emportée tandis qu'elle écrivait sa journée d'hier.

Mal réveillée, elle voulait se préparer un café bien serré. Elle heurta la photo de Paul et Nelly en se déplaçant dans le petit salon. Le cadre tomba par terre et la vitre explosa en éclats. Lydia, catastrophée par sa maladresse, saisit le cadre brisé et le posa sur la table. Elle essaya de ramasser tous les petits morceaux de verre afin de les jeter pour que personne ne se blesse. Elle démonta le dos du cadre pour sortir la photo et remarqua une inscription sur l'envers du vieux cliché :

Liste de nos rêves de jeunes mariés à lire quand nous serons de vieux mariés.

Lydia trouva le concept génial puis poursuivit sa lecture en souriant.

S'aimer toujours comme au premier jour.
Faire autant d'enfants que la nature nous le permettra.
Leur donner une éducation la plus épanouissante possible.
Explorer le monde en famille.
Regarder dans la même direction, s'engager dans de nouveaux projets.

Partir en croisière.
Mourir vieux et heureux.

Elle replaça la photo dans le cadre brisé. Ce couple avait vraiment partagé des jours heureux. Lydia rêvait de trouver un partenaire de vie pour former un duo aussi solide et épanoui que le leur, mais la mission n'était pas simple. Jusqu'ici, elle avait couru d'échec en échec. Elle avait depuis dressé la liste de tous les attributs physiques et surtout des qualités que devrait posséder le futur candidat pour être sûr de ne plus se tromper. Vu le nombre de lignes qu'elle avait rédigées, elle se demandait si un tel homme pouvait exister. Et si c'était le cas, il se trouvait sûrement déjà marié depuis dix ans et s'était reproduit au moins à quatre reprises. Elle arrivait trop tard. On lui avait pourtant martelé de trouver un homme correspondant à ses valeurs, d'apprendre à le connaître avant de se jeter dans la gueule du loup, qu'en amour on n'était jamais trompé que par soit même... Mais son esprit vrillait dès qu'elle se trouvait en présence d'un grand brun ténébreux, à la barbe de trois jours et à l'esprit libre et rebelle. Fichu inconscient qui la guidait toujours vers des plans bien foireux. À coups de séances de psy, elle essayait de lui tordre le cou, mais il avait la peau dure le bougre.

On toquait à la porte.

— Lydia c'est Paul !

Elle ouvrit.

— Comment allez-vous Paul ?

— Ça va mieux qu'hier merci. Je me suis bien reposé, j'ai les idées plus claires. Mais vous avez dormi où, car vous étiez dans le lit hier soir et ce matin c'est moi qui avais pris votre place ?

— Quand je me suis réveillé tu ronflais dans le canapé, j'ai juste procédé à un échange par courtoisie.

— Je devais en écraser une bonne car je ne me souviens

pas de cette transition.

— Allez suis-moi, Georges et Marie nous attendent.

21

— Paul m'a expliqué ce matin votre problématique de logement.

Marie s'exprimait d'une voix douce. Elle avait posé sa main de grand-mère prévenante sur celle de Lydia.

— Oui j'ai quelques difficultés mais ça devrait vite s'arranger.

— En tout cas, ici nous avons de l'espace, je veux dire des chambres disponibles. Sens-toi donc libre de rester le temps que tu auras besoin.

— Merci Marie, c'est adorable. J'accepte l'offre pour quelques jours dans ce cas.

— Bien, je vais aller te préparer la chambre rose, c'était la chambre de ma fille Charlotte. Tu verras, tu t'y sentiras très bien.

Pendant que Marie s'affairait dans la préparation du lit, Paul invita Lydia à faire une partie de cueillette dans le potager. À l'orée de l'automne, elle s'attendait à trouver un jardin sur le déclin mais il n'en était rien. De belles tomates vertes attendaient patiemment d'être cueillies pour finir de mûrir au chaud, de généreux potimarrons d'un orange vif promettaient de délicieux potages au coin du feu et de timides choux se développaient doucement, attendant les premiers grands froids pour s'épanouir pleinement. Paul initia sa jeune élève à l'entretien des plantations. Entre deux leçons de permaculture, elle en profita pour revenir sur l'histoire qu'il lui avait confiée la veille.

— Paul, je me demandais s'il y avait eu une enquête sur l'assassinat de Nelly.

— Oui bien sûr qu'il y a eu une enquête, mais elle n'a jamais été élucidée. Je n'ai pas vraiment poussé non plus.

— Vous n'avez jamais eu envie d'y retourner et d'enquêter par vous-même ?

— Même si je retrouvais les coupables, qu'est-ce que cela changerait à l'histoire ?

— Peut-être que cela vous aiderait à faire votre deuil ?

— Je n'en sais rien Lydia, je ne sais pas si je pourrais faire le deuil de Nelly un jour.

— Je ne trouvais pas le sommeil hier soir dans le canapé et je vous ai emprunté un roman qui se trouvait dans un placard. En le feuilletant, un billet est tombé. Il vous donnait un rendez-vous au bout de la jetée. Ça vous parle ?

— Tu es tombée là-dessus ? Je ne savais même pas que je l'avais conservé. Je suis allé à ce rendez-vous en effet.

— Et alors ?

— Et alors tu es une vraie petite fouine ! Ton métier de journaliste te va très bien je trouve.

— Je n'y peux rien vous m'avez raconté une partie de l'histoire et elle m'intrigue. Maintenant j'ai envie d'en savoir plus.

Lydia et son regard inquisiteur traquaient Paul à travers les feuilles de vignes. Il cueillait minutieusement de grosses grappes de raisin blanc. Il tendit quelques grains bien mûrs à Lydia qui les croqua aussitôt. Puis il répondit à la jeune femme impatiente.

— Quand je suis arrivé au lieu de rendez-vous, un homme avec un bonnet et de longues dreadlocks était assis sur un rocher. Je l'ai salué et je lui ai montré le billet manuscrit. Il m'a fait un signe de tête pour approuver. Il m'a expliqué qu'il dormait dans la barque à côté de celle dans laquelle j'avais déposé le sac. Il avait entendu parler du meurtre. Il m'a donné le nom du pêcheur à qui appartenait la barque et m'a dit qu'un des deux jeunes garçons qui était venu récupérer le sac était le neveu du batelier. Il m'a fait promettre de ne jamais parler de lui dans l'enquête et il est parti.

— Et vous avez communiqué ces informations à la police ?

— Non, je voulais rentrer en France, rapatrier le corps de ma femme et l'enterrer auprès des siens. C'est ce sur quoi j'ai concentré mes actions.

La voix puissante de Marie s'éleva dans les airs.

— Paul, Lydia, nous avons besoin de vous ici.

Les jardiniers en herbe s'extirpèrent du potager pour aller prêter main-forte.

— Paul, peux-tu aller trouver Georges ? Il est au grenier, il voudrait y monter des meubles assez lourds. Est-ce que tu saurais lui donner un coup de main ?

— Sans problème, donne-moi cinq minutes, le temps de gonfler mes muscles et je m'y attelle.

— Pendant ce temps, ma chère Lydia, pourrais-tu aller à la boulangerie du village me chercher deux baguettes, s'il te plaît ?

— OK, j'y vais de ce pas !

22

Lydia pénétra dans la cuisine, les deux baguettes chaudes à la main. Elle sursauta en apercevant un jeune homme assis à la table, qui feuilletait un magazine. Elle ne s'attendait pas à trouver quelqu'un d'autre que Marie en ce lieu. Ce qui lui sauta aux yeux en premier fut une touffe bien fournie de cheveux bruns un peu négligés et bouclés. Puis la touffe et le corps qui allait avec, se levèrent.

— Désolé de t'avoir fait peur. Je me présente, je suis Nathan.

— Bonjour, moi c'est Lydia, une amie de Paul.

— Tu veux dire Paul Mills ? Je suis son fils !

— Ravie de faire ta connaissance. Paul m'a parlé de ses quatre enfants, tu es le plus jeune c'est bien ça ?

— C'est exact.

Lydia tout en discutant, détaillait le fils de Paul. Son nez imposant lui rappelait une expression qu'aimait employer sa mère : « un bon clocher n'a jamais déshonoré son village ». Ses lèvres charnues souriaient tout le temps laissant apparaître une belle rangée de dents blanches au milieu de sa repousse de barbe. Il était plutôt grand et un peu nonchalant, ce qui lui donnait des airs de moniteur de colo. Ses yeux marron clair brillaient de malice sous ses sourcils bruns rebelles.

— Tu es venu déjeuner avec nous ?

— J'étais juste passé dire bonjour à Georges et Marie comme je suis en vacances dans le coin.

Quand tu dis « nous », tu parles de qui ? Mon père est là ?

— Oui, tu ne l'as pas encore vu ?

— Non je viens d'arriver. J'ai appelé et une voix lointaine m'a répondu de les attendre cinq minutes dans la cuisine.

— Ils sont en train de déménager des meubles au grenier.

— Tu connais mon père depuis longtemps ?

— Non pas vraiment, je suis journaliste et je l'ai rencontré pour l'interviewer sur ses voyages en bateau.

— Tu as dû avoir de la matière, cela fait bien dix ans qu'il navigue. Je ne savais pas qu'il était rentré. Tu travailles pour quel magazine ?

— Pas pour celui que tu es en train de lire.

Nathan sourit en regardant la couverture de la revue.

— Attends, tu juges un peu vite je trouve, il y a de super articles, je viens d'en lire un très poignant au sujet d'une ex-candidate de la télé réalité qui vient de s'engager dans la cause animale. Son hamster Glossy s'est donné la mort parce que la production avait refusé qu'il accède au studio de tournage.

— Je connais très bien ce magazine, j'avais postulé chez eux, mais à l'entretien, ils m'ont recalé. Je me suis mise à pleurer en lisant l'histoire de Glossy. Ils m'ont fait comprendre que dans ce métier, il fallait être capable de gérer ses émotions.

— C'est ça quand on sort de l'école on a trop d'ambition et une sensibilité débordante. Tu retenteras ta chance quand tu auras un peu plus de bouteille ma grande.

— Et toi tu bosses dans quoi ?

— Dans une boîte de conserve.

— Tu ne t'y sens pas un peu à l'étroit ?

Nathan regarda Lydia d'un air faussement choqué et ils se mirent à pouffer.

— Gros niveau sur l'humour, on va pouvoir monter un spectacle tous les deux !

Marie les interrompit :

— Nathan, Lydia, je vois que vous avez eu le temps de faire connaissance !

— Oui comme vous aviez l'air très occupés Georges et toi, on a eu le temps d'échanger sur nos grandes carrières. Il paraît que Papa est là !

— Oui ton Papa est en haut.

— Et il fait des gâteaux ?

— Non pourquoi ?

Lydia riait dans sa barbe.

— Il sait que je suis là ?

— Non, il aide Georges au grenier.

— Marie, tu pourrais aller le chercher si ça ne t'embête pas ?

— Oui bien sûr.

— Dis-lui que quelqu'un le demande, mais ne lui dit surtout pas que c'est moi, OK ?

— Tu vas finir par tuer ton pauvre père avec tes blagues.

Nathan se glissa dans un vieil imper appartenant à son oncle et se couvrit d'un chapeau. Il se tenait désormais face à la fenêtre, appuyé sur une canne. Il se concentrait pour grimer sa voix et ne pas exploser de rire. Son père entra dans la cuisine et aperçut le curieux personnage de dos. Il s'approcha de lui puis prononça d'une voix tonique :

— Paul Mills, que puis-je pour vous ?

Nathan prit un ton très professionnel.

— Je suis Benjamin, un collègue photographe de Lydia, j'aimerais faire un reportage photo à bord de votre bateau lors de votre prochain voyage, si cela vous est possible.

— Impossible, je n'embarque personne à bord, vous comprenez je navigue nu comme un ver !

Nathan était démasqué ! Il se retourna arborant un large sourire et échangea une longue accolade avec son père.

— Fiston, ça me fait plaisir de te voir !

— Moi aussi P'pa. Pourquoi tu ne m'as pas prévenu de ton retour ?

— Parce que je ne suis là qu'une journée, je repars immédiatement. Et je pensais que tu étais en congés à l'autre bout du monde.

Marie se campa, mains sur les hanches.

— Comment ça, tu repars Paul ?

— Lydia a un reportage à faire dans les îles et comme je connais bien le coin, j'ai décidé de lui servir de guide !

— Mais je viens de préparer la chambre rose, tu te moques de moi ?

— Le départ s'est improvisé au jardin.

— Vous partez dans quelles îles ?

— Aux Philippines !

Lydia venait de lancer une bombe. Tout le monde écarquilla de grands yeux.

— Papa, tu vas retourner là-bas ?

Paul perdit pied dans le déroulement de son mensonge. Il avait menti à son fils dans le but de fuir, mais Lydia venait de surenchérir. Il fallait répondre vite pour ne pas se décrédibiliser mais il se sentait trop déstabilisé pour cela. Et c'est donc Lydia qui poursuivit.

— Mon patron vient de me donner l'accord pour un reportage sur les plus beaux spots de plongée du monde. Comme Paul est un plongeur avéré et qu'il connaît parfaitement l'île sur laquelle le magazine m'envoie, je lui ai proposé de m'accompagner et il a gentiment accepté.

Nathan demeurait perplexe. Dans cette partie de Poker, il se lança à son tour.

— Ça tombe bien, j'entame un mois de vacances. Je pensais les passer dans le coin pour faire la tournée des vieux potes mais je n'ai rien organisé de précis. Ça fait des années que je rêve d'apprendre à plonger à tes côtés Papa, c'est l'occasion parfaite. Je pourrais me joindre à vous si ça ne perturbe pas vos plans ?

Les paupières de Paul ne lui permettaient pas d'écarquiller davantage ses yeux. Son visage s'empourprait à grande vitesse. Il s'attendait à tout sauf à ça. Comme il restait figé, Lydia reprit la main.

— C'est une super idée je trouve. En plus, ça doit faire un moment que vous n'avez pas passé de temps ensemble. Paul m'a confié que vous ne vous voyiez qu'à Noël.

— Carrément ! Papa ça va ? C'est l'émotion d'emmener à nouveau ton petit garçon en vacances qui te met dans cet état ? Marie, sers-lui vite un remontant, on va le perdre sinon !

— Oui oui ça va... C'est que je ne m'étais pas préparé à cela mais je me réjouis de ces vacances improvisées.

— Ben vu la couleur de ton visage, on ne dirait pas. Vous êtes sur quel vol ?

— Occupe-toi de préparer tes affaires mon fils, je me charge de ton billet.

— OK ça me va ! Je vous laisse, on se retrouve ce soir.

— C'est cela à tout à l'heure.

Nathan quitta la maison tandis que son père ronchonnait dans sa barbe. Georges et Marie étaient droits comme des i, figés, ils regardaient Paul et Lydia stupéfaits.

— Quand comptiez-vous nous informer de ce voyage imminent ?

— Au cours du déjeuner. Lydia, est-ce que tu peux m'accompagner, j'ai une course urgente à faire pour notre voyage ?

— Oui bien sûr.

— Mais où allez-vous ? Paul tu te défiles encore ?

— Tout à fait, mon sport national c'est la poudre d'escampette. Allez, à tout à l'heure, nous avons à faire.

23

Enfoncée dans le siège passager, l'apprentie menteuse se sentait toute penaude. Tout comme ce brave Maurice, elle avait poussé le bouchon un peu trop loin. Elle attendait le sermon de Paul, mais il ne venait pas.

Paul, de son côté, ne savait que penser. Il se réjouissait de ce temps potentiel à partager avec son fils, tout en redoutant les vérités qui allaient inévitablement éclater au cours de ce séjour. Marie et Lydia avaient raison, il avait passé ces dernières années à fuir, à se punir, il s'était enterré avant l'heure. Ce voyage inattendu se présentait comme l'occasion de revenir dans le monde réel, de renouer avec ses enfants, d'accepter ce qu'il s'était passé et de dire la vérité à son entourage. Ses descendants ne pouvaient pas bâtir leur futur sur un mensonge. Lydia lui avait offert sur un plateau son retour à la vie, il n'avait plus qu'à le saisir.

La jeune femme en quelques jours avait bousculé le cours de son existence. Elle s'était permis de s'immiscer dans ses secrets de famille et avait pris des initiatives audacieuses. Il avait toutes les raisons de lui en vouloir et pourtant il ressentait l'envie de la remercier.

À cet instant précis, il se trouvait au bord d'un précipice, il devait faire un choix. Reculer pour retourner à sa vie sans saveur, continuer de purger la peine qu'il s'infligeait à lui-même puis mourir rongé par ses regrets. Ou alors, sauter dans le vide, plonger vers un futur inconnu, se sentir vivant. L'envie de tourner la page sur ces années noires était forte. Grâce à la compagnie de Lydia, il avait rompu avec sa maîtresse la solitude. Ils étaient deux âmes perdues, devenues en peu de temps un guide l'un pour l'autre. Alors pourquoi ne pas prendre la main tendue de la jeune femme et ensemble tenter de trouver le chemin qui les ramènerait vers des jours heureux. Seuls, ils stagnaient dans l'abîme, à deux ils allaient de l'avant. Il prit mentalement son élan et se jeta dans le vide.

24

Paul perdit le contrôle de la voiture. Il n'arrivait pas à redresser le véhicule qui après de nombreux zigzags, sortit de la route. Lydia poussa un cri strident et se cramponna à la poignée au-dessus de la vitre. Paul appuya sur le frein de toutes ses forces. Ils se mirent à déraper sur plusieurs dizaines de mètres. Les secondes qui suivirent semblèrent interminables. La longue glissade souleva un nuage de poussière tout autour de la voiture. Ils ne voyaient plus rien. Impossible de savoir s'ils se trouvaient de nouveau sur la route ou complètement dans le décor. La citadine perdit de la vitesse, heurta quelque chose puis s'arrêta net.

La poussière dans l'air s'estompa progressivement, leur redonnant de la visibilité.

Lydia ouvrit la portière et descendit du véhicule. La voiture était encastrée dans la barricade qui l'empêchait de tomber de la falaise. Elle se mit à vomir.

Paul se détacha, observa tout son corps à la recherche d'une éventuelle blessure, puis il posa son regard en direction du précipice. Il prit une profonde inspiration.

— Lydia, tu vas bien ? Tu n'es pas blessée ?

— Non, mais j'ai eu la peur de ma vie.

Et la jeune fille régurgita de nouveau. Paul mit pied à terre à son tour. Lydia, sonnée, se remettait lentement de ses émotions.

— Qu'est-ce qu'il s'est passé Paul ?

— Ce projet de voyage, ça m'a complètement bouleversé. Je suis parti dans mes pensées et j'ai perdu le contrôle. Lydia je suis désolé.

— Ça va Paul, nous sommes toujours en vie, Dieu merci. Je me sens aussi responsable que toi, c'est moi qui aie lancé cette idée complètement farfelue.

— Lydia, j'ai perdu le contrôle du véhicule au moment où j'ai perdu le contrôle de moi-même. Juste avant l'accident, je venais de prendre une décision importante : rendre ce voyage réel, partir tous les trois aux Philippines.

— Paul, je n'ai pas réfléchi tout à l'heure mais je ne peux pas partir. Je dois résoudre mon problème d'amnésie. Puis, je n'ai aucun papier et je n'ai pas d'argent. On ne me laissera ni sortir, ni entrer dans aucun pays.

— On n'a pas encore joué toutes nos cartes jeune fille. On va partir, crois-moi. Laisse-moi cinq minutes, tu veux bien ?

Paul s'éloigna du véhicule. Lydia, dont les jambes ne la portaient plus, s'appuya sur un rocher. Elle se repassait les images de l'accident en boucle. Elle était encore sous le choc. Après quelques minutes, elle aperçut Paul qui revenait vers elle, un grand sourire aux lèvres.

— J'ai une super nouvelle ! On fonce aux objets trouvés. Un homme est venu apporter un sac à main ce matin, il se pourrait que ce soit le tien.

— Tu as téléphoné ? Oh merci Paul, je suis tellement contente !

— Attends, rien n'est encore sûr, allez monte !

— Tu ne veux pas que je prenne le volant ?

— Ça va aller, je me sens mieux à présent que j'ai pris une grande décision.

Lydia débordait d'impatience. Ce sac renfermait tant d'espoir.

25

Vêtue d'un tailleur bleu marine très strict, l'hôtesse d'accueil se tenait derrière un comptoir en acajou. Les cheveux attachés, elle portait de petites lunettes rondes tombant légèrement sur son nez. Sa bouche soulignée d'un rouge à lèvres bordeaux masquait la finesse de ses lèvres. Occupée par une conversation téléphonique, de sa main gantée elle fit signe à Paul et Lydia de prendre place dans les fauteuils du salon d'attente. Il se dégageait de la pièce une atmosphère de vieux musée poussiéreux. L'hôtesse raccrocha son téléphone et pria Paul et Lydia de bien vouloir se rendre au comptoir.

— Je vous ai contactée il y a trente minutes pour savoir si vous aviez trouvé le sac à main de mon amie Lydia ici présente.

— Oui nous avons un sac à main dans lequel il y a un passeport. Quel est votre nom de famille Mademoiselle ?

Lydia sentit le sang lui monter au visage. Comment expliquer à l'hôtesse qu'elle ne se souvenait plus de son nom de famille ? Elle n'allait jamais lui donner le précieux sac, or elle le voulait à tout prix. Elle choisit d'évincer la question.

— Il s'agit d'un sac noir, avec un écusson rouge et blanc. Il est légèrement déchiré et il y a une gousse d'ail à l'intérieur pour attirer la chance et je crois que ça a marché puisque quelqu'un vous l'a rapporté !

Après la description précise de l'objet et l'anecdote sur l'ail, l'hôtesse sourit et confia le sac à Lydia.

— Ma grand-mère partageait votre croyance. J'ai

toujours cru qu'elle était la seule à se balader avec une gousse d'ail dans sa besace. Tenez, le voici.

— Vous ne pouvez pas savoir comme je suis ravie.

De retour dans le salon d'attente, la jeune femme sortit un à un les objets que renfermait son sac et les étala sur la table basse. Devant elle, se trouvaient son passeport, la gousse d'ail, un papier plié en quatre, un carnet, un stylo, cent euros, deux barres de céréales, un paquet de mouchoirs, une petite bouteille d'eau, une trousse de toilette et un morceau de tissu. Lydia se jeta en premier sur le passeport pour retrouver son nom de famille : Lydia Rossi. Elle lut ensuite son adresse : 39 rue des pruniers, Redon la jolie. Elle habitait en Touraine.

— Alors, est-ce que tu retrouves la mémoire grâce à tous ces bibelots ?

— Non, mais je sais désormais que mon nom est Rossi et que j'habite en Touraine.

— Et ça ne déclenche rien d'autre ?

— Rien du tout, mais je me sens tellement rassurée d'avoir récupéré mon identité. Je peux rentrer chez moi et retrouver ma vie.

Elle saisit le morceau de papier et le déplia soigneusement. Il contenait une écriture manuscrite :

« Message à moi-même : Suis ton instinct, vis le moment présent et ne cherche pas à retourner dans ta vie passée pour l'instant. C'est en continuant ton chemin que tu trouveras la vérité et tant d'autres choses, fais-toi confiance. »

Elle recopia le texte à l'aide du stylo pour s'assurer qu'il avait bien été écrit de sa propre main et constata rapidement qu'il n'y avait aucun doute. Le message comportait la date du jour où elle s'était réveillée dans le parc. La jeune femme nageait en eaux troubles.

— Qu'est-ce que c'est que cette blague ? Paul, c'est un message que je me suis écrit à moi-même, regarde.

Elle lui tendit la feuille.

— C'est assez troublant. On dirait que tu savais que tu allais te retrouver dans une situation particulière. Tu t'es écrit ce message pour te dire de continuer dans la voie dans laquelle tu te trouves. Qu'est-ce que tu en penses ?

— Je l'interprète comme toi, mais j'ai une forte envie de me rendre chez moi.

— Tu t'es clairement écrit de ne pas le faire Lydia.

— Je sais, mais pourquoi ? Qu'est-ce qu'il m'est arrivé ? J'ai besoin de savoir.

— Il est trop tôt d'après ton message.

— Je ne sais pas...

— Comment as-tu vécu les journées qui ont suivi ton réveil ?

— À la fois bien et à la fois mal. J'ai ressenti tellement d'émotions contradictoires, elles m'ont vidée. J'ai l'impression d'être devenue complètement folle, d'avoir une tumeur au cerveau qui m'empêche d'accéder à mes souvenirs et retourner dans ma vie. Mon esprit carbure à mille à l'heure. J'ai peur de rester coincée dans cette situation invraisemblable. À côté de ce trouble, j'ai fait de belles rencontres, j'ai découvert des lieux et des histoires de vie passionnantes, j'ai pris le temps de vivre, de m'écouter, d'observer, de m'ouvrir et je crois bien que je me suis découverte moi-même.

— Si tu devais qualifier ton état actuel, je veux dire ce qui prédomine, tu emploierais quel qualificatif ?

Lydia réfléchit un court instant.

— Vivante.

— C'est positif ça, non ?

— Ça veut dire que je ne suis pas morte.

— Tu ne l'as pas dit dans ce sens-là. Qu'est-ce que ce mot signifie pour toi ?

— Que je me sens exister, que j'ai un but, que chaque jour

n'est pas tout tracé mais attend d'être écrit. Je ne sais pas où je vais, j'ai peur mais curieusement ça m'excite.

— Et donc quel est le frein à poursuivre cette aventure ?

— Les gens que j'aime et qui tiennent à moi. J'ai peur qu'ils s'inquiètent. Je n'ai aucun moyen de les rassurer si je ne retourne pas dans ma vie.

— Que penses-tu d'écrire une lettre et de la poster à ton adresse ? Quelqu'un va forcément venir relever le courrier si ton entourage pense que tu as disparu.

— Cette idée me plaît. Et mon travail, ils vont me licencier pour abandon de poste si je n'y retourne pas.

— Georges te fera un arrêt maladie. Tu as ton passeport, est-ce qu'on prépare nos bagages pour les Philippines ?

— Je n'ai que cent euros Paul, je ne peux pas m'offrir ce voyage. Et je ne sais plus si j'en ai l'envie et le courage.

— Lydia, tu m'as rendu vivant. Grâce à toi, je me suis rechargé en énergie positive, nécessaire pour me sortir de cette sombre merde dans laquelle je m'enfonçais un peu plus chaque jour. Nous sommes tous les deux sur une voie que nous n'avons jamais explorée, mais chaque jour elle nous surprend un peu plus. N'as-tu pas la curiosité de continuer à la découvrir ? Pour ce qui concerne l'aspect financier tu sais, j'ai été très économe ces dernières années, je peux me permettre une petite folie.

Ils se regardèrent et le sourire contagieux de Paul gagna Lydia.

— Mais dites-moi, comment se fait-il que vous viviez dans la rue et que vous puissiez financer un voyage à l'autre bout de la planète pour trois personnes ?

— Je vis très modestement, mais cela ne veut pas dire que mon compte en banque est vide. Nous en reparlerons mais pour faire court, disons que j'ai ressenti le besoin de me passer d'argent et de tout bien matériel. Alors jeune fille, avez-vous d'autres questions ou pouvons-nous nous rendre à l'agence de voyages ?

— Je fais une plongée archéologique en moi-même, consulte mon instinct et ma raison dans une réunion au sommet. Laisse-moi quelques minutes le temps de réaliser tout ça et je serai en mesure de te répondre.

— Bien ! Je vais fumer ma pipe à l'extérieur, tu me rejoins quand tu as fini tes délibérations ?

26

Dans les toilettes des objets trouvés, Lydia pratiquait la respiration ventrale. Prendre des décisions n'avait jamais été chose facile pour elle. Elle vérifia le contenu de sa trousse de toilette : tout le nécessaire se trouvait à l'intérieur pour s'assurer une bonne hygiène. Son sac à main avait été rempli de manière à lui accorder le minimum vital. Et ce morceau de tissu, à quoi pouvait-il bien servir ? Elle plongea son nez à l'intérieur et reconnu l'odeur de son enfance, elle l'avait sûrement glissé pour apaiser ses potentielles angoisses. Elle rangea le tout dans sa besace, qu'elle serra contre son cœur, puis elle sortit retrouver Paul.

Il fumait paisiblement sa pipe. L'odeur de tabac s'était répandue dans la rue. Un nuage de fumée planait au-dessus de sa casquette. Elle posa une main amicale sur son épaule et s'adressa à lui :

— Les conclusions de la réunion sont les suivantes : la destination Philippines est validée ! Mon instinct m'a proposé de mettre de côté mon problème d'amnésie pour quelques jours et de cueillir les opportunités. Ma raison m'a dit qu'elle ne s'y opposait pas, pour une courte durée mais que je n'oublie pas de la consulter par la suite. C'est bon, je lâche, je me laisse guider, je m'autorise cette liberté et j'accueille l'inconnu à bras ouvert. En revanche, mes deux conseillers se sont accordés sur le fait de résoudre au plus vite la problématique suivante : que mettre dans nos valises ?

— Lydia, ton discours me réjouit ! Je te propose que nous commencions par acheter un grand sac à dos et les billets d'avion, ensuite nous ferons du shopping sur place.

— Je suis d'accord. Par contre, je voudrais juste partir avec une tenue confortable et propre.

— Pas de problème, on file acheter cela. Moi aussi j'en ai besoin. Je ne tiens pas à parfumer la cabine de l'avion avec Clodo de chez Jean peste.

— Paul, je vous rembourserai tout quand j'aurai retrouvé mon compte en banque.

— On verra ça plus tard. Est-ce que tu peux cesser de me vouvoyer, ça me fait pousser des rides ? Tu avais commencé à me tutoyer après l'accident, ça m'allait bien.

— Je peux essayer ! Dernière requête, peut-on passer au foyer où j'ai dormi les premières nuits ? J'ai une copine de galère à saluer.

— Bien sûr, d'ailleurs commençons par cela.

27

— Oh Lydia ! Quelle surprise ! Je suis contente de te voir ! Comment vas-tu ?

— Ça va plutôt bien. J'ai même retrouvé mon sac à main avec mes papiers dedans.

— Quelle bonne nouvelle !

— Je sais enfin où j'habite et comment je m'appelle, c'est déjà un grand bond en avant.

— Je suis contente que tu réunisses les premières pièces du puzzle. Et quels sont tes projets à présent ?

— Je pars avec Paul et son fils aux Philippines.

— Tu me fais marcher ?

— Non, non, c'est complètement fou mais c'est la vérité. Je suis venue te dire au revoir Mélissa, te remercier pour ce que tu as fait pour moi et te rembourser le téléphone avec un petit supplément pour que tu gâtes ta fille quand tu la retrouveras.

— Lydia, tu es adorable. Mais tu ne retournes pas chez toi ?

— Pas tout de suite, je rentrerai chez moi après le voyage. Je sais que tout cela paraît étrange mais je sens qu'il faut que j'aille là-bas. Ça ne s'explique pas.

— Je ne suis pas sûre de te suivre mais tu as l'air enjouée en tout cas, c'est le principal. Tu es tombée amoureuse du vieux ?

— Mais non enfin, il pourrait être mon grand-père !

— Il y en a beaucoup que ça ne dérange pas. Tu es amoureuse de son fils alors ?

— Je l'ai à peine croisé ce matin. Je ne suis amoureuse de personne, je te l'assure.

— C'est dommage, j'adore les histoires d'amour.

— Et toi, c'est bien la première fois que je te vois maquillée et habillée comme ça, tu vas où beauté ?

— Voir mon concert de percussion préféré.

— Ah oui, celui qui fait tourner la tête et chavirer les cœurs ! Et c'est lequel des quatre sur qui tu as flashé ? Attends, laisse-moi deviner... Celui avec les bras tatoués ?

— Dans le mille ma belle ! Il s'appelle Cristobal.

— Je n'y crois pas, j'ai loupé un épisode. Je dois filer, tu me raconteras la suite ?

— Évidemment que je te raconterai. On reste en contact, je ne veux pas louper une miette de ton voyage loufoque.

— Prends bien soin de toi.

— Toi aussi.

Les deux jeunes femmes se quittèrent après une brève étreinte.

28

— Vous êtes les premiers, Nathan n'est pas encore rentré.

Marie, équipée d'une grande louche, arrosait de sauce une belle pièce de volaille.

— Premiers arrivés, premiers servis ! s'exclama Paul. Tu nous fais goûter ce que tu es en train de mijoter ?

— Bas les pattes, c'est une surprise ! Allez donc voir ailleurs si j'y suis !

Lydia monta s'isoler un peu dans sa chambre. Si tout se déroulait comme prévu, elle s'envolerait demain pour les Philippines, avec Paul, Nathan et Facteur. Trois êtres aussi originaux qu'attachants, dont elle ignorait l'existence quelques jours auparavant. La vie a quelque chose de vraiment mystérieux. Il nous arrive parfois de passer dix ans aux côtés de quelqu'un et de finalement nous rendre compte que nous le connaissons à peine. Et il peut aussi nous arriver de faire la rencontre d'âmes sœurs et de partager énormément en un laps de temps très court. Qu'est ce qui fait que l'on se connecte ainsi à certains êtres et que d'autres nous laissent si indifférent ? Sur quoi se bâtit la confiance ? Qu'y a-t-il dans nos inconscients permettant de nous lier ? Une histoire de vie similaire ? Des névroses communes ? Comment fonctionne l'alchimie ?

Lydia regardait son tout nouveau sac de voyage. D'habitude, elle mettait un temps fou à boucler ses valises, cette fois-ci, c'était du rapide, elle allait voyager léger. Dans tous ses périples, elle était accompagnée de son amie Rachel, elle allait tellement lui manquer. Elle mourrait d'envie de l'appeler, de lui raconter tout ce qu'il se passait d'incroyable dans sa vie en ce moment.

— À table tout le monde, c'est prêt ! s'égosilla Marie.

Personne ne lui avait hurlé cette phrase depuis une décennie. Elle sortit de sa rêverie et descendit dîner. Ils étaient tous déjà installés, impatients de goûter la cuisine généreuse de Marie. La table était dressée comme pour un jour de fête. La vaisselle en porcelaine brillait, de beaux verres ballon de différentes tailles attendaient d'être remplis, il y avait même des porte-couteaux et des ronds de serviette. Marie avait mijoté un coq au vin, accompagné de girolles et de pommes grenailles. Le silence régnait tandis qu'elle garnissait les assiettes à tour de rôle et que Georges débouchait un grand cru.

Pendant ce temps, Lydia se remémorait les repas de famille du dimanche où ses grands-parents s'étaient démenés en cuisine, pour leur servir des mets dignes des plus grands restaurants. Ils disaient toujours avoir fait simple alors qu'ils les gâtaient beaucoup trop, pour le plus grand bonheur de tous.

— Mon sac est prêt ! Et les vôtres ?

— Nous sommes prêts aussi fiston. J'ai acheté ton billet, nous décollons demain à 9 heures.

— Georges et moi nous sommes tellement heureux que vous partiez ensemble, vous n'avez plus rien partager depuis la mort de ma sœur. Ça va vous faire du bien de vous retrouver, Père et fils. Et puis Lydia va pouvoir immortaliser ces vacances en faisant un beau reportage.

— Au fait, on part combien de temps ? Car je vous suis aveuglément mais je ne sais pas grand-chose de ce voyage.

— Nous non plus. Nous n'avons pas encore acheté le retour. On avisera sur place, en fonction de l'avancé de l'article de Lydia.

— Je pars avec deux fous furieux, qui n'ont absolument rien préparé. Bref, du moment qu'on n'y reste pas plus d'un mois, ça me va.

— Tu préférerais partir en tour operator peut-être ?

— Jamais de la vie ! J'adore les fous furieux.

— Vous n'oublierez pas la carte postale, Marie et moi, voyagerons par procuration.

— Nous pourrions voyager pour de vrai, si tu te décidais à prendre ta retraite.

— Mais je suis à la retraite !

— C'est vrai avant tu travaillais douze heures par jour, à présent, seulement six. Changeons de sujet, comment vous trouvez mon coq au vin ?

— Délicieux !

La tablée avait répondu en chœur.

— Allez, ne tardez pas trop pour aller au lit, vous avez une longue route demain.

— Ce n'est pas nous qui pilotons l'avion tonton Georges, soit rassuré.

29

Assise dans la chambre rose, Lydia couchait ses notes sur son carnet. Elle s'interrogeait quant au but de chacun dans cet improbable périple. Trois âmes en quête de vie, de sens, d'aventures, de vérités qui mêlaient leur destin le temps d'un séjour lointain. On toqua à la porte. Lydia entrouvrit et aperçut le visage de Nathan dans la pénombre.

— Tu ne dors pas Lydia ?

— Non pas encore, toi non plus à priori.

— La journée a été un peu chargée, je gamberge pas mal, du coup j'ai du mal à trouver le sommeil. Et toi qu'est-ce que tu faisais ?

— J'étais en train d'écrire, je ne peux pas m'en empêcher.

— Si tu as quelques minutes, j'aimerais te montrer quelque chose.

— Oui bien sûr.

— Couvre-toi, ça se passe à l'extérieur.

— J'enfile ma veste et j'arrive.

30

Un calme absolu régnait sur le village. Toutes les maisons de pierres semblaient plongées dans un profond sommeil. Nathan et Lydia arpentaient les rues pavées. Une bise fraîche leur caressait délicatement les joues. De gros yeux ronds se dévoilaient de temps à autre dans les fourrés. Les ruelles désertées devenaient à la nuit tombée le terrain de jeux de quelques chats de gouttière.

La pente s'accentua. Nathan et Lydia prenaient de plus en plus d'altitude par rapport au village. La lune ne les gratifiait pas de sa présence et la pénombre gagnait du terrain au fur et à mesure de leurs pas.

— Tu as emporté une lampe ?

— Non pas besoin, je connais l'endroit par cœur. On y est presque, tu vas voir.

Ils gravirent encore quelques mètres et se retrouvèrent au sommet d'une petite colline rocailleuse dont la crête était entièrement blanche, elle scintillait légèrement. Lydia n'y connaissait pas grand-chose en géologie, mais elle trouvait ce rocher magnifique.

— Lève les yeux, Lydia.

La jeune femme constata à sa grande stupeur, qu'elle se trouvait juste au-dessous d'un tapis d'étoiles. Ce ciel sublime l'émerveillait complètement. Elle resta la tête en arrière à contempler ce tableau enchanteur.

— C'est superbe, je n'avais jamais vu un rocher pareil et une nuit si étoilée.

— Viens, on va s'allonger cinq minutes pour t'éviter un torticolis. Ton cou va être mis à rude épreuve demain dans l'avion, pas la peine de le solliciter en amont.

Ils s'allongèrent tous les deux sur un lit de fougères. Le sol n'était pas de tout confort mais le décor en valait la peine.

— Je venais ici souvent avec mes frères et sœurs les soirs d'été, c'était notre repaire secret. On faisait le mur, une fois les parents couchés. On restait là des heures à se raconter des histoires qui faisaient peur ou encore à refaire le monde. Quand on riait trop fort, le voisin se mettait à ronchonner derrière ses volets et il sonnait la fin de nos aventures nocturnes.

— Ah les souvenirs de vacances... Les années passent mais ils restent intacts.

— En effet, ils sont de plus en plus lointains à présent. Je crois qu'au fond de moi j'aimerais qu'on se retrouve tous ensemble ici encore une fois.

— Pourquoi, tu n'organises pas un week-end entre frangins ?

— La fratrie s'est un peu divisée ces dernières années. Tu as des frères et sœurs ?

— Pas autant que toi. J'ai un petit frère d'1,90 m.

— Mais il compte double celui-là !

— Surtout dans la salle de bains, il met un temps fou à se préparer.

— Mais ne soit pas si dure avec lui, il a beaucoup de matière à s'occuper.

Je t'ai emmené ici pour faire ta connaissance car on va passer un peu de temps ensemble dans les jours à venir.

— Tu as bien fait. Et alors tu t'inquiètes d'être coincé plusieurs semaines avec une journaliste étrange et mystérieuse ?

— Tu apprendras que je ne suis pas quelqu'un d'inquiet. Quant au côté mystérieux, tu vas devoir le bosser un peu plus, je lis déjà dans tes pensées.

– Quoi, j'ai affaire à un mentaliste. Voyons voir, dis-moi un peu ce que je pense de ton look ?

– Tu apprécies mon petit côté négligé chic ?

– Je n'avais pas remarqué le côté chic à vrai dire.

– Mais, tu es cruelle !

– Et toi tu es susceptible.

– Mon plan fonctionne, on est en train de faire connaissance.

Deux longues heures de discussion légère avaient filé comme les étoiles. Lydia sentait le sommeil et le froid l'envahir progressivement. Ils regagnèrent la maison familiale pour profiter d'un peu de repos avant le départ.

– Mademoiselle Lydia la cruelle, ravi d'avoir fait votre connaissance.

– Monsieur Nathan le susceptible, merci pour cette soirée.

Les portes se refermèrent sans bruit et la maison tout entière s'endormit, bercée par le son régulier du balancier de la vieille comtoise.

31

— Vous désirez une boisson Messieurs ?

Assise entre Paul et Nathan, Lydia s'était assoupie peu de temps après le décollage. Il faut dire que la nuit avait été courte et le départ un peu stressant. Ils avaient failli rater leur vol à cause d'un monstrueux embouteillage. Un poids lourd qui transportait une cargaison de pommes de terre s'était renversé sur l'autoroute. Les patates rissolaient sur l'asphalte pendant que les voyageurs en retard bouillonnaient dans la voiture. Après une course à pied dans l'aéroport digne d'Usain Bolt, ils avaient réussi à monter à bord.

— Mademoiselle, je peux vous servir quelque chose ?

— Un verre de vin s'il vous plaît, pour trinquer avec ces messieurs.

— À nous et à notre incroyable voyage !

Paul, leva haut son verre. Lydia avala une gorgée de ce vin rouge râpeux, puis se lança.

— J'aimerais vous proposer une sorte de jeu. Si nous écrivions nos attentes par rapport à ce voyage sur un bout de papier ? Ainsi que quelques lignes sur la manière dont on pense que les événements vont se dérouler. Au retour, nous ouvrirons nos pronostics et nous comparerons avec ce qu'il s'est réellement passé. Ça vous tente ?

— Pourquoi pas.

Nathan se montrait peu enthousiaste et Paul suivit sur le même ton.

— Je veux bien essayer.

Le public de Lydia n'était pas franchement convaincu,

mais peu importe, elle leur tendit une feuille et un crayon. Lorsqu'ils eurent terminé, elle récupéra les précieux papiers.

Les lumières de la cabine étaient à présent éteintes. Lydia observait Paul et Nathan qui dormaient paisiblement. Elle, ne parvenait pas à trouver le sommeil. Père et fils ne pouvaient pas renier leur air de famille. Lydia détaillait leurs visages. Nathan possédait la même implantation de cheveux que son père et il avait hérité de ses expressions. En revanche, le bas du visage ne ressemblait en aucun point à son paternel. Fort heureusement, il ne tenait pas tout de son géniteur car Paul ronflait allègrement. Lydia se permit un discret coup de coude pour le faire cesser. Quand les grognements s'arrêtèrent, la jeune femme put enfin s'endormir.

La tête posée sur l'épaule de son voisin, elle ouvrit un œil et constata honteusement le filet de bave qui la reliait au sweat du jeune homme.

— Je suis tellement désolée Nathan !

— Ce n'est pas ta faute, je fais cet effet à toutes les femmes.

— Tu n'aurais pas oublié d'enfiler tes bas de contention avant le décollage ? Fais gaffe, je crois que l'altitude te fait enfler les chevilles.

— Et toi, tu n'aurais pas oublié d'embarquer ton sens de l'humour ?

— Vous avez bien dormi les enfants ?

— On avait l'impression d'avoir l'ours brun comme voisin, mais on a fini par s'habituer à ce son mélodieux.

— L'ours brun a vieilli, c'est plutôt l'ours blanc à présent.

Un passager s'arrêta à leur hauteur. Sa présence fit tressaillir Lydia. Grand, brun, les cheveux très courts, rasé de près et l'air sérieux, son visage lui semblait familier. Elle ressentait la vague impression de l'avoir déjà croisé.

L'homme observa un instant Paul avant de l'aborder.

— Paul ! Que fais-tu dans cet avion ? C'est une incroyable coïncidence.

— Faustin, quelle surprise ! Je prends des vacances avec mon fils. Et je suis également accompagnée d'une charmante journaliste qui veut faire un article sur moi, plus particulièrement sur mes talents de plongeur. Je dois avouer qu'il y a pire comme situation. Et toi, que fais-tu à bord ?

— De mon côté, le tableau est moins réjouissant. Je pratique pour la première fois de ma vie, des vacances en loup solitaire. Blanche m'a quitté pour un de ses collègues et elle demande le divorce et la garde des enfants. J'ai pas mal dégusté ces derniers mois alors pour évacuer le stress, je prends un peu de distance et je m'offre un séjour de déconnexion.

— Mince, je suis désolé mon ami. Vous formiez un si beau couple.

— Ne le sois pas. Tu sais, j'ai consacré beaucoup trop de temps à mon travail au détriment de la vie de famille. J'en paie le prix aujourd'hui. Enfin, je ne veux pas vous ennuyer avec mes problèmes perso.

— Ce subtil équilibre entre la carrière et la vie personnelle n'est jamais évident à trouver. Dis mois, est-ce que ça te dirait de nous rejoindre pour un café à l'atterrissage ?

— Avec grand plaisir, par contre je dois me rendre assez rapidement à mon hôtel. C'est un peu stupide mais je me suis trompé dans les heures d'arrivée à cause du décalage horaire et j'ai peur qu'ils ne conservent pas ma réservation si je ne me manifeste pas rapidement.

— Et nous, nous avons fait encore plus fort, nous n'avons même pas réservé d'hôtel ! On est un peu parti à l'aventure. On pourrait t'accompagner. Si l'établissement nous convient, on y posera nos bagages pour la première nuit. Ensuite, on pourra aller prendre ce café, allégés de nos gros sacs. Vous en pensez quoi les jeunes ?

— Je suis un bon suiveur sur ce coup Papa.

— Ça me va également.

— Parfait, on se retrouve aux bagages, à tout à l'heure !

32

La chaleur moite leur tomba dessus dès la sortie de l'aéroport. Cette atmosphère assez désagréable de prime abord annonçait le début du séjour. Elle marquait le tout premier signe de dépaysement, la première sensation d'exotisme sur la peau. Lydia humait l'air ambiant, l'odeur du lieu de vacances avait toujours une fragrance unique qui laissait une empreinte indélébile dans le cerveau. Facteur, enfin libéré de sa cage, sautillait dans tous les sens.

Faustin avait rejoint les trois compères. Ils partageaient un taxi jaune qui les conduisait en centre-ville. Manille, la capitale des Philippines n'avait pas bonne réputation. Lydia observait le décor à travers la vitre. Les rues grouillaient de monde et de véhicules collés les uns aux autres qui semblaient se pousser pour avancer. La ville était clairement surpeuplée. Lydia sursauta lorsqu'un enfant frappa au carreau. Il lui tendait la main pour demander de l'argent. Ce premier contact avec la population locale lui fit mal au cœur, la pauvreté semblait omniprésente. Depuis la banquette du taxi, elle aperçut quelques jeunes femmes qui se prostituaient sur le trottoir. Plongée dans cette ambiance chaotique, la journaliste ressentait une sorte de malaise, d'oppression. Elle n'avait qu'une envie : quitter ce lieu au plus vite.

Le taxi les arrêta devant l'hôtel réservé par Faustin. L'établissement de petite envergure, coincé entre deux immeubles, paraissait engageant. Lydia avait une sainte horreur des énormes complexes qui s'apparentaient à des parcs à touristes. Elle affectionnait les petits hôtels à taille humaine et les chambres d'hôtes, où le contact avec les autochtones était favorisé. Elle aimait s'imprégner de l'ambiance locale, non aseptisée. Le personnel de l'établissement les accueillit avec un sourire extraordinaire, ce qui remit à Lydia un peu de baume au cœur après le spectacle désolant de la rue.

— Bonjour, voici ma réservation pour cette nuit.

Le réceptionniste regardait le document d'un air embarrassé.

— Désolé monsieur, mais cette réservation était pour hier. La chambre n'est pas disponible pour ce soir.

— Mince, c'est bien ce que je pensais, je me suis trompé à cause du décalage horaire, c'est vraiment ridicule de ma part. Vous auriez une autre chambre ?

— Et une deuxième pour trois personnes également ?

— Non je suis désolé, l'hôtel est presque complet. Il ne me reste qu'un dortoir pour quatre. Est-ce que vous souhaitez le partager ?

Ils échangèrent des regards interrogateurs et tombèrent tous d'accord. Personne n'avait envie, après les nombreuses heures de vols, de perdre du temps dans la recherche d'une chambre pour la nuit. Ils préféraient profiter des heures devant eux, pour aller découvrir Manille.

Ils sortirent de l'hôtel et se mirent en quête d'un tricycle. Il s'agissait d'une sorte de side-car artisanal qui servait de taxi. Lydia observa quelques spécimens qui passèrent devant elle. La plupart des chauffeurs conduisaient en tongs. Elle pensa dans son for intérieur qu'il valait mieux éviter d'être trop regardant sur la sécurité et le confort et se concentrer sur tout ce qui faisait le charme de ces engins. Ils levèrent la main pour arrêter deux tricycles. Lydia monta à bord avec Nathan et Paul et Faustin s'installèrent ensemble.

— À tout de suite les jeunes ! On se retrouve au quartier

Intramuros pour une petite visite.

— OK Papa, si on survit à ce trajet !

Le tour était folklorique !

— J'espère que tu voulais de l'aventure car là on est servi !

Lydia, assez tendue se relâchait au fur et à mesure de la course, car oui on pouvait bien appeler cela une course. Le vent chaud s'engouffrait dans l'habitacle à chaque accélération. La journaliste avait l'impression d'être fouettée par les particules de pollution en permanence. Elle se demandait comment la population supportait cet air chaud malpropre. En bout de course, ils se retrouvèrent tous devant l'enceinte du quartier.

— Ça s'est bien passé ? demanda Paul.

— Nous oui ! Vous, ça a l'air d'avoir décoiffé un peu non ?

— Pourquoi tu dis ça Nathan ?

— Jetez un œil à vos têtes dans le rétro.

— Mamma Mia ! Satanés cheveux rebelles de vieux schnock !

Paul se recoiffait en ronchonnant.

— Et toi, mon petit Panda, pas trop chahutée ?

Nathan ricanait.

Lydia se scruta à son tour dans le miroir du rétroviseur et découvrit son visage noirci par la pollution. Seul le contour de ses yeux, protégé par ses lunettes de soleil était resté blanc.

— Donne-moi un mouchoir au lieu de te moquer.

— Désolé, je n'ai pas ça sur moi. Allez en route les punks et le panda !

33

Le quartier Intramuros était la capitale de l'ancienne colonie espagnole, datant du XVIe siècle. Lydia avait beaucoup voyagé en Asie du Sud-Est et à sa grande surprise, ici les temples laissaient place aux églises. Ils s'attardèrent devant l'édifice religieux Saint Augustin, pièce majeure chargée d'histoire, qui malgré les nombreux conflits était restée debout et témoignait aujourd'hui à travers les objets de son musée du passé commercial, artistique et spirituel de la ville.

Loin de la Manille chaotique et bruyante, ce quartier se révélait très paisible. Le petit groupe savourait l'architecture coloniale, l'ambiance des ruelles pavées. Ils observaient les nombreuses ruines dont il ne restait debout que les majestueuses façades. Après un passage sous de belles arcades, ils découvraient des fontaines qui trônaient fièrement au centre des cours intérieures. Ce quartier leur apporta une explosion de couleurs, passant des pierres grises vermoulues au vert pistache, jaune moutarde ou encore rose dragée des façades des maisons coloniales. Il y avait une âme dans l'enceinte de ces murs.

Ils continuèrent leur promenade en prenant un bol d'air dans le Rizal Park, poumon vert de Manille. Ils regardaient se prélasser les familles, observaient avec curiosité les quelques hommes qui se confrontaient dans une partie d'échecs. Pour clore leur visite, ils s'accordèrent une halte désaltérante à la terrasse d'un café.

— Vous vous êtes rencontrés où, Paul et Faustin ?

— Regardez-moi cette curieuse !

— Désolée, c'est mon métier qui ressort.

— En fait ce sont nos femmes qui se sont rencontrées à leur cours de Yoga. Elles organisaient régulièrement des dîners où nous étions conviés Paul et moi, de fil en aiguille, nous sommes devenus amis.

— On ne pouvait pas mieux résumer.

— Maman faisait du Yoga ?

— Oui, elle a pas mal pratiqué cette discipline.

— Eh bien ! on en découvre tous les jours sur ses propres parents.

— On ne vous dit pas tout, on a aussi notre jardin secret. Est-ce que vous nous racontez toute votre vie mes chers enfants ?

— Non, effectivement.

— Et quel est ton programme aux Philippines Faustin ?

Lydia, intriguée par l'ami de Paul, poursuivait son interrogatoire.

— Mon programme est justement de ne pas en avoir ! J'avais réservé mon vol et ma première nuit à Manille et ensuite, je voulais me laisser guider par les événements. Et vous quels sont vos plans ?

— À peu près les mêmes que les tiens. Cela fait du bien de se sentir libre, sans avoir à suivre de planning à suivre, vous ne trouvez pas ? Je vous propose de trinquer à l'imprévu !

— C'est vrai que j'en suis assez peu coutumière et je dois avouer que j'y prends goût.

La jeune journaliste, regardait le ciel de manière songeuse, en sirotant son soda frais. L'astre solaire disparaissait déjà au lointain, octroyant au ciel de sublimes couleurs roses orangées. La tombée de la nuit sonna la fin de leur pause salvatrice.

Ils interpellèrent un taxi pour sortir du quartier touristique et aller faire leur shopping. L'objectif était précis : remplir leurs sacs à dos vides avec le strict nécessaire à leur périple. Le taxi ne comprit pas bien la requête et les conduisit dans le plus grand centre commercial de la ville, plus de 400 000 m² de surface. Ils n'avaient jamais rien vu de tel. Le centre disposait d'une patinoire Olympique, d'un cinéma IMAX, d'un bowling. La culture américaine semblait être passée par là. La climatisation tournait à plein régime, le contraste entre l'extérieur et l'intérieur était saisissant. Pour Lydia qui avait du mal à faire des choix, la multiplicité de l'offre ne lui rendait pas la tâche facile. D'un autre côté, l'envie de quitter au plus vite ce réfrigérateur géant la poussa à se décider rapidement. En balayant du regard les boutiques, ils se rendirent vite compte qu'il s'agissait des mêmes enseignes qu'en Europe. Ce n'était pas vraiment ce qu'ils avaient espéré, eux qui voulaient s'habiller aux couleurs locales et à un prix raisonnable.

De retour à l'hôtel, ils s'écroulèrent sur leurs lits respectifs, le décalage horaire ayant fait son œuvre.

34

— Debout là-dedans ! claironnait déjà Nathan.

Il reçut en retour trois grognements d'animaux disparus.

— Dommage que vous ne bougiez pas car il ne reste plus qu'un quart d'heure avant la fermeture du petit-déjeuner.

Il récolta beaucoup plus de succès avec cet argument. Ses trois compagnons de chambre bondirent instantanément de leur lit.

— Je savais que je voyageais avec des ventres sur pattes.

Les quatre gourmands réunis autour du buffet, appréciaient leur premier petit-déjeuner typiquement philippin.

— Vous avez prévu quelque chose pour aujourd'hui ? demanda Faustin.

— Je voulais proposer à Nathan et Lydia de rejoindre l'île de Siquijor. C'est un spot exceptionnel pour la plongée.

— Parfait, ce sera un cadre idéal pour mon article. Comment on s'y rend ?

— En avion, puis en bateau.

— Oh non, on retourne déjà à l'aéroport ? Moi qui rêvais de sable fin et d'eau turquoise.

— On y sera bien assez tôt fils, ne t'en fais pas. Et toi Faustin, qu'est-ce que tu vas faire ?

— Je n'ai pas envie de passer plus de temps à Manille. J'hésitais entre Bohol, Palawan et j'avais repéré Siquijor aussi.

— Et pourquoi tu ne te joindrais pas à nous ? De Siquijor, tu pourrais ensuite rejoindre Bohol sans souci.

— Papa, tu es un vrai guide du routard interactif. Je suis impressionné !

— Je n'avais pas envisagé cette possibilité mais si vous m'accueillez au sein du groupe pour quelques jours, c'est avec grand plaisir que j'accepte.

Faustin cherchait le regard approbateur des deux plus jeunes, qui ne semblaient pas vraiment avoir d'avis sur la question. Lydia se demandait à combien ils allaient finir leur voyage. À la base, ils étaient censés partir à deux, puis ils sont passés à trois et maintenant à quatre.

— C'est bon, tu es validé à l'unanimité. Allez en route, mauvaise troupe !

35

C'était la saison des pluies. Lydia, Paul, Nathan et Faustin prirent leur première douche en sortant de l'avion. Ils avaient rarement été en proie à une pluie aussi chaude et intense. Trempés jusqu'aux os, l'attente des valises sous la climatisation s'avérait être une véritable torture.

Sortis du frigo infernal, leurs sacs sur le dos, ils marchaient pour rejoindre le bord de mer, hélés par les nombreux chauffeurs de tricycle qui voulaient absolument les conduire.

La plage était très touristique, truffée de petits restaurants les pieds dans l'eau. Les Philippins s'activaient pour garnir leurs étals de poissons et de crustacés. Le client n'avait plus qu'à choisir la pièce qu'il souhaitait qu'on lui cuisine et la savourer, les doigts de pied dans le sable.

Plongé dans l'ambiance des vacances, Nathan posa son sac et sauta dans l'eau. Sa plage de sable fin et son eau émeraude étaient enfin accessibles et cerise sur le gâteau, sa première immersion fut accompagnée d'étranges baigneuses : des étoiles de mer gigantesques tapissaient le sol. Lydia et Faustin ne partageaient pas son enthousiasme. Ils avaient pris froid à l'aéroport et avaient préféré poser leurs valises à l'hôtel et y rester confinés pour se réchauffer, ce qui permettait à Paul de passer du temps en tête à tête avec son fils.

— Papa, je me demande quand nous nous sommes retrouvés tous les deux pour la dernière fois ?

— Ma mémoire de vieux me fait défaut.

— Ce n'était pas lorsque tu t'étais mis en tête de m'apprendre à pêcher sur l'étang du moulin ?

— Ah oui, je me souviens, tu étais tellement maladroit ! Tu m'avais planté l'hameçon dans le bras en secouant ta canne !

— Rien à voir avec de la maladresse, c'est arrivé parce que tu étais un piètre professeur.

— Mais quel merdeux tu fais, je me demande bien de qui tu tiens cela !

— Ah j'ai bien ma petite idée... Sinon Papa, cette île sur laquelle nous allons demain, tu y as séjourné avec Maman ?

— Oui, nous y sommes restés un petit bout de temps, on s'y plaisait bien. Tu vas voir c'est un bel endroit.

— Tu vas pouvoir me faire visiter.

— Je ne te garantis pas d'avoir le moral le premier jour, c'est l'île où nous avons passé ta mère et moi, nos derniers instants ensemble.

— Tu veux dire que Maman est morte là-bas ?

— Non, juste après notre départ.

— Tu sais j'ai beau être un homme, elle me manque.

— À moi aussi, tu ne peux pas imaginer.

— Tu ne m'as jamais raconté votre dernier périple.

— Justement ce sera l'occasion de te partager quelques souvenirs. Ce soir je n'ai pas la force mais on trouvera un moment durant le séjour.

— Le bateau part à quelle heure demain ?

— Je vais aller demander à un de ces pêcheurs s'il peut nous faire traverser. Ce sera beaucoup plus agréable qu'à bord d'un ferry pour touristes. En général, ils prennent la mer dès le lever du soleil, son heure sera la nôtre.

36

Ramiro était fier à la barre de sa Bangka bleue et blanche. L'embarcation, se composait d'un canoë principal réalisé en bois et de deux flotteurs en bambou. Le bateau traditionnel philippin filait doucement sur la mer d'huile. Nathan et Faustin se tenaient à l'avant, l'air marin frais les sortait progressivement de leur état de somnolence. Paul, adossé sur un des poteaux, contemplait l'horizon, noyé dans ses pensées. Quant à Lydia, elle observait le tout, bien ancrée sur son banc.

Ramiro chantonnait dans son dialecte. Ils ne pouvaient quasiment pas échanger avec lui en raison de la barrière de la langue. Pourtant, la journaliste brûlait d'envie de lui poser mille questions sur sa vie de pêcheur philippin. Elle observait son teint hâlé et ses joues rondouillettes.

Le ciel présentait les couleurs rosées et brillantes de l'aurore. Il devenait de plus en plus lumineux. Lydia, avait mis ses tourments de côté, elle ne s'était jamais sentie aussi libre de sa vie. Ce moment intense et exotique, l'envoûtait complètement. Elle respirait à plein poumons et appréciait la caresse des embruns sur son visage frais. Il n'y avait plus que la mer à l'horizon.

Le pêcheur s'agita et pointa son doigt vers la mer. Ils étaient là. Lydia se souvenait du récit de Paul sur les dauphins. Aujourd'hui, elle aussi avait la chance de s'émerveiller devant ce ballet. Ils étaient tous ébahis. Les dauphins possédaient ce pouvoir d'enchanter quiconque avait la chance de les apercevoir. Quel privilège de pouvoir les admirer dans leur milieu naturel, en bande et libre comme l'air. Ils se tenaient si près du bateau, que les passagers pouvaient presque les caresser. Ils ne cessaient de sauter, passer sous la coque, puis filer à une vitesse incroyable. Cette rencontre avait magnifié cette expédition, déjà incroyable.

La côte commençait à se dessiner à l'horizon, la traversée touchait à sa fin. La bangka accosta et déposa les voyageurs. Deux enfants se précipitèrent dans les bras du pêcheur. Il les souleva de ses muscles puissants et les fit tournoyer dans les airs avant de les serrer fort contre son cœur. Ils étaient nombreux à jouer sur la plage. Ce que remarqua Lydia en premier fut le large sourire sur les visages de ces enfants. Elle les observait courir à vive allure, crier de toutes leurs forces et s'amuser avec des jouets de fortune. Malgré la pauvreté qui transpirait de leurs vêtements sales et déchirés, on pouvait percevoir la joie qui exhalait de tout leur être. Elle visionna soudain les grises mines des enfants de son entourage. Seule la présence d'une tablette réveillait un peu d'enthousiasme en eux. L'audiovisuel était devenu un des rares moyens de divertissement. Ce mode d'amusement les coupait complètement des autres enfants de leur âge et des adultes qui achetaient la paix à travers ces objets connectés. Courir en toute liberté était interdit aux enfants des villes, les parents ayant bien trop peur des nombreux dangers environnants. À vingt heures d'avion de chez elle, le contraste était sans équivoque. De leur côté, les adultes s'affairaient de bon matin. Les hommes plongeaient à la recherche des oursins et les femmes nettoyaient les fruits de leur pêche. Lydia avait pu voir cette scène dans l'album photo de Paul et Nelly, mais aujourd'hui le spectacle était vivant. Elle se laissait bercer par cette ambiance familiale.

Durant leurs premiers pas sur l'île, Paul était devenu taciturne. Sa joie de vivre s'était littéralement envolée. Il connaissait parfaitement le lieu mais n'avait nulle envie de jouer au guide touristique pour le moment. Il conduisit Lydia, Faustin et Nathan vers des bungalows bon marché situés directement sur la plage. Le groupe y posa ses valises pour une durée indéterminée.

L'heure n'était pas à la fête. Le ciel couvert et les pluies diluviennes n'arrangeaient rien. La journée fut très maussade et la tristesse du patriarche déteignit sur les autres. Il n'y avait pas grand-chose à faire à part attendre que le tourbillon d'émotions qui avait envahi leur compagnon s'apaise doucement et que la météo sur l'île revienne au beau fixe pour partir à sa découverte.

37

Un violent cauchemar tira Lydia de son sommeil. En nage, elle avait la sensation d'étouffer. Elle avait vu Nathan se faire dévorer par un requin et Nelly pleurer sur le cadavre de son fils. Elle se leva pour aller boire un verre d'eau. Son cœur palpitait, impossible de se recoucher dans cet état, elle décida de sortir prendre l'air quelques minutes.

Assise sur la terrasse du bungalow, la brise fraîche apaisait son esprit. La luminosité était telle qu'on aurait juré qu'il faisait jour. Le sillon de la lune sur la mer offrait un spectacle sublime. Lydia caressait l'envie de marcher sur ce chemin de lumière, elle s'imaginait qu'il menait à une porte magique vers un autre monde. Au milieu de sa contemplation, elle fut soudain inquiétée par des gémissements lointains. Elle se leva pour mieux prêter l'oreille puis se déplaça en direction du bruit. Elle aperçut Paul, assis sur un tronc d'arbre. Elle s'avança près de lui à pas de louve. Camouflée derrière un palmier géant, elle l'observa un instant. Paul pleurait à chaudes larmes en regardant le sable à ses pieds. Il tenait fébrilement une bouteille d'alcool dans sa main droite. Le contenu était quasiment vide ce qui expliquait probablement son état. Lydia se précipita à la rencontre de son ami malheureux.

— Paul c'est Lydia. ça n'a pas l'air d'aller ?

— Lydia, je veux qu'on me laisse tranquille.

Ses propos étaient à peine audibles. À cause de son articulation aussi mauvaise que son haleine, Lydia peinait à le comprendre.

— Tu es ivre Paul ?

— Oui, je suis un ivrogne. Va-t'en Lydia, je ne veux pas que tu me voies comme ça, ni Nathan.

— Paul, je ne suis pas là pour te juger. Arrête de t'autoflageller, tu n'es pas un ivrogne, juste un homme qui souffre.

— J'ai bu parce que je l'ai vu Lydia. Elle était là sur la plage, elle marchait au clair de lune, pieds nus dans l'eau.

— Tu as vu qui Paul ?

— Eh bien Nelly, ma femme…

Lydia examina la bouteille d'alcool. Il avait bu un litre de rhum, pas étonnant qu'il ait aperçu Nelly après cela. Lydia ne savait pas comment gérer la situation. Elle aurait bien appelé Nathan ou Faustin en renfort mais Paul ne voulait pas qu'on le voie dans cet état et elle pouvait comprendre.

— Paul tu ne veux pas qu'on marche un peu, le long du rivage ?

— Mais tu as vu mon état ? Je ne peux pas mettre un pied devant l'autre. Je vais dormir là sagement. Nelly va repasser et j'irai me coucher avec elle.

— Bon dans ce cas, je vais nous chercher une couverture et je vais attendre Nelly avec toi.

Lydia étala des serviettes de plage sur le sol et s'installa sous la couverture avec Paul. Tout tanguait tellement autour de lui, qu'il se croyait à bord de son voilier en pleine tempête. Il fit quelques allers-retours vacillants, s'accrochait aux branches des arbres comme s'il s'agissait du garde-corps du bateau et se penchait pour nourrir les poissons. Le spectacle n'était pas réjouissant. Elle le fit boire un bon litre d'eau fraîche pour le réhydrater et l'aider à dessaouler. Il parlait tout seul, marmonnait des phrases incompréhensibles dans sa barbe. Lydia ne chercha pas à instaurer un semblant de conversation. Elle savait que c'était peine perdue. Elle attendait juste que son état se stabilise et que l'alcool finisse par le faire dormir comme un bébé. Une fois qu'il n'a plus bougé et qu'il se sentait visiblement mieux, elle s'endormit près de lui malgré l'odeur pestilentielle d'alcool et de vomi.

38

— Hey Lydia ! Tu as dormi sur la plage ?

Elle ouvrit timidement un œil et aperçut Nathan frais comme un gardon. Elle se remémora sa nuit passée auprès de Paul qui avait pris la cuite de sa vie.

— Oui, je suis sortie prendre l'air après un cauchemar et puis je suis restée là.

— Tu as rêvé de quoi ?

— De toi qui te faisais dévorer par un requin.

— J'espère que tu n'as pas un don pour les rêves prémonitoires sinon je ne mets plus un orteil dans l'eau.

— Il y a une première fois à tout.

Elle lui adressa un clin d'œil.

— C'est le bandana de mon père à côté de toi, vous avez dormi ensemble ?

— Euh non... enfin il est passé, il avait du mal à trouver le sommeil aussi, il est sorti discuter un moment.

Le regard de Nathan s'assombrit.

— Vous êtes ensemble avec mon père ?

— Bien sûr que non ! Tu plaisantes ou quoi ?

— Je ne sais pas, je te retrouve endormie sur la plage avec une place vide à côté de toi et tu es confuse, alors je me pose des questions.

— Tu me fais une crise de jalousie ?

— Jaloux de quoi ? Il n'y a rien entre nous, je suis juste surpris.

— OK, tu vois cette bouteille de rhum ? Ton père l'a entièrement vidée cette nuit. Je l'ai trouvé ivre mort sur la plage.

— Mais pourquoi tu n'es pas venue me réveiller ?

— Il m'a demandé de ne pas le faire, il ne voulait pas que tu le voies comme ça. Alors je suis restée le veiller le reste de la nuit pour m'assurer qu'il ne fasse pas un malaise. Voilà, tu sais tout de notre nuit romantique à la belle étoile.

— Excuse-moi Lydia, ma réaction était stupide.

— Effectivement. Au fait, tu l'as vu ce matin ? Car je viens de me réveiller et il n'est plus là.

— Non mais il y a quelqu'un sous la douche, c'est peut-être lui.

— Viens, on va vérifier.

Nathan frappa à la porte de la salle de bains.

— Papa, c'est toi ?

— Non c'est Faustin. Je n'en ai plus pour longtemps.

— Prends ton temps, c'est juste que je cherchais mon père, je pensais que c'était lui sous la douche. Tu ne l'as pas vu ce matin ?

— Non, pourquoi ?

— Parce qu'on le cherche avec Lydia. Mais ne t'inquiète pas, on va attendre encore un peu avant de déclarer sa disparition à Interpole.

Nathan adressa un clin d'œil à Lydia.

39

Une bonne heure s'était écoulée depuis le réveil de Lydia et toujours pas la moindre trace de Paul. Nathan, Faustin et Lydia prirent le chemin des commerces pour traquer le cuitard en fuite. Les terrasses de café et les magasins constituaient leur terrain de chasse matinal. Malgré le cadre idyllique, l'inquiétude avait commencé à gagner le groupe. Paul était un grand garçon, il connaissait bien les lieux, mais la dernière fois que Lydia l'avait vu, il n'était quand même pas au meilleur de sa forme. Nathan, Lydia et Faustin s'étaient mis d'accord, ils ne pouvaient pas rester les bras croisés à jouer les touristes sans s'inquiéter de l'absence de Paul. Ils allaient l'attendre jusqu'à midi devant le bungalow et s'il n'était toujours pas de retour à l'heure fatidique, ils enclencheraient le plan SAPRISTI : Sauver l'Ami Paul Recherche Intensive Sur Toute l'Île.

La matinée s'écoula entre baignade, lecture, bronzage et interminable attente. Paul était l'élément qui les reliait tous entre eux et qui les avait conduits sur cette île. Sans lui, ils se sentaient comme un cheval sur trois pattes.

Le clocher sonna midi, ils se lancèrent tous un regard désespéré. Il fallait activer le plan SAPRISTI. Où diable Paul pouvait-il se trouver ? Il devait bien se douter qu'il allait les rendre morts d'inquiétude. À quoi jouait-il ? À moins qu'il n'ait fait un malaise dans la nuit et qu'il gise quelque part la tête dans son vomi ? Lydia chassa cette vilaine hypothèse qui venait de s'inviter sans prévenir dans son esprit. Elle s'en voulait d'avoir fait le choix de préserver la dignité de Paul cette nuit. Avec le recul et le pétrin actuel, elle se dit qu’elle aurait mieux fait d’alerter Nathan en temps et en heure, le ridicule n’ayant jamais tué personne alors que le coma éthylique si.

40

Sur le siège passager du scooter, Lydia n'osait pas se cramponner au corps de Nathan, elle s'agrippait comme elle pouvait aux poignées situées derrière elle. Le vent lui projetait en pleine face, les notes olfactives de son parfum boisé, ce qui lui chatouillait les narines. Elle lui avait déjà bavé dessus dans l'avion, elle n'avait aucune envie de récidiver en lui envoyant sa morve dans le cou. Faustin les suivait à bord d'un deuxième scooter, il avait pris Facteur dans son sac à dos, sa petite tête aux aguets dépassait de la besace. La ballade à travers les paysages de jungle se serait révélée des plus agréables si Paul n'avait pas vidé une bouteille de rhum et brutalement disparu. Le trio infernal sillonnait les routes goudronnées en scrutant les alentours à la recherche du fugitif.

Le vert prédominait dans l'intérieur de l'île. La végétation luxuriante brillait encore en raison des pluies abondantes. Ils traversaient des portions de jungle touffue puis soudain, le paysage s'éclairait lorsqu'ils passaient à travers une plantation de riz. Les champs irradiaient d'un vert tendre et lumineux. Lydia découvrait les rizières, pleine d'émerveillement.

Au milieu d'un village, un attroupement de jeunes garçons les obligea à mettre pied à terre. Des adolescents philippins avaient organisé une partie de tennis ballon en plein sur la chaussée et s'en donnaient à cœur joie. Un vieux filet de tennis était tendu en travers des deux voies et barrait la route tandis qu'ils se faisaient des passes en criant. Nathan s'approcha d'eux et leur demanda s'ils n'avaient pas aperçu un homme âgé, seul, vêtu d'un jean et d'une chemise à carreaux rouges et noirs. Les plus jeunes riaient entre eux et répétaient « What's your name ? ». Un adolescent vint à la rencontre de Nathan. Son anglais était compréhensible. Il répondit négativement à sa question et demanda au groupe de s'écarter pour les laisser passer. De nouveau en selle, les enquêteurs en herbe avalèrent les kilomètres durant plusieurs heures, arpentant chaque route de l'île.

Les recherches motorisées n'ayant rien donné, ils dégainèrent l'arme fatale : trois photos de Paul, imprimées dans un cybercafé. Chacun s'équipa d'un exemplaire et ils commencèrent leur enquête à pied. Faustin était chargé d'interroger les passants, Nathan les commerçants et enfin Lydia faisait le tour des restaurateurs.

En raison du succès grandissant de cette petite île paradisiaque, le nombre d'établissements proposant de la restauration avait bondi. Lydia était débordée. Elle interrogea les employés et patrons des pensions qui se trouvaient sur son chemin un à un, sans succès. Arpenter la plage et les ruelles sous la chaleur tropicale lui avait tari le gosier. Elle s'installa en terrasse pour se rafraîchir tout en questionnant le personnel, autant joindre l'utile à l'agréable. L'inspectrice Rossi commanda un jus d'ananas frais. Une femme d'une soixantaine d'années lui apporta le précieux nectar. Elle en profita pour lui montrer la photo de Paul. Pour une fois, le cliché sembla susciter l'intérêt de son interlocutrice. Elle le regarda de longues secondes puis se mit à parler fort dans un dialecte incompréhensible. Une lueur d'espoir envahit le regard de la jeune journaliste. Un homme petit, plutôt dodu, sortit de derrière le bar pour les rejoindre à la table. Il salua Lydia puis jeta lui aussi un œil à la photo de Paul. Ils échangèrent quelques phrases dont Lydia ne comprit pas un mot. Puis la dame s'adressa enfin à elle en anglais :

— Nous avons vu cet homme il y a plusieurs années, il avait un bateau et a séjourné quelque temps sur l'île avec son chien et son épouse. Il nous a semblé l'apercevoir au petit matin avec mon mari lorsque nous dressions les tables pour le petit-déjeuner. Nous n'avons pas osé aller le saluer car nous n'étions pas sûrs.

— Est-ce qu'il portait une chemise à carreaux rouges et noirs ?

— Oui, il me semble.

— Vous vous rappelez dans quelle direction il marchait ?

— Il a quitté la plage en direction de la route qui traverse l'île.

— Rien d'autre ?

— Non.

— C'est déjà pas mal, un grand merci.

41

— Il y a plus de restaurateurs que de touristes sur cette île ! Je suis épuisée. Du nouveau de votre côté ?

— Pour ma part j'ai fait chou blanc ! Je ne ferais pas un bon policier ni un bon journaliste, répondit Faustin.

— J'ai glané une info intéressante. Un loueur de véhicule affirme que mon père est venu lui réserver un scooter ce matin pour la journée. Il m'a donné la plaque d'immatriculation.

— Ça, c'est une super piste ! Bien joué ! De mon côté, une dame qui tient un restaurant au bord de mer, m'a affirmé l'avoir aperçu au petit matin sur la plage. Ensuite, il semblerait s'être dirigé vers la voie qui mène au centre de l'île.

— C'est à l'entrée de cette route que se trouve le loueur en question.

— OK, donc mon info n'apporte guère plus à la tienne. Quel est le plan à présent ?

— Le problème c'est qu'il fait nuit désormais. Il n'y a que très peu d'éclairage sur les routes, ça va compliquer les recherches.

— Si Papa a loué le scooter pour la journée, il est censé le ramener ce soir. On peut attendre jusqu'à la fermeture du loueur. Il ferme ses portes à 20 heures.

Un aboiement strident fendit l'air. Facteur était en proie à un petit crabe, pendu au bout de sa truffe. Il avait beau essayer de le décrocher avec ses pattes avant, l'assaillant ne cédait pas. Le pauvre animal se mit à courir sur le sable. Nathan plongea sur lui comme un rugbyman sur le ballon ovale et l'immobilisa. Lydia se précipita à la rescousse et le libéra de ces pinces infernales. Le crabe avait bien arrangé Facteur. Le sable et le sang tapissaient son petit museau. Nathan, rinça la truffe mutilée à l'eau claire mais comme le vilain curieux avait l'habitude de fourrer son nez partout, il craignait que la plaie ne s'infecte.

Un restaurant modeste se situait non loin de leur location. Ils pénétrèrent dans l'établissement pour demander conseil. Nathan tenait l'animal blessé dans ses bras.

— Bonsoir, nous résidons dans le bungalow à côté de votre restaurant. Notre petit compagnon s'est fait attaquer par un crabe, est-ce que vous auriez de quoi désinfecter la plaie ?

Une femme à l'allure virile saisit Facteur et l'examina.

— Petit chien très mignon. Moi pouvoir le cuisiner pour vous ce soir.

— Non, vous n'avez pas bien compris, nous souhaiterions le soigner.

— Moi plaisanter vous ! Voici adresse guérisseur. Lui pourra s'occuper chien. Lui habiter en haut montagne qui fume, voici adresse.

Elle tendit une carte de visite à Nathan. Le trio se regarda pantois et choisit après un vote démocratique d'aller rendre visite à ce rebouteux des îles.

42

Les trois compères et le blessé grave étaient prostrés devant l'adresse indiquée. La maison était très modeste, bâtie de bois et de tôle. Faustin frappa à la porte qui s'ouvrit quelques secondes plus tard dans un grincement terrible. Une fumée noire, accompagnée d'une puissante odeur d'encens s'échappa de la maisonnette. C'est certain, ils avaient frappé à la bonne porte. Le visage d'un homme apparut au milieu de l'émanation. Il les salua et leur demanda de patienter quelques instants au salon extérieur. Une séance étant en train de se dérouler.

Ornementé de plantes exotiques et de statuettes en pierre aux visages de guerriers tribaux, le jardin était agréable. Ils s'assirent sous un kiosque de bois, sur des coussins leur apportant juste le confort nécessaire. Ils attendaient leur tour, intrigués par l'ambiance des lieux. Une jeune femme sortit et leur servit un thé pour les faire patienter.

La porte grinça à nouveau. Un homme philippin descendit les escaliers torse nu en titubant légèrement. De grandes feuilles étaient collées sur son dos. Le lieu était visiblement fréquenté par des locaux, ce qui rassura le groupe quant au sérieux de la maison. Au moins on ne leur avait pas indiqué l'adresse d'un charlatan pour touristes avides d'expériences grotesques. L'homme qui leur avait ouvert la porte précédemment, vint les chercher. Ils le suivirent à l'intérieur de la mystérieuse demeure.

Les murs de la pièce étaient recouverts par des draps de couleur verte. Les linges servaient également de rideaux au niveau des fenêtres. Les étagères disposées un peu partout étaient remplies de décoctions d'écorces, d'herbes et de racines. Un grand nombre d'amulettes étaient suspendues au-dessus de leurs têtes. Le décor était mystique à souhait.

Une femme toute vêtue de rose s'approcha d'eux. D'une voix douce, elle se présenta sous le nom d'Anecita. Voyant que le trio ne comprenait pas son dialecte, la dame en rose appela à la rescousse la jeune fille qui leur avait servi le thé. Elle allait faire l'interprète.

Lydia expliqua les mésaventures de leur compagnon à quatre pattes. La guérisseuse s'empara de lui, le posa sur une table haute et donna des indications à l'homme qui devait être son mari. Il sortit aussitôt quelques herbes des bocaux et concocta une sorte de cataplasme. Facteur paraissait inquiet. Il poussait de courts gémissements à intervalle régulier. Anecita demanda à Nathan de maintenir le chien pendant qu'Angelo lui appliquait le remède.

Puis la dame en rose invita Lydia à s'asseoir sur la chaise qu'elle lui présenta. Elle se positionna derrière la journaliste puis posa une main sur sa nuque et une autre sur son front. Lydia se laissait faire. Anecita ne bougea plus pendant de longues secondes, elle semblait se connecter à l'âme de Lydia. Faustin observait la scène d'un air inquiet. Il murmura à Lydia :

— Tu es certaine de vouloir faire cela ? Tu sais ce sont des rituels auxquels les Occidentaux ne sont pas habitués, ça peut vraiment te chambouler.

— Détends-toi Faustin, elle n'a rien fait pour l'instant.

— Justement, c'est maintenant qu'il faut l'arrêter.

— Ce qu'elle fait pique ma curiosité, j'ai envie de savoir ce qu'elle ressent à propos de moi.

— Je te le répète, ce n'est pas une bonne idée.

— C'est ma décision, va faire un tour à l'extérieur si ça t'indispose autant.

— Je préfère observer.

— Dans ce cas, observe en silence, s'il te plaît.

Anecita prit la parole dans son dialecte, relayée par la jeune femme en anglais.

— Je sens beaucoup de trouble en toi. Tu as perdu des souvenirs. Tu te questionnes beaucoup. Tu cherches une solution mais tu n'y parviens pas. Je vois aussi un homme aux cheveux gris pour qui tu as de la peine.

— C'est incroyable ! Comment est-elle capable de lire tout cela en moi ?

— Ce sont des généralités, ça pourrait très bien fonctionner avec moi.

— Mais enfin, chacun a le droit d'y croire ou pas. Tu ne détiens pas la vérité absolue Faustin.

La jeune interprète fit un pas vers Lydia.

— Elle vous propose un massage relaxant aux huiles puis un masque aux herbes pour vous aider à faire le vide et retrouver vos souvenirs.

— C'est grotesque.

— Mais enfin, tu deviens vraiment pénible. Combien de temps le rituel va-t-il durer Mademoiselle ?

— Normalement une heure mais il est tard, elle vous propose trente minutes.

— C'est parfait, j'accepte.

Faustin ne put s'empêcher de soupirer. Anecita commença son massage. La nuque et le haut du dos de la jeune femme étaient très tendus. Sous la pression délicate des doigts de la guérisseuse et grâce à l'odeur envoûtante de l'huile, Lydia se relâcha progressivement. La femme aux vêtements roses prononçait des sortes d'incantations en même temps qu'elle agissait sur le corps de Lydia. Lorsque Anecita signala la fin du massage, Lydia s'était presque endormie. Elle en aurait voulu encore et encore, les doigts de la guérisseuse étaient tout simplement magiques.

Elle couvrit le corps de Lydia à l'aide d'un drap puis déposa une sorte de pierre fumante sous la chaise de la jeune femme. Il s'agissait d'un rituel de purification. Une légère fumée se dégagea ainsi qu'une délicate odeur d'encens. En même temps, elle appliqua une sorte de cataplasme aux plantes sur le front de la jeune femme. La pommade était fraîche et relaxante. Lydia jeta un regard en direction de Facteur qui avait lui aussi droit à son cataplasme. Il la toisa en retour d'un air signifiant « on a l'air fin tous les deux ma vieille ». Nathan adressa un sourire à la fois moqueur et affectueux à Lydia, qui le lui rendit immédiatement. Anecita nettoya superficiellement le front de Lydia. La jeune interprète lui servit une sorte de tisane au goût très amer et la séance se clôtura.

Lydia eut un mal fou à se lever de la chaise. La tête lui tournait. La guérisseuse lui adressa quelques recommandations d'hygiène et d'alimentation pour les vingt-quatre heures à venir et lui remit une potion d'amour pour attirer l'âme sœur à elle. Lydia sourit. Elle ne s'attendait pas du tout à un présent de ce type. La dame aux pouvoirs magiques avait l'air tellement heureuse de lui confier cette potion, qu'elle la garda volontiers. Ne sait-on jamais, elle qui avait été si malheureuse en amour, ne risquait pas grand-chose avec cette mixture.

Avant de partir Lydia montra la photo de Paul à Anecita. Peut-être possédait-elle des talents pour géolocaliser les gens avec un pendule ? Elle lui répondit qu'il était passé la voir ce matin pour une séance. Le trio n'avait pas envisagé cela. Ils étaient tous sous le coup de la surprise. La guérisseuse leur expliqua qu'elle n'avait pas le droit de dévoiler ce qu'elle avait vu en lui. Elle les invita poliment à regagner la sortie et ils s'exécutèrent.

Paul, Faustin et Lydia se regardèrent en silence. Ils

étaient comme désorientés par l'expérience qu'ils venaient de vivre chez cette famille de guérisseurs et aussi très surpris du passage de Paul au même endroit dans la matinée. Lydia fixait étrangement Faustin. Son regard très insistant, le mit mal à l'aise. Sans abaisser son regard, elle s'adressa à lui sur un ton acerbe.

— Tu ne t'appelles pas Faustin, tu t'appelles Marc.

— Qu'est-ce que tu vas chercher là Lydia ?

— Marc Autissier...

— Mince, elle délire, j'avais pourtant dit que ce genre de truc était dangereux, mais personne n'a voulu m'écouter. Aide-moi Nathan, on va l'allonger cinq minutes.

— Je vais très bien, ne me touchez pas ! Espèce d'imposteur !

— Je suis sûr que c'est cette tisane, va savoir ce que cette sorcière a mis dedans.

— Lydia, calme-toi, tout va bien, on est là. Respire calmement.

Nathan lui parlait posément et avait pris délicatement sa main.

— Nathan, ce type nous ment, je le sens. Ne le laisse pas me toucher, s'il te plaît.

Lydia s'agitait anormalement, Nathan avait très peur qu'elle convulse.

43

Lydia revenait à elle, allongée sur les coussins sous le kiosque. Des voix d'hommes qui se disputaient au loin, lui parvenaient. Elle se leva lentement pour éviter d'être prise de vertiges et poussa le portail d'entrée pour rejoindre la rue. Elle se sentait comme dans du coton, légèrement engourdie, les oreilles bouchées. Elle ne se souvenait pas de ce qu'il s'était passé entre la séance chez la guérisseuse et son réveil sous le kiosque. De l'autre côté de la chaussée, Nathan et Faustin échangeaient une discussion virulente. Peu de mots parvenaient jusqu'à Lydia, les scooters qui passaient à pleine vitesse couvraient leurs paroles. Ils semblaient se disputer à propos d'un malaise. Lorsque les garçons l'aperçurent, ils se précipitèrent à sa rencontre.

— Lydia tu vas mieux ? Comment te sens-tu ?

Nathan paraissait très inquiet.

— Groggy...

— Tu as eu une bouffée délirante en sortant de la séance. Nous t'avons allongée, tu t'es calmée et tu t'es endormie.

Faustin s'était adressé à elle d'un ton ferme, presque agacé.

— J'ai dormi longtemps ?

— Non une dizaine de minutes à peine.

— C'est mystique ces séances, j'ai essayé de te mettre en garde mais tu m'as pris pour un rabat-joie.

— Excuse-moi, sur le moment ça m'a amusé. Si j'avais su que je ressortirais dans cet état, effectivement je t'aurais écouté. Vous vous disputiez ?

— Non, non. On parlait un peu fort à cause du bruit

ambiant. On discutait de la suite des recherches qu'on allait mener.

Nathan regardait Faustin en fronçant les sourcils. Il ne semblait pas raccord sur le sujet de leur discussion.

— Nathan voulait à tout prix aller chercher son père, ce qui se comprend parfaitement et je lui disais que ce n'était pas raisonnable de rouler ce soir. Il y a une soirée sur la plage, les gens risquent de boire et de conduire en état d'ivresse. Puis après ton malaise, tu ne peux ni rester seule, ni faire de la route.

Le visage de Nathan était toujours fermé. Il conclut l'échange.

— Allez, le débat est clos, nous rentrons tous les trois, tu vas te reposer Lydia. Tu sembles en avoir besoin.

Tout n'était pas clair dans l'esprit de la jeune femme. La séance l'avait toute chamboulée. Elle ressentait une extrême fatigue. Malgré leurs propos un peu confus, elle se laissa prendre en main par les garçons sans se poser de question.

En chemin, ils s'arrêtèrent chez le loueur pour savoir si Paul avait retourné le scooter mais le commerçant leur fournit une réponse négative.

44

Un bruit sourd de basse résonnait, ponctué de cris lointains. Lydia jeta un œil à l'heure, il était minuit. Elle sortit pour tenter d'apercevoir la fête. Des faisceaux lumineux illuminaient le ciel. Debout, dans la pénombre, elle essayait de se souvenir la dernière fois où elle avait fait la fête : le nouvel an, il y a plus de neuf mois. Les nuits festives se faisaient de plus en plus rares. À trente-trois ans bien tassés, la plupart de ses amis se retrouvaient rangés avec des enfants en bas âge. Les soirées entre potes s'étaient transformées en dîners sur fond de pleurs d'enfants. Parfois même, il lui arrivait d'être conviée à des goûters. Le temps des folles soirées étudiantes était révolu. Elle ne se sentait pas nostalgique de cette époque pour autant mais une bonne grosse fête de temps à autre lui permettait de relâcher la pression. À présent, elle appréciait surtout les longues soirées à papoter entre copines, un verre de vin dans la main droite, un pisse-mémé dans la main gauche. Pas encore prête pour une vie de famille, elle ne voulait pas non plus rester ancrée dans une vie de célibataire, elle attendait juste de rencontrer la bonne personne et d'avoir suffisamment confiance pour se lancer sereinement dans des projets familiaux.

– Alors on essaye de faire le mur pour se rendre à la fête ? Mais Papa Nathan t'a grillé en flag ma vieille.

Nathan tout ébouriffé portait une barbe de trois jours qui le vieillissait et lui donnait un air plus viril, voire plus séduisant. Lydia l'examinait dans la pénombre. Il était sorti du bungalow simplement vêtu d'un caleçon bleu. Son corps n'était pas exagérément musclé mais ses bras et ses pectoraux étaient bien dessinés. Lydia observait ses cuisses solides, elle détestait les hommes avec des jambes frêles. Elle appréciait sa pilosité dosée juste comme il fallait. Elle se rendit compte qu'elle n'avait jamais pris le temps de le regarder ainsi.

— Je suis sortie voir si on apercevait cette méga fiesta, mais ça se passe trop loin.

— Pas assez loin à mon goût, on a tous les inconvénients sonores et pas les avantages.

— Oh... Papy ne peut pas dormir.

— Hé ! Je suis ton aîné de quelques mois, tu me dois le respect mon enfant.

— Faustin dort ?

— Oui ses ronflements couvrent largement l'ambiance festive. Tu avais l'air bien pensive quand je suis arrivé ?

— Oui je songeais aux rares occasions que j'avais eues de faire la fête ces dernières années.

— Il y a de moins en moins de candidats dans notre tranche d'âge. Ça te manque ?

— Non, pas vraiment. Mais une bonne chouille de temps en temps ne fait pas de mal.

— Je sors souvent prendre un verre avec mes meilleurs potes. C'est le genre de soirée que j'apprécie désormais.

— Tu fais quoi comme boulot Nathan ?

— Tu en poses de ces questions à près d'une heure du matin toi. Mademoiselle reporter de l'extrême a décidé de m'interviewer je crois. Vas-y, je suis tout à toi.

Il s'assit dans le sable et elle fit de même.

— À ton avis, j'ai une tête à exercer quel métier ?

Elle le toisa d'un air inquisiteur.

— Vendeur en porte à porte pour des poudres amincissantes la semaine. Et le week-end tu tiens une boutique spécialisée dans la réparation des nains de jardin.

— Hé ! Tu es forte, tu n'es pas si loin que ça. Je suis bien dans le commercial et je fais des choses avec des nains.

— Tu te moques de moi.

— Et pourtant non ! Je travaille au service développement commercial d'une entreprise qui conçoit des articles de sport. Parmi les articles, il y a des poudres pour faire pousser des gros muscles. D'ailleurs ça fonctionne assez bien, je t'autorise à te rincer l'œil sur mon corps d'athlète pour le constater.

— Vu le résultat, j'espère qu'ils remboursent ! Et tu fais quoi avec les nains ?

— Un soir par semaine, je change de place tous les nains de jardin de ma voisine. Ça la rend hystérique et moi ça me fait beaucoup rire.

— Elle n'a jamais compris que c'était toi ?

— Non ! Et pire elle croit que je suis sur le coup pour choper le petit plaisantin !

— Excellent ! J'ai cru comprendre que tu avalais régulièrement un clown au petit-déj.

— Au début, ça fait rire, après ça agace, car je ne sais pas m'arrêter.

— Sinon, tu fais du sport ?

— Pas besoin j'avale des poudres. Arrête de loucher sur mes abdominaux, coquine !

— Sur ton abdominal tu veux dire ?

— C'est le muscle du bon vivant et tu sais quoi, le bon vivant irait bien faire un tour à la fête, qu'est-ce que tu en penses ?

— Je te suis !

— En nuisette ?

— Nuisette, robe de soirée… dans le noir, on ne voit pas la différence !

— Attends, moi je n'y vais pas en caleçon, j'enfile un T-shirt et un short et j'arrive.

— Ne réveille pas Faustin !
— Promis.

45

Nathan tenait dans ses bras un seau transparent rempli de cocktail et de glace pilée avec des pailles fluorescentes qui jaillissaient de partout.

— Mais c'est quoi ce truc ?

— J'ai vu un peu grand, ce cocktail était sans doute prévu pour six personnes. Ce n'est pas ma faute, je n'ai rien compris ! Faut vraiment que je me remette à l'anglais.

La fête se déroulait dans le plus grand hôtel de la plage qui avait organisé cette soirée à l'occasion des trois ans d'ouverture. Fréquentée par des gens de tout âge, on comptait beaucoup plus de touristes que de locaux. Les nombreux danseurs se déhanchaient pieds nus dans le sable au rythme des basses. Après plusieurs gorgées de ce cocktail bien trop grand et ambiancée par le DJ, Lydia fut prise elle aussi d'une folle envie de danser. Elle se leva et entraîna Nathan sur la piste. Un vent de liberté soufflait dans ses cheveux, il n'était plus question de bien paraître, mais juste de vivre, de se laisser aller au son de la musique, de sentir chaque grain de sable sous ses pieds, de danser jusqu'à épuisement. Une soirée festive partagée avec des inconnus possédait une tout autre saveur, car le jugement des autres ne comptait pas.

Nathan observait Lydia. La jeune femme faisait tourner sa robe rouge et virevolter sa chevelure brune. Elle paraissait déterminée à faire la fête jusqu'au bout de la nuit. Lydia ne le regardait plus, elle dansait à tout va. Il partit se rasseoir pour se désaltérer tout en gardant un œil sur sa cavalière. Un homme s'approcha de la jolie danseuse et lui murmura quelque chose au creux de l'oreille. Lydia rit, sembla décliner une proposition puis s'extirpa de la piste. Elle rejoignit Nathan à leur table qui se lança dans une imitation grotesque :

— Charmante demoiselle, je suis plein aux as et célibataire, est-ce que je peux me permettre de vous proposer un verre dans ma case, voire plus si affinités ?

— C'était pire que ça, je ne préfère même pas te répéter.

Des platines du DJ, s'éleva un tube que tout le monde semblait connaître. Le bar se vida soudainement au profit de la piste de danse improvisée sur la plage. Tous suivaient une chorégraphie précise. Lydia adorait ça, elle était toujours la première à se lever sur ce genre de musique mais celle-ci, elle ne la connaissait pas. Elle observa les meilleurs danseurs quelques instants et comprit rapidement les quelques pas à maîtriser.

— Viens Nathan, ça a l'air marrant.

— Oh non ! Je ne suis pas bon en chorégraphie.

— On s'en fiche, suis-moi !

Et elle ne lui laissa pas le choix. L'enchaînement partait à gauche, à droite puis en avant et en arrière. Mais à chaque fois, le groupe se décalait un peu plus en direction de la mer. À la fin de la chanson, ils finirent tous à l'eau ! La mer délicieusement chaude caressait leur peau moite. La musique reprit sur une Salsa. Nathan tendit sa main à Lydia, l'invitant à danser. Ils tournoyaient dans l'eau. Leurs mouvements, ralentis par la pression, les faisaient beaucoup rire. La robe humide épousait chacune des courbes de la jeune femme. Nathan avait un mal fou à se concentrer sur ses passes. Pour le final, il renversa la jeune femme en arrière, plongeant sa belle chevelure dans l'eau de mer. Lorsqu'il la releva, il la découvrit plus sexy que jamais. Il plongea ses yeux dans les prunelles pétillantes de la journaliste. Ils se dévoraient du regard.

Leurs visages se rapprochèrent lentement, leurs lèvres se touchaient presque. Un cri aigu perça leur bulle de coton. Télescopés par une jeune fille dégringolant des épaules de son compagnon, la magie s'interrompit brutalement.

— Il est temps de rentrer si on ne veut pas finir comme eux, proposa Nathan.

— Allons-y.

Lydia courait le long du rivage pour rejoindre leur bungalow, Nathan à ses trousses. Elle se délesta de sa robe humide d'un geste rapide et plongea dans la mer. Nathan eut le temps d'apercevoir ses délicieuses fesses blanches disparaître dans les flots. Après quelques brasses, Lydia ressortit à la hâte en riant tandis que Nathan s'apprêtait à la rejoindre. Elle attrapa sa serviette sur la terrasse et s'enveloppa dedans, ôtant au jeune homme la visibilité sur ses courbes charnelles. Elle lui adressa un baiser de la main puis disparut dans la pénombre du cottage.

46

Un attroupement s'était formé à deux cents mètres du bungalow. Un brouhaha émanait de cette cinquantaine de personnes prostrées dans le sable. Mélange de touristes et de locaux, ils regardaient dans une direction commune et partageaient leurs commentaires. Lydia observait cette scène étrange avec questionnement. Il lui sembla apercevoir des hommes en uniforme, la police était sur place. Un homme qui faisait son footing le long du rivage se présenta à hauteur de la jeune femme. Elle en profita pour l'interpeller :

— Vous savez ce qu'il se passe là-bas ?

— Le corps d'un homme a été retrouvé sur la plage au petit matin.

— Mon Dieu quelle horreur ! Vous avez vu l'homme en question ?

— Non, je ne suis pas un grand fan des cadavres, je suis passé sans regarder.

Lydia courut au bungalow en hurlant les prénoms de Nathan et Faustin. Elle pénétra dans la chambre à bout de souffle. Nathan se leva en sursaut et saisit les deux poignets de la jeune femme qui continuait de crier.

— Lydia, calme-toi, je suis là, qu'est-ce qu'il se passe ? Pourquoi tu hurles comme ça ?

— Ils ont retrouvé le corps d'un homme échoué sur la plage. Il y a un attroupement énorme dehors. J'ai tellement peur que ce soit Paul.

— Quoi, mais qu'est-ce que c'est que cette histoire ?

— Je ne sais pas, mais il faut aller vérifier.

Nathan sortit sur la terrasse. Il aperçut au loin l'attroupement décrit par Lydia. Il prit son visage entre ses mains.

— J'ai peur Nathan. Je n'ose pas y aller.

— Moi non plus, je n'ai aucune envie de me retrouver face au cadavre de mon père.

— On doit en avoir le cœur net, allons-y.

Côte à côte le long du rivage, ils marchaient d'un pas hésitant pour rejoindre le groupe. Lydia passa son bras dans celui de Nathan pour se donner du courage et partager leur angoisse grandissante. Faustin, qui avait entendu les hurlements de la jeune femme et un bout de l'histoire accourut les rejoindre. La foule était dense. Ils se faufilèrent entre les badauds pour obtenir un point de vue sur le corps. Les secouristes sur place avaient sécurisé la zone. Le défunt était recouvert d'un drap, on ne pouvait voir que son avant-bras dépasser. Sa manche retroussée était rouge et noire... Lydia mordit son poing.

Faustin interrogeait ses voisins :

— Madame, vous avez pu voir à quoi ressemblait le cadavre ?

— Non, je viens d'arriver.

— Monsieur, vous savez qui est l'homme décédé ?

— Non, je n'en ai pas la moindre idée.

— Jeune homme, connaissez-vous l'identité du défunt ?

— Non M'sieur, je n'ai rien vu, rien entendu.

Nathan devenait de plus en plus pâle. De la sueur dégoulinait de son front. Ses yeux rivés sur la dépouille, il ne décrochait plus un mot. Lydia était prise de vertiges. Elle voyait Nathan se décomposer au fil des minutes. Elle écoutait Faustin questionner la foule de spectateurs et n'obtenir aucune information utile et en bruit de fond, elle entendait tous ces gens s'interroger en cœur. Cette attente était insoutenable. Elle franchit d'un pas assuré le périmètre de sécurité et alla à la rencontre du premier agent.

— Monsieur, mon oncle a disparu depuis hier matin, je crains que ce ne soit son corps sous ce drap.

— Madame, vous n'avez rien à faire dans la zone de sécurité, veuillez retourner derrière la barrière ou je vous y reconduis par la force.

— Mais vous ne comprenez pas, j'ai besoin de m'assurer qu'il ne s'agit pas d'un membre de ma famille sous ce drap.

L'agent la saisit fermement par le bras et la fit reculer. Lydia protesta vivement et un homme vêtu d'une blouse blanche, s'interposa.

— Mademoiselle, que se passe-t-il ?

— Je suis sans nouvelle de mon oncle depuis vingt-quatre heures, j'ai tellement peur que ce soit lui sous ce drap.

— Quel âge a-t-il ?

— Environ soixante-quinze ans.

— Soyez sans crainte, l'homme sous ce drap a moins de quarante ans. Maintenant veuillez retourner derrière la barrière, s'il vous plaît.

— Merci infiniment.

Lydia chercha le visage de Nathan dans la foule. Quand elle le trouva enfin, elle lui fit signe pour lui indiquer qu'il ne s'agissait pas de Paul. Nathan se laissa tomber à genoux de soulagement. Lydia courut le retrouver. Il enlaça la jeune femme de toutes ses forces et lui déposa un tendre baiser sur le front.

— Merci Lydia d'être allée vérifier, j'étais incapable de le faire.

Faustin qui questionnait encore les gens, déboula à son tour.

— Alors, vous avez eu des infos ?

— Ce n'est pas Papa, c'est tout ce que l'on sait. Sortons de là à présent.

47

Facteur reniflait le bandana de Paul. Aucun d'entre eux n'avait pensé solliciter leur compagnon à quatre pattes, or ce petit Jack Russel se révélait plein de ressources et malin comme un singe. La journaliste avait maintes fois entendu des histoires de chiens ayant parcouru des centaines de kilomètres pour retrouver leur maître. Facteur possédait une histoire peu banale. Il avait adopté le couple Mills en Grèce, voyagé en bateau, séjourné sur cette île avec ses maîtres et vécu trois ans dans la rue aux côtés de Paul. La terre ne devait pas compter beaucoup de chiens aussi débrouillards que lui. En misant sur ses capacités, ils abattaient leur dernière carte avant d'aller déclarer la disparition de Paul au poste de police.

Ils enfourchèrent les deux scooters et prirent la direction de l'intérieur de l'île. La tactique mise en place consistait à fractionner leur trajet avec des pauses régulières, pour laisser le temps à Facteur de flairer la trace éventuelle de son maître. Les premières tentatives se révélèrent infructueuses mais l'animal semblait vraiment motivé dans ses recherches. À le regarder explorer la jungle, on pouvait réellement penser qu'il avait compris sa mission. Il était vif et efficace, lorsqu'il terminait de quadriller le périmètre, il revenait s'asseoir à côté du scooter et attendait le prochain départ.

Lydia comptabilisait les kilomètres parcourus et les arrêts effectués sur son carnet. Méthodique, elle marquait les points de recherche sur la carte touristique : sixième arrêt, dixième kilomètre et toujours aucune trace de ce malheureux Paul.

Ils se situaient désormais au centre de l'île. Une pluie infernale dégoulinait du ciel. Équipés comme à Disneyland, ils enfilèrent leur poncho, accessoire indispensable en cette saison. Ils l'avaient porté plus souvent que leur maillot de bain. La pluie n'arrêtait pas Facteur, il progressait dans la jungle à l'aide de ses petites pattes blanches maculées de boue. La truffe abîmée, trempé, embourbé, le fidèle compagnon de Paul forçait l'admiration tant il était déterminé.

Cette fois-ci, il s'aventurait de plus en plus loin dans la végétation. Nathan, Lydia et Faustin peinaient à le suivre car il n'existait aucun chemin tout tracé. Dans les airs, les lianes s'entremêlaient aux arbres et du sol, jaillissaient d'interminables racines. Lydia se prit brutalement le pied dans l'une d'elles et s'étala de tout son long dans la gadoue. Entièrement recouverte de tourbe, le sang mêlé à la boue dégoulinait le long de son mollet. Nathan l'aida à se relever et s'agenouilla pour examiner la plaie. Il ne s'agissait que d'une égratignure. Ils se remirent sans tarder dans les pas de Facteur pour ne pas perdre de vue l'animal agile. Les pluies diluviennes continuaient de tomber en abondance et n'allaient pas tarder à rincer les souillures sur la jeune femme.

Facteur ne prêtait plus attention à l'équipe, il suivait une piste. Malgré les obstacles, les chutes, les branches dans le visage, les trois apprentis explorateurs l'accompagnaient tant bien que mal. Faustin qui se trouvait légèrement en amont de ses camarades, pointa du doigt quelque chose. Le bruit de la pluie sur les feuilles couvrait ses paroles.

— On n'entend rien, qu'est-ce que tu vois ?

Nathan hurlait en pressant le pas pour rejoindre Faustin.

— Un scooter !

Ils se tenaient tous les trois prostrés autour du véhicule

renversé. La route n'était plus visible de là où ils se trouvaient. Facteur aboyait à côté du deux-roues et le reniflait de partout. Lydia caressa leur fidèle ami à quatre pattes et lui glissa une friandise en guise de récompense. Nathan saisit le guidon embourbé.

— Aidez-moi à le relever.

Ils redressèrent péniblement l'engin. Leurs appuis sur le sol étaient instables, ils glissaient à chaque effort et le cyclomoteur aussi. Il était sale, recouvert de feuilles collées par la boue. Nathan nettoya d'un revers de main la plaque d'immatriculation.

— C'est celui de Papa. Qu'est-ce qu'il fait là ? La route se trouve à plus d'un kilomètre.

— ça veut dire que lui ou quelqu'un d'autre aurait déposé le véhicule ici pour qu'il ne soit pas visible depuis la chaussée. Pour quelles raisons ?

Lydia s'interrogeait sur leur étrange découverte.

— On va ouvrir le coffre, on y trouvera peut-être des réponses.

Faustin souleva le siège pour découvrir une bouteille d'eau minérale.

Facteur s'était remis en marche. Le trio, se précipita à ses trousses. Nathan hurlait « *Papa* » à tout bout de champ, relayé par Faustin et Lydia. Ils marchèrent encore un kilomètre derrière le petit renifleur, si rapide qu'ils le perdirent de vue. Facteur n'était plus visible mais il aboyait de manière régulière. L'équipe s'orientait désormais au son, ce qui n'était pas aisé vu les conditions météorologiques. Les aboiements se rapprochaient de plus en plus. Nathan se demandait quelle nouvelle découverte avait pu faire le chien. Lui qui était d'un naturel serein, il sentait la peur le gagner petit à petit. Paul ne répondait pas à ses appels, il envisageait la possibilité de le retrouver sans vie. Il avançait dans les broussailles tout en tentant d'écarter la vision de son père gisant sur le sol boueux, mais l'image se réinvitait sans cesse dans son cerveau inquiet. Facteur, assis sur son postérieur aboyait sans cesse. Faustin, Lydia et Nathan se regardaient déconcertés.

— Il n'y a rien ici !

Nathan commençait à être à bout de nerfs.

— Il y a forcément quelque chose, Facteur n'aboie pas sans raison. Il faut gratter le sol, il y a peut-être un objet qui traîne, proposa Lydia en posant un genou à terre.

Les mains dans la boue, ils écartaient les branches mortes et le feuillage, sous les encouragements du petit chien. Lydia déplaça une vieille souche appuyée sur un rocher.

— Là ! Ici ! hurla la journaliste. Venez voir !

— Qu'est-ce que tu as trouvé ? demanda Nathan.

— Je ne sais pas trop, on dirait l'entrée d'une sorte de grotte.

Ils dégagèrent les derniers branchages obstruant l'accès. Sur la route, ils avaient aperçu à de nombreuses reprises des panneaux signalant la présence de caves. Apparemment, l'île en était truffée.

Nathan se mit à plat ventre et inséra sa tête dans la cavité. Il faisait très sombre, à part un amas de terre humide et de caillasses, il ne voyait pas grand-chose. Il appela une nouvelle fois son père et attendit. Une voix gémissante lui parvint des profondeurs de la grotte. Il extirpa son crâne et se cogna contre la paroi.

— Il est là-dedans et il est en vie ! On ne voit absolument rien à l'intérieur.

— Tiens prends la torche de mon téléphone et vas-y. On t'attend là.

Faustin lui tendit son smartphone.

— Je suis tellement soulagée de le savoir en vie.

— Attends, on ne sait pas dans quel état on va le retrouver, sa voix était faiblarde. À mon avis on n'est pas au milieu de nos peines. Et puis cette satanée pluie qui ne veut pas s'arrêter, on va se chopper la mort. Je vais essayer de rentrer là-dedans.

— OK mais soit prudent Nathan.

Il s'inséra progressivement dans le trou. Faustin et Lydia le regardaient s'enfoncer dans les entrailles de la terre, un peu désemparés.

— Tu vois quelque chose ?

— Pas vraiment, l'entrée est super étroite, il faudrait une lampe frontale pour que j'aie les mains libres.

Nathan poussa un cri rauque.

— Ça va Nathan ? Qu'est-ce qu'il se passe ? s'égosilla Lydia.

— J'ai glissé, j'ai de l'eau jusqu'à la ceinture et j'ai lâché le téléphone. Je ne vois plus rien, je n'arrive plus à remonter, la terre s'éboule.

— On fait quoi maintenant ? interrogea Lydia en cherchant une solution miracle dans les yeux de Faustin.

L'ami de Paul restait étonnamment calme malgré la mort subite de son smartphone dans la grotte. Il analysa rationnellement la situation et proposa une solution :

— Reste là avec Nathan, je vais aller chercher de l'aide. Je fais au plus vite.

— Faustin part alerter les secours Nathan, je reste avec toi. Tu m'entends ?

— Attendez deux minutes, mon père essaye de me dire quelque chose.

Lydia et Faustin patientaient en gesticulant nerveusement.

— Il dit qu'il va bien mais qu'il est coincé. Il nous demande de ne pas aller chercher les secours.

— Mais on ne va pas y arriver sans aide ! On n'est pas des spéléologues ! Demande-lui ce qu'il fait coincé là-dedans déjà ?

Lydia braillait excédée par la situation et la pluie incessante.

— Il répond qu'il nous expliquera tout une fois dehors. Il faut prendre des lampes frontales étanches, deux casques, quelque chose de solide pour faire levier, des lunettes de plongée et une couverture pour réchauffer Papa.

— Cent balles et un Mars aussi ? bougonna Lydia.

— De quoi ?

— Non rien, c'est juste que je ne comprends pas pourquoi on n'appelle pas les secours !

— Prenez de quoi faire un bandage aussi, des barres de céréales, à boire et un désinfectant.

— Quoi il est blessé ?

— Il dit que son pied est coincé et qu'il a très froid.

— Raison de plus pour appeler de l'aide, répéta Lydia.

— Il a dit non. On essaye comme ça, si on n'y arrive pas, on préviendra les secours.

— Et où je trouve tout ça ?

— À la boutique qui porte le nom d'Alibaba, ce n'est pas très loin du loueur de scooters. C'est un grand bazar, ils ont à peu près tout.

— OK je fonce !

— Mets des repères sur ton chemin pour retourner au scooter, ça t'aidera à nous retrouver au retour.

— On aurait déjà dû faire ça à l'aller, je ne sais pas comment je vais retrouver la route. Bon, je file, tenez bon !

48

L'attente du retour de Faustin, sous la pluie battante, paraissait interminable. Facteur s'était blotti contre Lydia. La chaleur de son petit corps réchauffait la jeune femme frigorifiée. Elle le maintenait, l'empêchant de se faufiler dans le terrier de peur qu'il ne s'y perde ou ne s'y blesse.

— Lydia !

— Oui Nathan, qu'est-ce qu'il se passe ?

— Depuis combien de temps est parti Faustin ?

— Depuis une heure et demie, il ne devrait plus tarder. Je n'en peux plus, la pluie ne cesse pas, je suis trempée, j'ai froid.

— Ça devient long, j'espère qu'il ne nous a pas lâchés. C'est la loose là-dedans, le niveau monte. Mon père se plaint d'avoir de l'eau quasiment jusqu'aux pectoraux.

Lydia sentait la situation empirer, à bout de nerfs, elle n'arrivait plus à gérer. Elle réprima un sanglot puis laissa s'échapper un flot de larmes tièdes, qui roulèrent le long de ses joues fraîches. Facteur la regarda d'un air préoccupé et lui lécha frénétiquement la main.

— Lydia, tu pleures ?

— Non, je renifle parce que je suis en train de tomber malade.

— Menteuse, je sais que tu pleures... Lydia, essaye de garder ton sang-froid. Je te promets que je vais tous nous sortir de là. J'ai déjà fait de la spéléo, il me faut juste le matériel adéquat. Est-ce que tu me fais confiance ?

Aucune réponse ne lui parvint.

— Lydia, tu m'entends ? Est-ce que tu me fais confiance ?

— À toi oui, mais si Faustin ne revient pas, comment on va gérer ?

La voix de la journaliste était fébrile.

— On ne doit pas flancher, on doit rester confiants. Il va finir par arriver.

— Tu es marrant, c'est facile à dire.

— Tu sais quoi, si on s'en sort, je t'inviterais à dîner, sur la petite table drapée au bord du bassin sur laquelle tu louchais l'autre nuit.

Lydia laissa échapper un soupir enjoué.

— Tu ne pleures plus là ? Je me trompe ? Tu es en train de choisir ton plat dans le menu ?

— Un plat seulement ? Ce restaurant va te coûter cher, je vais goûter toute la carte.

— Si vous pouviez arrêter de parler de bouffe car je n'ai rien mangé depuis des heures, ça serait gentil à vous.

— Mon père fait de l'humour, tu vois il n'est pas à l'article de la mort.

— Vous êtes une famille de grands malades, vous le savez ça ?

Un craquement de branche éveilla l'attention de la journaliste.

— Lydia, c'est Faustin, j'arrive !

— Faustin, enfin ! Je suis là ! Par ici !

Elle lui adressait de grands signes.

— Ça m'a pris un temps fou mais j'ai tout ce qu'il faut et même plus. J'ai pris de la corde.

— Super idée, balance la moi, je vais remonter.

Faustin jeta une des extrémités.

— Je l'ai, vous êtes prêts ?

— Tu peux y aller.

Nathan se hissa à l'extérieur.

— Comment on organise la suite ?

— Je pense que le mieux serait de descendre à deux dans

la grotte, toi et moi, Faustin. Lydia tu restes ici. Si dans une heure nous ne sommes pas ressortis, tu iras chercher les secours.

La jeune femme approuva. Claustrophobe, elle n'envisageait pas une seule seconde de pénétrer à l'intérieur de ce trou à rat.

— J'ai apporté un thermos rempli de thé chaud pour réchauffer Paul à sa sortie, vous en voulez un verre avant de démarrer ?

Faustin avait vraiment pensé à tout. Lydia le trouvait un peu étrange depuis le début du voyage mais dans cette affaire, il avait assuré, ce qui lui avait permis de faire un bond sur l'échelle de l'estime de la journaliste.

— Je veux bien, je suis glacée.

Le thé chaud fut salvateur pour la jeune femme épuisée. Les deux hommes s'équipèrent pour leur exercice périlleux de sauvetage. Lorsque Nathan fut prêt à s'engager de nouveau dans la cavité, Lydia leur souffla :

— Essayez de me crier des nouvelles une fois dedans et soyez prudents.

Elle déposa une bise d'encouragement à chacun.

— Oui Maman.

Nathan lui adressa un clin d'œil affectueux. Et l'apprenti spéléologue, fut à nouveau avalé par la panse de la Terre, suivi de près par Faustin. Pour rassurer Lydia restée à l'extérieur, ils lui décrivirent leurs premiers pas dans la grotte.

— On avance avec de l'eau jusqu'aux genoux, il fait plutôt chaud là-dedans. C'est un décor de stalactites et stalagmites dans les teintes beiges. On aperçoit de superbes roches blanches, comme celle que je t'ai montrée au village. Pas de difficultés pour le moment, le plafond est assez haut.

— Super les gars, continuez comme ça !

Ça se rétrécit au bout de la grande salle dans laquelle

on se trouve, on va passer un couloir étroit, je pense qu’une fois de l’autre côté, tu ne nous entendras plus Lydia. Souhaite-nous bonne chance, à tout de suite.

— Bon courage, ramenez-nous Paul en entier ! Parlez-lui du thé et des petits gâteaux qui l’attendent dehors, ça va le faire sortir plus vite !

Puis ce fut le silence radio.

49

Un son de goutte à goutte accompagnait la lente progression de Nathan et Faustin. L'eau ruisselait sur les parois humides de la caverne. Depuis les entrailles de la Terre, résonnait la fébrile voix de Paul avec lequel ils n'avaient toujours aucun contact visuel. Les deux apprentis sauveteurs pénétrèrent dans une seconde salle, plus étroite et plus profonde que la précédente. Leurs pas remuaient le sol meuble et troublaient la clarté de l'eau. Elle leur montait jusqu'aux hanches et ils se trouvaient contraints d'avancer tête baissée pour ne pas racler le plafond. La progression s'avérait difficile mais le spectacle qu'offrait cette cave forçait l'admiration. L'eau perlait sur les roches claires et s'accumulait en une couche translucide dans des bassins en cascade. Les stalactites et les stalagmites, de tailles différentes, se comptaient par centaines. Elles formaient une sorte de dentelle fine. Ils franchirent une succession de salles d'une beauté époustouflante. Ils traversaient un monde féerique où les concrétions se reflétaient dans l'eau des petits lacs souterrains. Parfois, ils leur semblaient se trouver dans un lieu de culte, une sorte de cathédrale de cristal, parsemée de cierges immenses.

Faustin et Nathan faisaient désormais face à un mur impénétrable. De nombreuses cavités avaient transformé la paroi en gruyère mais les orifices n'étaient pas assez larges. Impossible de continuer, pourtant ils se trouvaient près du but. Les faisceaux lumineux de la lampe de Paul perçaient à travers les alvéoles. Le prisonnier attendait juste derrière.

— Papa, nous sommes bloqués devant un mur. Comment

tu as fait pour passer de l'autre côté ?

— Tu vois la cavité en forme de cœur ?

— Oui c'est bon, je l'ai.

— Dans l'eau, en dessous de cette forme, en te décalant de deux pas sur la droite, tu vas trouver une entrée. Elle est submergée par l'eau. Mais la plongée est de courte durée.

— OK j'ai compris Papa. Écoute Faustin, je vais m'encorder et plonger pour atteindre l'autre côté. Une fois que j'y serai, tu n'auras plus qu'à me rejoindre en suivant la corde. Est-ce que tu te sens de faire ça ?

— Je ne peux rien te promettre, mais je vais essayer.

— Papa, on arrive !

— Je vous attends sagement.

— Parce ce que tu trouves ça sage d'être allé te fourrer là sans nous prévenir ?

Il ne répondit plus. Nathan prit sa respiration et plongea pour repérer le passage. Il remonta à la surface, se positionna bien dans l'axe, prit une nouvelle inspiration et disparut dans les eaux troubles.

— À ton tour Faustin !

— OK, je me lance !

Faustin, franchit l'obstacle sans difficulté. Paul se tenait là, immobile, englouti jusqu'aux épaules. Nathan le rejoignit aussi vite qu'il put et l'enlaça de toutes ses forces.

— Mon fils, je n'ai jamais été aussi heureux de te voir. Je ne sais pas comment tu as fait pour me retrouver mais je suis fier de toi mon garçon.

Nathan cessa son étreinte et plongea son regard incrédule dans les yeux de son paternel.

— Non mais t'as pas fini de faire des conneries pareilles à ton âge ?

Paul affichait une mine d'enfant, attrapé la main dans le pot de confiture.

— Je suis désolé fiston, promis je ne recommencerai plus.

C'est ce que tu me disais quand tu faisais des bêtises et moi je te croyais naïvement, à ton tour d'être compréhensif avec ton vieux père. Et puis on va mettre de côté le discours moralisateur pour le moment si tu veux bien. J'aurai tout loisir de t'écouter me sermonner une fois dehors.

— Bon, explique-nous ce qu'il s'est passé. Dis-nous si tu as mal quelque part et comment on s'y prend pour te décoincer.

— Une grosse roche a glissé sur mon pied, il est écrasé en dessous. Je n'arrive pas à me dégager, j'ai essayé par tous les moyens. Au début j'ai eu très mal puis mon pied s'est engourdi rapidement. Actuellement, je ne sens plus rien. Il faut faire vite car l'eau n'arrête pas de monter.

— Tu peux bouger ta jambe ou pas ? C'est-à-dire que si je soulève la pierre, tu seras capable de dégager toi-même ton pied ?

— Je ne sais pas, je suis engourdi. Il faudra m'extraire je pense.

— Je vais plonger pour voir comment ça se présente.

Nathan s'immergea à plusieurs reprises pour tâtonner le rocher sur toute sa circonférence puis il remonta la mine déconfite.

— C'est un sacré morceau, impossible de le faire bouger tout seul. Et puis, il s'est produit un éboulis. Il y a un amas de pierres tout autour qui cale le bloc contre la paroi. Il faut qu'on commence par dégager toutes ces petites rocailles. Ensuite, avec l'espace qu'on aura créé, on pourra faire levier. Faustin, je vais plonger et je vais te donner les pierres une à une pour que tu puisses les empiler plus loin.

— J'ai compris, dépêchons-nous.

Faustin et Nathan s'activaient sous le regard impuissant de Paul. L'éboulis était conséquent et l'opération consommatrice de temps.

Une fois les pierres dégagées, Faustin sortit le pied de

biche de son sac à dos et le confia à Nathan. Il le positionna au mieux sous la grosse roche qui écrasait la chaussure de son père et tenta de faire levier. Elle ne bougea pas d'un cil, c'était mal engagé. Nathan repositionna le pied de biche et demanda à Faustin de lui venir en aide. En unissant leurs forces, le rocher oscilla légèrement, mais pas suffisamment. Et puis, ils ne pouvaient pas agir à deux sur cette mission, l'un d'entre eux devait se tenir près de Paul pour l'extraire.

Faustin réfléchit à une solution alternative. Il proposa d'enrouler la corde autour d'une imposante stalagmite qui se trouvait à un mètre derrière le prisonnier. En donnant l'extrémité de la corde tendue à Paul, il pourrait se hisser avec l'impulsion de ses bras. Cela pouvait marcher, ils décidèrent de tenter le coup.

Nathan et Faustin firent levier de toute leur puissance, tandis que Paul tirait sur la corde. Au bout du troisième essai, le captif se dégagea de son piège rocailleux. Nathan poussa un puissant cri de victoire rauque et viril, tout droit sorti de ses entrailles. Faustin ramassa Paul qui ne tenait pas debout.

— Merci les gars, je vous dois une fière chandelle. Et ça tombe bien car j'en vois trente-six qui tournent autour de moi en ce moment même.

Le malheureux secouait sa main de douleur en se mordant les lèvres.

— Papa, qu'est-ce qu'il se passe ?

— Le sang circule de nouveau et je commence à ressentir mon pied. C'est douloureux.

— Bon, appuie-toi sur nous, on va te conduire jusqu'à l'entrée de la cavité sous-marine.

Paul souffrait le martyre mais ils devaient sortir de cette grotte avant qu'ils ne périssent tous noyés. Faustin avait emporté avec lui une fiole d'alcool fort ainsi que du sucre dans une boîte étanche. Il imbiba deux morceaux et les colla dans le bec de Paul pour lui donner un coup de fouet. Nathan était impressionné par la prévoyance de son compagnon de galère.

— Comment tu as réussi à penser à tout ça dans l'urgence ?

— Dix ans de scoutisme mon pote !

— Parce qu'on file de la gnole aux boy-scouts ?

— Non mais on t'apprend la solidarité et la débrouillardise, dans la vie ça aide.

Nathan plongea de l'autre côté en premier, Paul passa en second encadré par ses deux secouristes, Faustin ferma la marche. Tous les trois regagnèrent au rythme de Paul l'entrée de la cave. Apercevoir le halo de lumière sonnait comme une victoire dans la mission périlleuse qu'ils venaient de mener. Lydia ne répondait pas à leurs appels, cependant la corde était toujours en place. La journaliste avait pris soin de nouer le cordage autour d'un arbre pour qu'ils puissent s'extraire en son absence. Le sauvetage avait duré plus de temps que prévu, inquiétant sans doute Lydia au point de partir chercher les secours.

Nathan et Faustin installèrent Paul le plus confortablement possible. Ils l'emmitouflèrent dans la couverture et lui servirent une tasse de thé bien chaude. Nathan examina la jambe de son père. Le fait d'être resté plusieurs heures dans l'eau avait sérieusement endommagé son épiderme. Le membre s'était teinté d'une couleur bleuâtre. Nathan se trouvait dans l'incapacité de retirer la chaussure, il fallait la découper.

Lydia apparut au milieu de la végétation, accompagnée de Facteur. L'animal agile sauta au visage de son maître et le couvrit de tout son amour à l'aide de léchouilles baveuses. La complicité entre ces deux-là était plaisante à regarder.

— J'ai prévenu les secours comme vous tardiez trop.

— Tu as bien fait, Papa va avoir besoin de soins médicaux.

– Je ne veux pas que les secours me trouvent ici. Déplacez-moi jusqu'à la route.

– Papa, il y a bien deux kilomètres de marche, tu ne vas pas y arriver.

– Je sais combien il y a de distance, je suis arrivé là tout seul. Maintenant aidez-moi et en route.

Devant le regain d'énergie et le ton ferme et autoritaire de Paul, la bande obéit. Le blessé tyrannique pesait un âne mort. Le parcours ne fut pas de tout repos mais ils atteignirent l'objectif, tous exténués par cette épopée.

50

Dans le camion des secours, Paul s'agitait sur le brancard. Il repoussait systématiquement les soins et demandait aux infirmiers de le laisser partir sur le champ.

— Écoutez Monsieur, pourriez-vous faire entendre raison à votre père, nous ne pouvons pas l'ausculter et encore moins prodiguer les premiers soins à son pied.

— Papa, arrête un peu on dirait un enfant de quatre ans. Pourquoi tu ne les laisses pas te soigner ?

— Ce sont des incapables, je n'ai rien du tout et à cause d'eux je risque de finir amputé. Ramène-moi au bungalow, on va se débrouiller.

— Papa ce n'est pas possible, ils doivent découper ta chaussure, désinfecter les plaies, t'emmener passer une radio et te faire un bandage. Plus tu te montreras coopératif, plus vite tu seras débarrassé. Quelle mouche t'a piqué ? On dirait un vieux grincheux aigri. Je comprends que tu traverses une épreuve difficile sur cette île, mais nous sommes tous là pour veiller sur toi.

— Mais tu ne comprends pas, ils ont tué ta mère, ils vont me tuer.

— Pourquoi tu parles de Maman ? Quel est le rapport avec ces braves médecins qui essayent de t'aider ?

— Ce ne sont que des bons à rien. Je veux sortir de là.

— Est-ce que vous auriez un calmant à lui administrer sinon vous n'allez pas pouvoir le soigner correctement, il est trop agité.

— Oui, je peux lui donner un tranquillisant.

Nathan prit un verre d'eau et y plongea discrètement le

cachet.

— Papa, bois un peu d'eau, ça va te faire du bien. Tu t'es déshydraté durant tout ce temps dans la caverne.

Paul qui sentait sa gorge sèche, accepta sans méfiance.

Le camion était arrivé au centre de soins de l'île. Les infirmiers sortirent Paul pour l'installer dans un lit médicalisé.

— Papa, ils vont t'injecter un produit pour éviter la gangrène, laisse-toi faire. Ils vont aussi te perfuser pour la douleur.

Nathan se retourna vers l'infirmier.

— Vous pouvez lui faire la piqûre, il est coopératif à présent.

La morphine avait fait son petit effet. Paul était détendu comme jamais et beaucoup plus agréable maintenant qu'il voyait des lézards roses grimper sur les murs ainsi que des moines faire des photocopies dans sa chambre.

— Monsieur, je peux vous parler un instant ?

Le médecin paraissait soucieux.

— Que se passe-t-il ?

— Le pied de votre père nécessite des examens et des soins que nous ne sommes pas en mesure de prodiguer ici. Je vous propose de le transférer à l'hôpital de Cebu.

— Bien, de toute façon, nous n'avons pas le choix. Est-ce que je peux l'accompagner ?

— Non, les visites ne seront pas autorisées ce soir donc vous ne pourrez le voir que demain dans l'après-midi. Mais vous pourrez obtenir des nouvelles par téléphone, voici les coordonnées.

— Entendu, dans ce cas, je vais vous confier un sac avec ses affaires et je viendrai lui rendre visite demain. Vous pensez qu'ils vont le garder combien de temps ?

— Je ne peux pas vous répondre, cela va dépendre des examens.

51

Le bateau s'éloignait de la côte sous le regard épuisé de Nathan, Lydia et Faustin. La journée harassante achevée, ils réclamaient un moment de décompression. Faustin grilla une cigarette et en proposa à ses deux compères.

— Quelle journée de dingue ! soupira Nathan entre deux bouffées.

— Je n'arrive toujours pas à m'en remettre, enchaîna Lydia en écartant la fumée de son visage. Ton père t'a expliqué ce qu'il faisait dans cette grotte ?

— Non, il m'a dit qu'on en discuterait une fois dehors puis tout s'est enchaîné. Je me languis d'entendre sa version.

— Tu vas pouvoir raconter cette journée dans ton article Lydia.

— En effet Faustin, mon papier sur la plongée semble compromis dans l'état actuel de Paul, basculer sur le thème de la spéléologie pourrait être une bonne alternative.

— Tu sais que tu as sous la main, deux spécimens aguerris. Faustin et Nathan : les spéléologues de l'extrême.

— Le moment le plus épique c'était quand on a dû plonger dans un tunnel submergé.

— Rien que d'imaginer la scène les gars, j'en ai la chair de poule. En tout cas, vous avez assuré, Paul vous doit la vie.

— Ne t'oublie pas, tu as fait ta part du job aussi, on l'a quand même retrouvé grâce à ton idée et au flair de Facteur.

— On forme une bonne équipe !

Lydia leva la main droite pour que ses coéquipiers

puissent frapper dedans.

– Je ne sais pas vous mais moi j'ai besoin de me changer les idées, soumit Nathan.

– Moi aussi. Je vous propose une séance de SPA suivi d'un massage aux huiles. J'ai vu un panneau planté devant l'hôtel d'à côté.

– Et une épilation des sourcils et du maillot aussi ?

Faustin n'était pas emballé par la proposition.

– Moi, ça me tente, j'assume complètement mon petit côté féminin, gloussa Nathan.

– Je passe mon tour les filles, je vais aller bouquiner. Profitez bien !

– On te racontera combien c'était agréable, vieux macho poilu !

52

Une jeune fille en tunique beige et noire préparait le bain. Nathan et Lydia, lovés dans des peignoirs blancs moelleux, patientaient assis à côté d'une fontaine au bruit délicat, où venaient s'abreuver de nombreux oiseaux au plumage exotique. L'ambiance contrastait nettement avec leurs péripéties de la journée. Ils savouraient cet instant de calme après la tempête.

La jeune employée ouvrit le rideau et invita ses deux clients à rejoindre leur bain. Elle leur ôta soigneusement leurs peignoirs puis les accrocha sur la paroi de pierre. L'eau fumante, laiteuse et parfumée remplissait une immense vasque incrustée dans le sol. De délicates fleurs jaunes et roses flottaient. La jeune fille referma le rideau derrière elle, leur souhaitant un agréable moment.

Lydia pénétra la première dans le bain. Elle s'immergea entièrement dans l'eau brûlante, pendant quelques secondes. Remontée à la surface, les yeux clos, elle se laissait envoûter par la chaleur, l'ambiance et la musique relaxante. Nathan contemplait les traits détendus de son visage. Le lait perlait sur ses longs cheveux bruns. Elle était sublime. Il se remémorait leur soirée de la veille. Lydia rouvrit les yeux et surprit Nathan en train de la fixer. Il descendit à son tour dans la vasque.

L'instant se révélait particulier. Lydia sentait les jambes de Nathan appuyées contre les siennes. Ce contact charnel lui procurait une douce note de sensualité, accompagnée d'une légère gêne. Elle ne savait pas si elle attendait plus de la part de Nathan ou si ce subtil jeu de séduction entre eux deux lui suffisait pour le moment. Lydia observait les cheveux humides du jeune homme, sa mâchoire puissante, la repousse rugueuse de sa barbe. Elle descendit discrètement son regard jusqu'à la naissance de son torse, à l'orée du bain. Ils restaient tous les deux silencieux et profitaient de cette bulle pour relâcher toute la pression de la journée dans l'eau tiède. Chacun de leurs mouvements provoquait un léger frottement de leurs épidermes et une onde de frissons discrète.

Une voix suave leur annonça la fin du bain et les invita à revêtir leur peignoir pour passer à la salle de massage.

Allongés sur les tables, dans une ambiance tamisée, ils profitaient. Les masseuses palpaient délicatement leurs corps chauds tout en les enduisant d'huiles aux parfums boisés. Étendus à moitié nus, leur proximité sans aucun contact charnel était intrigante. Ils laissaient libre cours à leur imagination, au rythme des mains expertes des jeunes femmes. Chaque centimètre carré de leur peau était travaillé pour se relâcher complètement, de la plante des pieds, jusqu'au-dessus du crâne. Une musique si discrète qu'on peinait presque à l'entendre, berçait la pièce. Aucun bruit ne venait percer l'atmosphère paisible du lieu, mis à part un craquement de parquet de temps à autre, lors des déplacements des masseuses. Les quatre mains devinrent soudain plus énergiques et claquèrent sur les dos reposés de Nathan et Lydia, sonnant la fin de leur parenthèse enchanteresse.

Sur le chemin du retour, ils marchaient lentement le long de la plage, leurs corps encore huileux leur rappelaient cet instant délicat.

53

Faustin ne ronflait pas ce qui signifiait qu'il ne dormait pas. Nathan encore troublé par la journée, ne parvenait pas à trouver le sommeil. Il jeta un œil discret dans la chambre de l'ami de son père : le lit était vide.

Il sortit sur la terrasse à la recherche du ronfleur et l'aperçut assis sur les marches de l'établissement d'à côté. Faustin, le téléphone sur l'oreille, semblait être plongé dans une conversation des plus sérieuses. Nathan tendit l'oreille. Il parlait d'un ton agacé, il évoquait des risques. Il aperçut le jeune homme et s'éloigna pour poursuivre sa conversation.

Nathan se rendit dans la chambre de Faustin. Le portefeuille noir posé sur le lit attira son regard. Il ne résista pas à la tentation de l'ouvrir. Il contenait des photos de ses enfants, son argent pour le voyage et son permis de conduire. Nathan n'aimait pas fouiller dans les affaires des gens et encore moins dans leur vie. C'était le travail de sa copine journaliste mais pas le sien. Il se remémorait la bouffée délirante de Lydia en sortant de chez le guérisseur. Elle avait accusé Faustin d'être un imposteur. Il s'était montré très directif à l'égard de Lydia et avait demandé à Nathan de s'écarter pendant qu'il gérait son malaise. Son attitude ambiguë et faussement bienveillante avait inquiété le jeune homme. À ce stade, il était franchement tenté d'ouvrir le permis pour s'ôter d'un doute. Le document rose entre les mains, il hésitait. Faustin l'avait sérieusement épaulé dans le sauvetage de son père aujourd'hui. Il s'était mis en danger pour lui venir en aide sans jamais poser aucune question, ni porter aucun jugement sur la situation dans laquelle ils s'étaient tous retrouvés malgré eux. Pris de culpabilité, il rangea le permis et repositionna le portefeuille à sa place avant de retourner dans sa chambre.

54

Nathan avait quitté l'île tôt ce matin pour aller rendre visite à son père, laissant Lydia et Faustin tels deux naufragés sur la perle de Siquijor. Ils avaient décidé d'explorer les fonds marins en attendant le retour de l'autre moitié de l'équipe et ils ne furent pas déçus du spectacle. Les coraux paradaient dans leurs plus belles couleurs. On aurait cru qu'un paysagiste les avait plantés sur les rochers, à l'instar des massifs de fleurs d'un jardin exotique. Du jaune, du rouge, du violet, du blanc, Lydia contemplait la palette de couleurs et les formes incroyables de ces récifs coralliens. Certains s'apparentaient à des éponges gigantesques. D'autres, composés de nombreuses formes allongées finissant par un orifice fluorescent, faisaient penser à un chœur géant, dont toutes les bouches maquillées allaient se mettre à chanter d'une seconde à l'autre. Ces coraux abritaient un nombre incroyable de poissons exotiques. Ils évoluaient dans un aquarium géant. Lydia fit la rencontre d'une demoiselle bleue à ventre jaune, qu'elle suivit un moment. Puis elle tomba nez à nez avec un poisson clown qui sortait des anémones. Némo existait vraiment et il habitait aux Philippines.

Lydia et Faustin gravitaient au-dessus de ce monde magique. Les rayons du soleil traversaient la mer translucide et venaient s'échouer sur le sable blanc. Sur le sol peu profond, reposaient de nombreuses étoiles de mer, certaines d'un bleu électrique. Les deux plongeurs se retrouvaient de temps à autre, encerclés par un banc de poissons. Ils se laissaient alors flotter sans bouger pour observer leurs déplacements agiles ainsi que les reflets scintillants de la lumière sur leurs écailles.

La quiétude des profondeurs leur apportait un cadre apaisant. L'ouïe restait calfeutrée pour laisser place au champ visuel. Un silence monacal régnait. Faustin et Lydia se trouvaient dans une bulle enchanteresse, hors du temps. Les heures de la journée défilèrent sans qu'ils ne s'en aperçoivent, littéralement absorbés par la vie sous-marine.

Lydia, assise dans le sable, retirait ses palmes.

— Riche idée cette journée exploration, j'ai des couleurs plein la tête.

— Je n'avais jamais eu la chance de voir autant de poissons et surtout de coraux. Je comprends mieux maintenant pourquoi Paul affectionnait tant le coin pour la plongée.

— Tu connais Paul depuis longtemps ?

— Depuis une bonne dizaine d'années.

— C'est marrant depuis le début j'ai l'impression de t'avoir déjà croisé quelque part. Je cherche où et dans quelles circonstances mais cela ne me revient pas.

— Je n'ai pas souvenir de t'avoir déjà rencontré mais sait-on jamais, le monde est petit. Et puis j'ai un physique assez banal, je ressemble peut-être à quelqu'un de ton entourage.

— Non, j'ai vraiment la sensation d'avoir déjà échangé avec toi. Qu'est-ce que tu fais dans la vie ?

— Je suis nutritionniste.

— Et qu'est-ce que tu penses de notre apport calorique depuis le début des vacances ?

— Je ne veux surtout pas avoir d'avis sur la question.

— Bon, ça va, je suis rassurée, tu ne vas pas nous mettre à la diète. Je te laisse, je vais prendre une douche, je me sens toute collante avec le sel.

Lydia ramassa ses affaires et partit se rincer. À peine

rentrée dans le bungalow, Faustin entendit la jeune femme hurler des jurons.

— Quelque chose ne va pas Lydia ?

— C'est un drame absolu !

Elle sortit du bungalow enveloppée dans un drap de bain.

— Excuse-moi de te demander ça mais regarde mes fesses !

Elle se retourna puis dévoila sans pudeur son postérieur cramoisi.

— Nom d'une pipe ! Comment tu vas faire pour t'asseoir ?

— Je ne sais pas, j'ai pris le coup de soleil de ma vie !

— Mais ta peau va tomber !

— Si la cellulite pouvait tomber avec, ça m'arrangerait !

— Les femmes vous voulez être belles en toutes circonstances, si tu avais mis un short comme moi, ça ne serait jamais arrivé.

— Écoute, je me passe volontiers de tes conseils vestimentaires actuellement.

— Allez, je vais m'acheter des clopes, si tu veux je te prends un tube de Biafine pour chaque fesse au passage ?

Étendue sur le sable, Lydia attendait impatiemment le retour de tous. Elle était d'une humeur de chien à cause de ce coup de soleil. Elle rédigeait frénétiquement la journée d'hier et celle d'aujourd'hui dans son carnet pour essayer de penser à autre chose. Lorsqu'elle releva la tête, cherchant ses mots, elle entrevit Nathan sur le ponton. Il poussait Paul dans un fauteuil roulant. Elle lâcha tout et accourut pour savoir comment il se portait.

— Paul tu es de retour !

— Vous ne croyiez tout de même pas vous débarrasser du vieux comme ça !

— Il me semble que tu as essayé de t'éliminer tout seul Papa.

— Qu'est-ce qu'ils ont dit pour ton pied ?

— J'ai trois doigts de pied fracturés ainsi que l'avant-pied. Je dois porter cette botte ridicule en attendant que mes os se reconsolident. Rien de bien méchant, mais il va falloir que vous soyez sages mes enfants car je ne pourrai pas vous courir après.

— Mais dis donc c'est l'hôpital qui se fout de la charité, qui est-ce qui nous a fait courir jusqu'à présent ? Maintenant que tu ne peux plus bouger, tu vas pouvoir nous raconter ce que tu faisais dans cette grotte.

— D'accord mais si on allait manger un bout, parce que la bouffe infâme de l'hôpital, ras le bol !

Est-ce que vous connaissez un bon restaurant dans le quartier ?

Faustin venait de les rejoindre.

— Paul, comment vas-tu ?

— Comme un vieux qui s'est pété le pied et qui meurt de faim en sortant de l'hosto.

— J'ai cru comprendre en arrivant qu'il était question de restaurant.

— Oui, pour vous remercier tous de m'avoir sauvé la vie, je vous invite dans le restaurant le plus chic de l'île, enfin si vous le trouvez.

— Il y a bien cet hôtel de luxe que l'on a aperçu avec Lydia l'autre soir, on peut dîner près de la plage, au bord d'un joli bassin.

— C'est parfait. Mettez vos habits du dimanche et allons-y, ordonna Paul.

55

L'Hôtel récent était doté d'un accès handicapé, ce qui facilitait les déplacements du malheureux Paul. Construit avec des matériaux nobles, l'édifice alliait en un subtil mélange, le luxe à la sobriété. L'accent avait été mis sur les jardins. Une rivière artificielle sillonnait à travers tout l'établissement pour venir se jeter dans un somptueux bassin recouvert de nénuphars en fleurs.

Une hôtesse les conduisit jusqu'à une table ronde dressée comme dans les plus grands restaurants. Elle tira la chaise de chaque convive, les invitant ainsi à prendre place. Elle prit soin d'allumer le chandelier posé au centre de la table et proposa un cocktail de bienvenue.

Faustin admirait le décor.

— Cet endroit est un vrai paradis.

— Ça valait la peine de te sauver la vie ! Bon maintenant que ton équipe de secouristes personnelle est réunie, aurais-tu l'obligeance, père bien-aimé, de nous fournir des explications sur la situation ambiguë dans laquelle tu t'es royalement fourré ?

— Je vous dois en effet quelques éclaircissements.

Ils étaient tous les trois pendus aux lèvres du vieux fugitif qui faisait durer le plaisir.

— J'avais séjourné à Siquijor avec Nelly juste avant sa mort. Nous avions eu un véritable coup de cœur pour ce lieu paradisiaque. À l'époque, il n'y avait pas d'établissement de luxe comme celui-ci, l'île s'ouvrait à peine aux touristes. En arrivant, Nelly avait fait tomber du bateau, le bracelet qu'elle tenait de sa mère. Elle était très attachée à ce bijou. Elle a passé toute la soirée et la nuit dans une contrariété terrible. Alors dès le lendemain matin, en tant que mari attentionné, j'ai plongé durant des heures pour remettre la main sur ce précieux bracelet et rendre le sourire à ma femme. Je n'ai jamais retrouvé le fameux bijou mais j'ai surtout découvert autre chose... J'ai commencé par remonter de minces objets recouverts de sédiments. En les débarrassant de la couche qui s'était accumulée avec le temps, nous avons découvert qu'il s'agissait de monnaie ancienne. J'ai replongé pour ratisser au peigne fin l'endroit où j'avais trouvé les premiers spécimens et j'en ai trouvé beaucoup d'autres. J'ai également fait la découverte d'assiettes, de plats et d'un vase coincés sous un rocher.

— Papa c'est carrément dément, pourquoi tu ne nous en as jamais parlé avant ? Quelqu'un était au courant de cette histoire à part Maman ?

— J'avais commencé à en parler à Lydia avant notre départ, c'est tout.

— Je comprends mieux pourquoi tu voulais écrire un article sur les plongées de Papa. Ta découverte est un sacré scoop.

— Et tu as pu lire la date sur les pièces ? s'intéressa Faustin.

— XVIIe siècle, l'époque de la colonisation espagnole.

— Et donc, qu'est-ce que vous avez fait de ces objets Maman et toi ?

— Des gens de l'île m'avaient vu plonger plusieurs jours au même endroit et certains ont eu des soupçons sur une potentielle découverte. Notre bateau a été cambriolé et nous avons reçu des menaces. En explorant l'île avec ta mère, j'avais découvert qu'il y avait une multitude de grottes. Je me suis mis à toutes les explorer, pour trouver celle qui pourrait constituer une cachette imprenable. Pour mettre fin au racket dont nous étions victimes, j'ai donné une partie du trésor et j'ai planqué l'autre moitié dans cette foutue grotte. C'est en allant vérifier si ma cachette avait été découverte que je me suis retrouvé pris au piège.

Les convives étaient en proie à la consternation. Ils avaient imaginé plusieurs scénarios mais ils étaient loin du compte.

— Et donc, ta cachette était toujours intacte ?

Les yeux de Faustin brillaient comme deux louis d'or.

— J'attendais cette question. Eh bien ! Figurez-vous que je n'en sais rien, ironie du sort, je me suis retrouvé pris au piège avant de pouvoir l'atteindre.

— Papa, vous n'avez plus reçu de menaces Maman et toi par la suite ?

— Nous avons quitté l'île pour ne plus être inquiétés.

— Et l'accident de la circulation dans lequel Maman est morte, où a-t-il eu lieu ?

Un frisson glacial traversa le corps de Lydia tout entier. Elle fronça les sourcils et tourna son regard suspicieux en direction de Paul qui lui fit signe de garder le silence. Puis il répondit à son fils.

— À Cebu, juste après notre retour de Siquijor. Elle est décédée à l'hôpital dans lequel je me trouvais encore ce matin.

— Qu'est-ce qu'il s'est passé exactement ? insista Nathan.

— Je te l'ai déjà raconté, un chauffard nous est rentré dedans à un carrefour. Ta mère a été transférée à l'hôpital, elle était encore en vie mais ils n'ont pas réussi à la sauver.

— Et le chauffard, vous l'avez retrouvé ? s'enquit Faustin

— Non, il a courageusement pris la fuite.

Paul répondit à toutes les questions qui fusaient. Son récit fut interrompu par le service des douceurs. Elles apportèrent une touche de poésie qui radoucit l'atmosphère électrique cristallisée autour de l'histoire du trésor et de la tragique disparition de Nelly. Lydia était subjuguée par la délicatesse de la pâtisserie. Dans son assiette se dressait fièrement un cygne modélisé en pâte à chou. Un glaçage de couleur violine recouvrait son dos et ses ailes. L'assiette se trouvait complétée par un ensemble de petits fruits exotiques multicolores qui semblaient nager autour du palmipède. Lydia n'osait pas manger tellement elle admirait cette composition. Le dessert de Paul rivalisait d'originalité avec le sien. Il s'agissait d'une barque fourrée de crème pâtissière dans laquelle se tenait un pêcheur réalisé avec des fruits. De la grâce et de la poésie émanaient de ces pâtisseries.

Après s'être délectée de son dessert, Lydia demanda à la serveuse si elle pouvait remercier personnellement l'auteur. La jeune femme l'invita à la suivre jusqu'en cuisine.

La pièce moderne et spacieuse brillait d'une propreté remarquable. Le service terminé, les employés se trouvaient en pleine séance de rangement et de nettoyage. Lydia les interrompit dans leur tâche.

— Je souhaitais rencontrer la personne qui a confectionné les gâteaux.

Une femme lui répondit au loin.

— C'est moi jeune fille.

La dame se tenait tout au fond de la cuisine. Sa voix douce semblait fatiguée par le poids des années. Un bandeau violet maintenait élégamment sa chevelure grise en arrière. Elle rangeait ses ustensiles. Elle termina sans se presser puis s'approcha pour se présenter à Lydia.

56

— Lydia tu es blanche comme un linge, constata Faustin

— J'espère que ce n'est pas l'état de la cuisine qui t'a fait pâlir comme ça !

La jeune femme reprit place à table, le visage livide, sans prêter attention à la plaisanterie de Nathan.

— Tu te sens bien ?

Faustin insistait, inquiet par son teint blafard et son attitude étrange.

— Non pas vraiment mais rien de grave, ça doit être la chaleur et le contrecoup, ça va passer, ne vous en faites pas.

— J'ai commandé une coupe de champagne à chacun pour clore ce dîner.

— ça va sûrement me requinquer.

— Je profite de ce toast pour conclure sur ces quelques mots.

Paul but une gorgée puis se lança.

— J'ai traversé deux jours très sombres de mon existence en remettant les pieds ici. Beaucoup de souvenirs, pour certains joyeux, d'autres douloureux ont refait surface. Je suis passé par toutes les couleurs. J'ai ressenti le besoin de m'isoler pour laisser s'exprimer toutes ces émotions et apprendre à les amadouer. Je vous prie de bien vouloir m'excuser pour l'inquiétude que je vous ai causée durant mon absence et pour le manque de communication. C'est pourquoi j'ai essayé de me rattraper ce soir. Je suis sorti de mon mutisme en vous dévoilant une partie de mon histoire. Et mon fils je te fais la promesse devant témoin d'être à nouveau un père présent dans ta vie jusqu'à la fin de mes jours. Et j'espère aussi être un grand-père un jour. Il lui tapa sur l'épaule.

— Tu es déjà cinq fois grand-père !

— Oui, mais justement, je n'aime pas les chiffres impairs.

— Tu ne perds pas le nord, toi.

— En tout cas Paul, nous sommes heureux que tu aies trouvé l'apaisement et que cette histoire se soit bien terminée, conclut Faustin.

Lydia toujours aussi pâle, avait vaguement écouté le discours de Paul et restait silencieuse.

— Bon, il se fait tard pour Papy. Ils m'ont shooté aux médicaments à l'hôpital, j'ai besoin d'une bonne nuit réparatrice. Si vous voulez bien me faire rouler jusqu'à mon lit, je vous en serais reconnaissant.

Paul régla la note et ils quittèrent le restaurant.

57

— Un thé, s'il vous plaît.

— Tout de suite Madame.

Réveillée à l'aube, Lydia s'était rendue seule au café. Elle avait besoin de faire le point. Paul lui avait confié la mort de Nelly par balles et il avait exposé la même version à Georges et Marie. Pourquoi avait-il raconté à Nathan que sa mère était décédée des suites d'un accident de la circulation ? Existait-il une part de vérité dans cette collision ? Devait-elle parler de tout cela avec Nathan ? Les questions se bousculaient dans son esprit. Elle connaissait Paul en tant qu'homme sensible et attachant mais elle le savait aussi très tourmenté. Les événements autour de la mort de Nelly restaient obscurs et empreints de non-dits. Paul avait-il une part de responsabilité plus importante que ce qu'il avait bien voulu lui laisser entendre ? Confinée sur cette île aux secrets, Lydia se sentait désormais très impliquée et animée par l'envie de faire toute la lumière sur cette histoire scabreuse. Elle allait reprendre du service en tant que journaliste de terrain. Elle n'avait d'ailleurs pas choisi l'établissement où elle était attablée au hasard. Les patrons avaient côtoyé Paul durant son précédent séjour sur l'île et elle s'était mis en tête de leur poser quelques questions.

— Merci pour le thé. Au fait, nous avons retrouvé Paul.

— C'est une bonne nouvelle ça Madame.

— Vous vous souveniez bien de lui, c'était un bon client ?

— Un peu plus que les autres touristes Madame. Il descendait tous les matins avec son petit chien pour venir lire le journal en buvant son café. Il se levait très tôt, c'était notre premier client, alors nous prenions le temps de discuter un peu. Ensuite il emportait les pancakes pour sa femme sur le bateau.

— Vous connaissiez son épouse ?

— Non Madame, je ne l'apercevais que de loin lorsqu'ils venaient tous les deux se promener sur le rivage.

— Paul m'a confessé que Siquijor avait beaucoup changé depuis sa dernière visite, à l'époque l'endroit comptait peu de structures touristiques.

— C'est une île de pêcheurs et d'agriculteurs Madame. Les gens n'ont pas les moyens de construire de gros hôtels.

— Mais alors à qui appartient le complexe de luxe de l'autre côté de la baie ?

— À une famille de pêcheurs.

— Mais où ont-ils trouvé l'argent ?

— Allez savoir, demandez-leur.

La patronne tourna les talons pour repartir en cuisine, mais Lydia la retint.

— Attendez, je vais commander autre chose.

Elle gagna un peu de temps en faisant semblant de consulter la carte.

— La famille dont vous me parliez s'est enrichie du jour au lendemain ?

— Certains disent qu'ils ont gagné au casino, d'autres qu'ils ont trouvé un trésor.

— Un trésor ? Je vais vous prendre un jus de mangue.

— C'est noté.

Lydia ne réussit pas à tirer plus d'informations de la part de son interlocutrice qui partit préparer la commande. L'enrichissement soudain de cette famille lui posait question. Et si le racket de Paul et Nelly leur avait profité ? Et cette femme en cuisine qui l'avait tant troublée hier soir, qui était-elle vraiment ? Lydia devait fouiner du côté de cet hôtel et interroger Paul sur l'accident.

58

Petite, mince, élancée, elle portait un maillot de bain une pièce ainsi qu'un paréo noué à sa taille. Ces accessoires soulignaient son élégance naturelle. Sa peau tannée par le soleil contrastait avec ses cheveux d'un gris argenté. Face au levant, elle méditait seule. Lydia l'observa de longues minutes avec admiration et interrogation. Comment l'aborder de nouveau sans être intrusive ?

Coupant court à ses réflexions, la femme se leva. Elle prit soin de regrouper ses affaires et remonta la plage en direction de l'hôtel. Lydia noua ses longs cheveux, enfila ses lunettes de soleil et décida de la filer discrètement. La mystérieuse inconnue marchait pieds nus dans la pelouse. Elle se déplaçait d'un pas lent et aérien. Elle semblait se délecter du contact de l'herbe fraîche sur sa peau. Elle traversa la palmeraie puis marqua un arrêt pour enfiler sa paire de tongs. Lydia avait constaté que les clients de l'hôtel possédaient tous la même serviette de plage et portaient un bracelet de couleur pour s'identifier aux yeux du personnel. Pour ne pas se faire remarquer, elle n'avait pas emporté la sienne et avait pris soin de masquer ses poignets avec un T-shirt à manches longues. Spécialiste du camouflage et de la filature, elle s'engouffra dans l'allée en terre battue dans laquelle venait de pénétrer la femme au paréo. Le sentier s'enfonçait dans une jungle naissante derrière l'ultime rangée de bungalows. Lydia jeta un coup d'œil furtif aux alentours pour s'assurer que personne ne pouvait la voir emprunter l'allée privée. Une petite maison sans prétention mais bien arrangée se dressait au bout. La femme aux cheveux gris poussa le portillon, se déchaussa, monta les quelques marches du perron et pénétra dans la maisonnette en prenant soin de refermer la porte derrière elle.

Lydia se faufila derrière la bâtisse. Elle attendit patiemment d'entendre le portail grincer de nouveau pour passer une tête. La pâtissière s'était changée et reprenait l'allée en sens inverse. Sans doute commençait-elle sa journée de travail. La journaliste se positionna près d'une fenêtre pour découvrir l'intérieur de la maison. La cuisine s'ouvrait sur un petit salon. Les murs étaient recouverts d'une peinture blanche. Des objets aux couleurs pastel se tenaient disposés un peu partout et apportaient des notes chaleureuses à la pièce. Un plaid attendait déplié sur le canapé deux places. Tout était soigneusement rangé. Lydia changea de fenêtre pour apercevoir la chambre. D'une petite superficie, un lit une place, surplombé d'une moustiquaire, occupait tout l'espace. Un livre était posé sur la table de nuit. Une penderie sans porte laissait apparaître une collection de robes longues et de pantalons amples. La maison paraissait très féminine. Cette dame habitait seule ici.

À l'extérieur, un potager faisait face à la maison, aux côtés de quelques parterres de fleurs. Cette femme avait visiblement du goût pour ses tenues vestimentaires ainsi que du talent pour la décoration, la cuisine et le jardin. Lydia pénétra dans la maison, s'empara du roman puis ressorti hâtivement.

59

— Lydia où étais-tu passée ? Vous avez décidé de me faire tourner en bourrique tous ?

Nathan lui réservait habituellement, un accueil plus jovial.

— Moi aussi je suis contente de te voir.

— On va instaurer des règles ici, quand on part quelque part, on informe au moins une personne du groupe. Est-ce que ça vous paraît envisageable ?

Personne ne répondit.

— Très bien ! Qui ne dit mot consent, je prends ça pour un oui collectif. Lydia, tu étais partie nous chercher les croissants ?

— Non mais je veux bien me dévouer si tu m'accompagnes.

— C'est parti, mettez la table, on revient avec les croissants locaux.

L'air fleurait bon les vacances. Le ciel couvert, donnait une teinte plus grise à la mer, qui ressemblait à un lac paisible. Nathan et Lydia marchaient sur la route qui longeait la baie, dans une atmosphère chaude et moite. Lydia était toujours impressionnée par le nombre de chiens se promenant à leur guise sur l'île. Parfois fatigués par la chaleur ambiante, ils s'autorisaient une sieste, au milieu de la chaussée, se moquant totalement d'entraver la circulation. Une rangée de palmiers bordait la plage sur laquelle deux touristes à la peau rougie, sirotaient l'eau d'une noix de coco fraîche. Ils se prenaient en photo dans ce décor paradisiaque. Lydia ne ramènerait aucun cliché en

France, son téléphone n'ayant pas cette fonction. Mais ses yeux se chargeaient de fixer chacune des images dans un coin de son cerveau.

— Nathan, j'ai envie de faire comme ce couple !

— Je ne suis pas sûr de saisir ta proposition ?

— Je veux goûter le jus d'une noix de coco fraîche.

— Tu m'as fait peur, j'imaginais que tu voulais que je te prenne dans toutes les positions sur cette plage.

— Quoi ? Mais ça ne va pas bien dans ta tête, Rocco des îles ?

— Que je te prenne en photo Lydia ! Qu'est-ce que tu vas chercher là ! Tiens, ils en vendent ici, je t'offre ta première boisson exotique, cent pour cent naturelle pour me faire pardonner de ce fâcheux malentendu.

Il lui tendit le fruit surmonté d'une paille. Lydia se jeta dessus et aspira le liquide.

— Pouah mais ça a un goût infâme ! Bonjour la désillusion.

— Ah bon ? Fais-moi goûter, elle n'est peut-être plus si fraîche que ça.

— Tiens, tu peux la finir.

— Mais c'est très bon, je ne comprends pas ta réaction. Au fait, où étais-tu passée petite baroudeuse matinale ?

— Je me suis réveillée aux aurores. Je suis allée prendre un thé chez les restaurateurs qui m'avaient renseignée lorsqu'on cherchait ton père. Et j'ai discuté un peu avec eux.

— Tu as appris des choses intéressantes sur les petits secrets de l'île aux sorcières ?

— Tu ne crois pas si bien dire.

— Ah bon, raconte ?

— L'hôtel-restaurant dans lequel on a mangé hier a été construit il y a quelques années par une famille de pêcheurs qui s'est enrichie miraculeusement.

— Tu y vois un lien avec la découverte de mon père ?

— Oui et avec le racket dont ont été victimes tes parents surtout.

— Et alors, qu'est-ce que tu veux faire de ces informations ? Même s'ils ont volé mes parents, on a aucune preuve, on ne récupérera jamais l'argent acquis malhonnêtement.

— Ce n'est pas ça qui me dérange Nathan...

— Qu'est-ce que c'est alors ?

— J'ai l'impression que tu ne sais pas tout au sujet de la mort de ta mère.

— Comment ça ?

— Ton père a commencé à me raconter son histoire lorsque je l'ai rencontré en France et je n'ai pas eu la même version des faits que celle qu'il nous a servie hier. Je ne sais pas pourquoi, je ne comprends pas ce qu'il cherche à cacher ni à qui, mais ça me trouble. Je ne veux pas trahir la confiance de ton père mais cette espèce de secret me pèse.

— Dans ce cas, raconte-moi la version qu'il t'a exposée ?

— Si ça ne t'embête pas, je voudrais lui en toucher deux mots avant.

— Lydia, tu ne peux pas me faire ça, tu m'en as trop dit.

— Écoute, je le questionne sur cette différence de version dès que je trouve un moment seule avec lui et je te révèle tout ce que je sais après. Est-ce que tu peux patienter encore un peu ?

— Seulement si tu me donnes ton croissant.

— Tu peux aller te faire voir !

Et elle partit en courant, le sac de viennoiseries à la main.

60

Nathan avait volontairement convié Faustin à une partie de pêche, pour laisser l'opportunité à Lydia de questionner son père. Il avait repéré un commerce qui louait du matériel.

— On va vous prendre deux cannes à pêche, des appâts, une glacière et une épuisette.

— Très bien. À la journée ?

— À la demi-journée ça sera suffisant.

— Passeport et caution, s'il vous plaît.

Nathan palpait ses poches.

— Je n'ai pas pris mon passeport.

— Pas de souci je vais donner le mien.

Faustin sortit le document de sa poche et le déposa sur le comptoir. Le commerçant en fit la photocopie puis y accrocha, à l'aide d'un trombone, les billets de banque déposés en caution. Nathan jeta un œil au papier entre les mains du loueur : Nom : Autissier, Prénom : Marc. Il effectua un mouvement de recul. Lydia ne s'était pas trompée en traitant Faustin d'imposteur, il se présentait à eux sous une fausse identité. Nathan fronça les sourcils et jeta un œil circonspect au traître. Ils emportèrent le matériel puis sortirent du magasin.

— Lydia ne faisait pas une crise de démence l'autre jour. Tu t'appelles bien Marc Autissier. C'est quoi cette embrouille ?

— OK, j'ai menti sur mon identité.

— Mon père t'appelle Faustin aussi, vous vous payez notre tête tous les deux ou tu lui mens à lui aussi ?

— Écoute, c'est un peu particulier, je te propose qu'on se rende comme prévu à notre partie de pêche et je t'explique tout une fois sur place.

— Je veux bien ouais.

61

Paul, installé dans son fauteuil roulant maintenait sa jambe à l'horizontale pour faciliter la guérison. Il lisait un bouquin. Lydia prit une chaise et s'installa à côté de lui.

— Paul, c'est vrai cette histoire d'accident que tu as racontée hier à table ?

— Oui et non.

— C'est quoi cette réponse de normand ?

— Il y a bien eu un accident de la circulation.

— En plus de la balle ?

— Oui. Après le tir qui a atteint Nelly, les secours sont montés sur notre voilier. Ils ont immédiatement positionné Nelly sur un brancard et l'ont escortée en semi-rigide jusqu'à la côte. De là, une équipe d'ambulanciers a pris le relais pour la conduire à l'hôpital. Dans sa course contre la mort, l'ambulance a percuté un autre véhicule.

— C'est à peine croyable, le sort s'est acharné sur Nelly ce jour-là.

— En effet, son heure avait sans doute sonné.

— Est-ce l'accident qui l'a tuée ?

— Je ne sais pas, elle était en piteux état à cause de l'hémorragie mais l'accident a minimisé ses chances de survie. Elle est décédée sur la table d'opération.

— Nathan n'est pas au courant de l'incident sur le bateau ?

— Je n'ai jamais eu le courage de raconter cette histoire à mes enfants. Il n'y a que Georges Marie et toi qui êtes au courant.

— Pourquoi cacher une partie des faits à ton fils ?

— Parce que lorsque j'ai appris la mort de Nelly, je suis devenu fou. J'ai appelé mes enfants pour les prévenir et la seule chose que j'ai été capable de leur raconter sur le coup c'était l'accident. Puis une fois mes esprits retrouvés je n'ai pas eu le courage de leur avouer le reste. Je me suis enfui.

— Est-ce que tu comptes leur raconter un jour ?

— Je ne sais pas comment m'y prendre. Je ne t'ai pas tout dit non plus Lydia. J'ai fait tellement de mystères autour de la mort de Nelly que je ne sais plus comment faire pour raconter ce qu'il s'est réellement passé. J'ai peur qu'on me prenne pour un intarissable menteur. Je n'ai pas voulu tout ça, j'ai perdu pied voilà tout. J'ai tellement merdé que j'ai peur de la réaction de mes enfants à présent.

— Je peux tout entendre moi, je ne fais pas partie de votre famille, j'ai plus de recul. Si tu as besoin de vider ton sac avant de le faire devant tes enfants, sache que je suis là. Je pourrais peut-être t'aider à trouver les bons mots.

Il considéra la proposition avec intérêt.

— Pourquoi pas. Tu promets de ne pas me juger ?

— Paul, depuis notre rencontre je t'ai toujours fait confiance. Ça m'a même conduite jusqu'ici dans une histoire complètement folle. Je ne me suis jamais permis de te juger. Moi aussi je me trouve dans une situation ubuesque et pour autant tu m'as toujours soutenue. Notre relation est basée sur la confiance mutuelle depuis le début, pourquoi ça changerait ? Nous sommes tous paumés à un moment donné dans nos vies, surtout quand nous sommes confrontés à la mort d'un de nos proches. Il nous arrive tous de faire des conneries et dans ces moments-là, nous avons tous besoin d'une main tendue capable de nous aider sans nous juger. Nous sommes humains, acceptons d'être ce que nous sommes.

— Si jeune tu me donnes des leçons de vie, c'est le monde à l'envers. J'ai l'impression d'être sur le divan avec mon psychologue.

— Je n'ai pas cette prétention mais j'ai le mérite d'être là et de te prêter cette épaule amicale et cette oreille attentive dont tu sembles avoir besoin en ce moment.

— Je crois que je suis retourné ici, à la source, pour en finir avec tout cela. Il est temps que je m'ouvre aux autres et que je parle à mon fils. Ce soir après notre festivité, quand les garçons seront couchés, je me lancerai, prépare bien tes écoutilles.

62

Nathan jeta violemment la canne à pêche dans la mer.

— Putain mais tout le monde ment dans ce voyage !

— Tu comprends pourquoi j'avais besoin de préserver mon secret. Je ne fais de mal à personne Nathan. C'est un accord qui a été passé.

— Je n'ai pas demandé à être au milieu de tout ça moi ! Je ne sais plus à qui me fier. Vous faites tous chier !

— Comment ça tous ? Qui d'autres t'a menti ?

— Mon père ! Il nous a servi une version de la mort de ma mère hier à table et il en avait raconté une autre à Lydia. Vous allez tous me rendre fou ! Je suis venu en vacances pour me détendre, pas pour me retrouver au milieu d'une série d'histoires effarantes.

— Je ne suis pas au courant, j'ai entendu la même version que toi hier et je n'ai rien à voir là-dedans. Écoute, je suis désolé de t'avoir mêlé à ça. C'est involontaire, tu l'as bien compris. Je sais que tu te poses mille questions mais je suis quelqu'un d'honnête et de fiable. Tu as pu compter sur moi pour sortir ton père de la galère et tu pourras compter sur moi durant le reste du séjour. Je te demande juste de ne pas raconter notre conversation à Lydia et de préserver notre secret jusqu'à notre retour en France. C'est très important Nathan.

— Je n'ai pas envie de lui mentir, c'est contraire à mes principes !

— Il ne s'agit pas de lui raconter des mensonges mais simplement de ne rien lui dire. Elle ne pourra pas t'en vouloir Nathan, je te le garantis.

— Ne me manipule pas en tout cas ! Sinon je te promets que je te le ferais payer très cher.

— Nathan, je ne suis pas là pour ça. Je t'ai tout dit à présent, on essaye de repartir sur de bonnes bases tous les deux et de ramener du poisson pour notre barbecue de ce soir ?

Il lui tendit une main que Nathan saisit malgré les nombreux doutes qui l'envahissaient.

63

Le poisson grillait sur le barbecue de fortune dégageant une fumée odorante sur la plage. Tous les éléments semblaient réunis pour partager un moment de convivialité et pourtant la tension était palpable dans l'air. Nathan devenait méfiant envers tous, Paul se sentait contrarié par les vérités qu'il allait bientôt révéler, Faustin demeurait très renfermé et Lydia ne se trouvait pas dans une position confortable à faire le trait d'union entre père et fils.

Ils observaient en silence la brochette de poisson qui rôtissait lentement au-dessus des braises fumantes. Les morceaux de charbon rougis leur servaient de repère dans la nuit sombre. La météo avait été clémente cet après-midi, l'air était encore doux et la mer calme comme un lac.

Faustin s'était improvisé grilladin.

— Je crois que ces petits poissons sont à point ! Messieurs, Madame, il est temps de se délecter de ce repas du pêcheur.

Il s'agissait d'un véritable banquet de Robinson. Installés dans le sable autour du feu, chacun tenait entre ses doigts le fruit de la pêche du jour et mordait à pleines dents dans cette friture. Lydia parlait même la bouche pleine.

— C'est délicieux !

— On ne peut pas faire plus frais ! marmonna Nathan, les crocs encore plantés dans la chair tendre.

— Le vieux pêcheur aguerri que je suis, serait curieux de savoir lequel de vous deux a sorti le plus gros poisson ?

— Entre vous les hommes, il est toujours question d'un concours de taille !

— C'est Nathan !

— Bravo mon fils, il a hérité du talent de son père !

— Le talent d'un petit joueur ! Ma plus belle prise mesurait moins de vingt centimètres, franchement pas de quoi se vanter !

Lydia observait la scène, songeuse.

— Vous pensez qu'on serait capable de survivre si nous étions naufragés ?

— On serait obligé de faire rôtir Facteur pour s'en sortir !

— Personne ne touche à mon chien.

Les conversations tournèrent autour de banalités tout au long de la soirée. Tous semblaient éviter les sujets houleux. Bien que l'ambiance fût des plus banales, ce barbecue sonnait comme un moment de répit après les péripéties des derniers jours et tous le savouraient malgré les tourments intérieurs.

64

— Tu as pu parler à mon père ?

— À moitié... Il m'a avoué ne pas avoir dit toute la vérité à ses enfants dans le but de vous préserver et parce qu'il a été très perturbé.

— Nous préserver de quoi ?

— Je ne sais pas, il se plaint qu'il a merdé et qu'il a peur que vous soyez fâchés contre lui s'il vous révèle la véritable histoire.

— C'est pas vrai, comment peut-on mentir à ses enfants sur des choses aussi importantes que la mort de leur mère ? Vraiment cela m'échappe. C'est tout ce qu'il t'a dit ?

— Il veut me raconter l'histoire ce soir, lorsque toi et Faustin serez couchés. C'est une sorte de thérapie et d'entraînement pour lui. Il a besoin qu'une oreille neutre l'écoute et le guide sans le juger. Nathan, il a traversé des moments très difficiles. Je crois que tes parents avaient une relation très fusionnelle. Avec la mort de Nelly et le poids de la culpabilité, c'est la vie entière de ton père qui s'est écroulée. Il n'a pas su gérer.

— Mais qu'est-ce qui a bien pu se passer pour qu'il se sente coupable à ce point et décide de nous cacher la vérité ?

— Je crois que la mort de ta mère est liée à la découverte de ce trésor.

— Qu'est-ce que tu sous-entends ?

— Je ne sais pas mais quelque chose a mal tourné. Quoiqu'on découvre j'espère que votre relation père fils ne sera pas entachée car c'est la plus grande peur de Paul. S'il fait un pas vers toi, essaye de l'accueillir.

— Je n'ai pas le droit d'être en colère? Je dois tout accepter en bloc et me taire?

— Ce n'est pas ce que je dis mais les choses sont ce qu'elles sont à présent. Il sait qu'il n'a pas agi au mieux et il souhaite se rattraper. Tu as le droit d'être en colère, de laisser cette colère s'exprimer, mais essaye de ne pas le rejeter.

— Je ferai ce que je peux Lydia. Je ne sais pas ce qui va m'exploser au visage ni comment je vais réagir.

— Je comprends. En tout cas, j'endosse mon rôle de médiateur du mieux que je peux pour vous préserver tous les deux.

— D'ailleurs, je ne comprends même pas ce que tu fais au milieu de tout ça Lydia. Tu connais soi-disant mon père depuis peu de temps, vous avez une relation à mi-chemin entre le domaine professionnel et l'amical, et pourtant à travers vos comportements, on pourrait penser que vous êtes des amis de longue date, c'est assez perturbant. Pourquoi c'est à toi qu'il se confie?

— Parce que je ne l'ai jamais jugé. Il a confiance en moi. Tu sais, c'est souvent plus facile de se confier à une tierce personne qu'à sa propre famille.

— Pourquoi a-t-il tant confiance en toi s'il te connaît à peine?

— Je n'y peux rien si j'inspire confiance, regarde-nous, on s'est lié d'amitié assez rapidement.

— Tu es une ensorceleuse en fait. La petite sirène de Siquijor c'est toi, je t'ai démasquée!

— Ne dis pas de bêtise.

— Je ne tomberai pas dans tes filets maléfiques. De toute façon, je suis un homme des cavernes souterraines et je pêche des poissons géants à mains nues. Je suis un ours sauvage, je suis insensible à ton charme.

— Il me semble récemment avoir vu l'ours en question

dans un bain avec du lait et des fleurs. Pas très crédible.

Le regard de Nathan se teinta d'inquiétude.

— Lydia, tu ne me caches rien toi ?

— Pourquoi tu me demandes ça ?

— Je ne sais pas, j'ai la sensation d'être entouré de mensonges en ce moment.

— C'est ton après-midi avec Faustin qui t'a mis dans cet état de doute ?

— Non, il a été plutôt cool avec moi et m'a bien épaulé pour sauver Papa.

— Nathan, on ne se connaît que depuis peu de temps donc tu as tout à découvrir de moi, mais non, je ne t'ai jamais rien caché volontairement si c'est ce que tu veux savoir. Tu es rassuré ?

— Oui, je dormirai mieux cette nuit. Allez, en parlant de ça, je vais entraîner Faustin au lit pour te laisser le champ libre avec Papa. Tire-lui les vers du nez, petite sirène.

— Nathan, demain matin, rejoins-moi devant le bungalow avant le lever du soleil. Je te raconterai ce que j'ai appris et j'ai aussi quelque chose à te montrer.

— Tu vois que tu me caches des trucs.

— J'ai une sensation étrange à propos d'une personne que j'ai vue au restaurant, je voudrais que tu me donnes ton avis.

— Une sensation étrange, c'est-à-dire ?

— Je ne peux pas t'expliquer, j'ai besoin de te montrer.

— Vous en faites des mystères tous. Allez, ça me prend la tête, je vais me coucher, je te retrouve demain.

65

— D’habitude on se confie à son psy, allongé sur un divan confortable, je me trompe ?

— Ça peut se passer comme cela, en effet.

— Et moi, je suis assis sur un tronc pourri et je révèle ma vie à une journaliste. Tu crois que cela fonctionne aussi ?

— Je crois surtout que ce qui fonctionne, c’est ce qui fait du bien.

— Le divan ferait beaucoup plus de bien à mes fesses décharnées que cette souche morte.

— Vous êtes dur avec votre postérieur mon cher patient, je dirais que vous traitez vos fesses comme vous vous traitez vous-même.

— Bon, tu es bien assise ? Car je ne voudrais pas que tu tombes de l’arbre.

— Ne t’inquiète pas, je crois que je ne peux pas être plus près du sol. Je suis tout ouïe.

Lydia avait constaté que Paul alternait entre deux visages : tantôt celui de l’homme jovial qu’il avait été tout au long de sa vie, tantôt celui de l’homme consumé à petit feu derrière son deuil. Il n’avait toujours pas commencé ses confidences et se grattait nerveusement la tête. Il s’agitait maladroitement, ce qui trahissait son mal-être. Il ancra son regard dans le roulis de la mer pour trouver un peu d’apaisement. Les traits plissés, il cherchait les bons mots. Il releva ses manches et se lança.

— Ce que je voulais te raconter ce soir Lydia, c’est la suite de ce que je t’ai déjà évoqué en France.

Lydia ne l’interrompit pas. Elle avait pour habitude

de rythmer ses entretiens à l'aide d'une multitude de questions, mais ce soir, elle n'incarnait pas la journaliste, elle se positionnait en tant que confidente. Elle regardait Paul avec bienveillance et le laissait dérouler son récit à son rythme, avec ses mots à lui.

— Comme je te disais, ils ont transporté Nelly à l'hôpital. De mon côté, je me suis retrouvé seul et affolé à bord du voilier. J'ai essayé de reprendre mes esprits et de faire au plus vite pour rejoindre la côte, amarrer le bateau et me rendre au centre hospitalier en taxi. J'avançais comme si j'étais téléguidé. J'étais pétrifié par la peur de la perdre. J'ai réussi à atteindre l'hôpital deux heures après son admission. Je me suis rendu à l'accueil et j'ai demandé des nouvelles de ma femme. La secrétaire et le médecin urgentiste qui s'étaient occupés de son entrée venaient tout juste de terminer leur service. La jeune femme qui assurait la relève me somma de patienter pendant qu'elle se renseignait. J'ai attendu une bonne heure sans obtenir la moindre nouvelle puis la secrétaire médicale est venue me chercher. Elle m'a expliqué que l'ambulance qui transportait Nelly avait eu un grave accident de la circulation. Elle avait été percutée de plein fouet par un véhicule qui lui avait refusé la priorité. Mon épouse se trouvait en salle d'opération et elle n'avait pour l'instant pas d'autres nouvelles à me transmettre. Elle m'a conduit à une petite chapelle installée à l'intérieur de l'hôpital et m'a informé que je pouvais prier ici. J'ai pénétré dans cette minuscule salle et je me suis agenouillée devant la première statuette. J'ai imploré le ciel de ne pas me prendre ma femme. J'ai demandé pardon d'avoir cédé à la tentation et j'ai pleuré durant cette interminable attente. Vidé d'une partie de mon chagrin, je suis ressorti pour m'installer de nouveau en salle d'attente.

Les urgences ont été assaillies d'un coup. Une bombe

avait explosé en pleine manifestation étudiante, les blessés arrivaient en masse. La secrétaire était prise de panique face à l'assaut soudain. Les dossiers s'empilaient devant elle, mais je me suis quand même permis de la relancer à propos de ma femme, l'attente devenant insupportable. Elle m'a envoyé à l'étage du dessus et m'a conseillé de demander directement le docteur Wang.

Je suis monté trouver ce monsieur. J'avais l'impression de faire un véritable chemin de croix en gravissant chaque marche qui me séparait de l'étage. Arrivé en haut, je me suis trouvé face à un immense couloir lumineux et me suis senti vaciller, tout devenait trouble autour de moi. J'ai rejoint la rampe qui était adossée au mur et je me suis appuyé dessus un instant, puis j'ai commencé à avancer lentement. J'ai été stoppé net par un homme en blouse. La communication n'était jamais évidente avec le personnel car mon anglais restait assez limité, mais j'ai compris que je n'avais pas le droit d'aller plus loin. Je lui ai indiqué que je cherchais le docteur Wang et il m'a répondu que c'était lui-même. Je lui ai expliqué qu'il avait opéré ma femme et que j'attendais des nouvelles depuis plusieurs heures. L'homme s'est confondu en excuses et m'a annoncé qu'il avait tout mis en œuvre mais que mon épouse était décédée sur la table d'opération. Il m'a prié de redescendre patienter et que quelqu'un viendrait me chercher pour m'accompagner près de son corps. Il était désolé de ne pas pouvoir me consacrer plus de temps mais ils étaient débordés à cause de l'attentat puis il est retourné à ses occupations.

À ce moment-là, le monde s'est arrêté de tourner, je ne voyais plus rien autour de moi, mes jambes ne me portaient plus. Je me suis rendu aux sanitaires pour m'isoler et pour me passer de l'eau sur le visage. Puis j'ai appelé un taxi pour retourner au voilier. Je ne pouvais plus rester une minute de plus enfermé dans cet hôpital qui grouillait de blessés, j'étais en train d'étouffer. J'ai téléphoné à mon fils aîné en premier pour lui annoncer la terrible nouvelle puis j'ai appelé nos trois autres enfants ainsi que Georges et Marie. À ce moment-là, je leur ai parlé à tous de l'accident de voiture. Nous n'avons pas échangé beaucoup tellement la douleur nous envahissait et nous empêchait de communiquer. Je leur ai promis que je les rappellerai d'ici quelques heures, le temps que la première vague de chagrin passe.

J'ai pleuré, je ne pouvais plus m'arrêter. J'ai sorti toutes les bouteilles d'alcool qui se trouvaient sur le voilier et j'ai bu jusqu'à m'évanouir pour que la douleur se taise enfin. Je me suis réveillé des heures plus tard grâce à Facteur qui me léchait le visage. Il faisait de nouveau nuit. Mon téléphone était saturé de messages de mes enfants. J'errais dans un état second, je n'ai pas trouvé la force de les rappeler. Je leur ai envoyé des messages pour leur dire que je m'occupais des papiers et de faire rapatrier le corps pour l'enterrement et que j'avais des problèmes de réseaux là où je me trouvais. La vérité c'est que j'étais incapable de faire quoi que ce soit. Je passais mon temps à boire, à pleurer et à dormir sur le voilier. Au bout de trois jours passés ainsi j'ai appelé Georges. Je lui ai demandé de me rejoindre en urgence, je lui ai expliqué que je ne m'en sortais pas, que j'avais besoin d'aide pour les papiers, pour traduire. Je crois qu'il a compris à ma voix que j'avais perdu pied. Je lui ai demandé de rassurer les enfants. Georges a pris le premier vol qu'il a pu et quarante-huit heures après, il était là. Il m'a trouvé dans un état que je tairais. Il m'a fait hospitaliser car j'étais totalement déshydraté, désorienté et je n'avais rien mangé depuis plusieurs jours. Il m'a fait mettre sous sédatif. Une fois que j'ai refait surface, il m'a expliqué que l'hôpital n'ayant plus eu de mes nouvelles durant cinq jours avait procédé à l'inhumation du corps dans une fosse commune. Il y avait eu plusieurs décès en raison de l'explosion et ils n'avaient pas pu conserver tous les corps. Georges a fait le nécessaire pour exhumer la dépouille de Nelly et organiser notre rapatriement. J'étais l'ombre de moi-même, je ne faisais que suivre Georges et lui prêter ma main pour signer les papiers nécessaires. C'est durant ces quelques jours que j'ai raconté à Georges, l'histoire de l'agression sur le voilier et lui ai fait promettre à lui et à Marie de garder cela pour eux, que j'en parlerai moi-même aux enfants.

Pour la suite, nous sommes rentrés, nous avons enterré Nelly puis j'ai sombré de plus en plus jusqu'à décider de m'installer dans la rue avec Facteur et n'avoir de relation avec mes enfants que le soir de Noël.

Tu sais Lydia, j'ai eu tellement honte, honte d'avoir embarqué Nelly dans cette histoire de trésor contre sa volonté, honte de ne pas avoir pas su gérer la situation lorsqu'on m'a annoncé son décès, honte d'avoir caché la vérité à mes enfants sur les circonstances de la mort de leur mère et honte de leur avoir dissimulé ma vie dans la rue. J'ai bafoué tous les principes d'éducation que j'avais essayé de leur inculquer tout au long de ma vie. Comment réparer ces erreurs qui durent depuis des années à présent ? Je ne sais pas comment m'y prendre, j'ai peur de m'attirer leurs foudres. Je ne serai pas capable d'endurer qu'ils me tournent le dos et pourtant c'est sans doute ce que je mérite.

Paul ne dit plus mot. Il tenait son visage entre ses mains. Lydia, une main posée sur son épaule, lui laissa un temps pour évacuer le trop-plein d'émotions.

— Paul, comment te sens-tu après m'avoir raconté tout ça ?

— Je me sens vidé, allégé d'un fardeau que je traînais depuis des années. J'ai l'impression que mon cerveau est débranché, que mes pensées sont à l'arrêt.

— Est-ce que tu es fier de ce pas que tu viens de faire ?

— Je porte toujours ce poids de la culpabilité, mais en effet, quelque chose vient de changer en moi. J'ai l'impression d'avoir mis les pieds dans un nouveau chemin qui va me mener quelque part je ne sais où, mais qui va me sortir de la boucle sans fin sur laquelle je tournais.

— Je crois que tu prends un nouveau départ en faisant sortir cette histoire et toutes les émotions qui vont avec. Tu te sens vidé car tu as tout gardé durant des années, tu viens juste de lâcher un énorme boulet. Et tu te sens épuisé car l'exercice t'a demandé beaucoup d'énergie.

— Comment penses-tu que Nathan réagirait si je lui racontais ce que tu viens d'entendre ?

— J'imagine que d'abord il vivrait un choc émotionnel en apprenant la tentative d'assassinat. Il aura sans doute besoin d'un temps pour digérer cette information dont il n'avait pas connaissance et qui est assez violente. Pour la suite de l'histoire c'est compliqué de se prononcer à sa place, on est tous différents. Moi par exemple, j'aurais de la peine d'apprendre la souffrance que mon père a endurée seul durant des années et de n'avoir rien vu, rien pu faire. J'aurais sans doute aussi une pointe de colère face aux nombreux non-dits. C'est compliqué. Il risque de passer par une palette d'émotions. Il aura besoin de les traverser toutes avant de retrouver un esprit clairvoyant et réagir de manière plus rationnelle. Paul, tu devras être patient. En lui parlant, tu entames une démarche qui va faire son chemin. Mais je n'ai nul doute sur l'issue de la reconsolidation de vos liens familiaux, ce sera juste une question de temps.

— J'aimerais tant que tu aies raison Lydia.

— Il faut y croire Paul, les liens du sang sont plus forts que tout. Mais pour que cela fonctionne avec tes enfants, il faut d'abord te pardonner à toi-même, c'est important. Est-ce que tu penses pouvoir y parvenir ?

— Je ne sais pas Lydia.

— J'ai vu qu'il proposait des initiations à la méditation au monastère. Peut-être que tu pourrais t'inscrire et leur demander de faire une séance sur le thème du pardon ?

— Tu sais, je n'aime pas trop ces trucs-là. Tu crois sincèrement que ça pourrait fonctionner ?

— Je ne sais pas mais ça ne peut pas te faire de mal.

— Je vais y réfléchir. N'allons pas trop vite en besogne. J'ai descendu la pente sur plusieurs années je ne peux pas faire de l'escalade pour tout remonter en une seule fois. J'ai besoin de paliers.

— Tu as raison. Je te bouscule trop. Prends le temps nécessaire.

— Cette discussion m'a épuisé Lydia, peux-tu m'aider à rejoindre mon lit ?

Lydia prêta main forte à Paul pour se relever, lui positionna ses béquilles et l'accompagna jusqu'à sa chambre.

66

L'un à côté de l'autre, Ils attendaient le lever du soleil. Nathan avait fortement questionné Lydia pour qu'elle lui restitue sa conversation de la veille avec son père. Elle avait accepté de lui révéler quelques grandes lignes pour préparer le terrain. Elle avait aussi prêché pour la paroisse de Paul en insistant sur la grande détresse dont il avait été victime et qui l'avait conduit à agir contre ses principes.

Nathan était resté calme et réceptif, il avait écouté Lydia sereinement. Il ne ressentait pas de colère envers son père mais ne comprenait pas pour autant la manière dont il avait agi. Paul avait toujours été aux yeux de Nathan un père modèle et un mari parfait. Il avait bien conscience qu'il n'était pas quelqu'un de malveillant, juste quelqu'un de malheureux et maladroit ces dernières années. Nathan bien que compréhensif, devenait très impatient. Il obtenait chaque jour une pièce du puzzle et avait hâte de récupérer tous les morceaux. Il s'agissait de son histoire familiale, elle lui appartenait et il était très jaloux que Lydia obtienne les informations avant lui. En même temps, il avait conscience que sans le rôle d'intermédiaire qu'elle jouait, il n'aurait peut-être jamais rien su.

Lydia observait l'hôtel encore endormi. Une silhouette de femme se dessina soudain au lointain et s'avança en direction de la plage. Elle reconnut la pâtissière aux cheveux d'argent qu'elle avait suivi la veille. Elle s'installa à une dizaine de mètres du couple. Assise en tailleur sur sa natte de plage, elle entamait sa séance quotidienne de méditation face au levant. Nathan n'avait rien remarqué, les yeux rivés sur le soleil qui s'élevait petit à petit, il était noyé dans ses pensées.

— Nathan, la personne que je voulais te montrer est installée à une dizaine de mètres sur notre droite. Elle travaille à l'hôtel et j'ai l'impression qu'elle vient méditer ici tous les matins, je l'ai déjà croisée hier.

Nathan tourna machinalement la tête pour regarder en direction de la femme en question. Lorsque son regard se posa sur elle, il fut saisi d'un violent sursaut et pâlit instantanément.

— Mon Dieu Nathan ! Ton visage a pris la même teinte que le mien lorsque j'ai croisé cette dame pour la première fois.

— Lydia, j'ai l'impression de voir un fantôme.

— Tu la reconnais ?

— Elle lui ressemble terriblement, mais ça ne peut pas être elle.

— Ton père m'avait montré leur album photo des Philippines et je lui ai trouvé également une troublante ressemblance avec ta mère. En plus, elle est française.

— Tu lui as parlé ?

— Tu te souviens lorsqu'on a dîné au restaurant tous les quatre, je suis allée féliciter la pâtissière en cuisine. En revenant j'étais blanche comme un linge et très mal. La vision de cette femme m'avait troublée.

— Tu en as parlé à mon père ?

— Non, je n'ai rien raconté à personne car j'avais peur d'avoir totalement fabulé. Je suis retournée l'observer en douce hier matin pour être certaine de ce que j'avais vu. Ensuite j'ai pensé te conduire à elle pour te demander ton avis.

Nathan ne décrochait plus son regard de celle qu'il pensait être sa mère. Il semblait changé en statut. La femme qui méditait avait le visage radieux, ses yeux clos et les paumes tournées vers le ciel, elle se laissait caresser par les premiers rayons du soleil.

Nathan se leva d'un bond.

— Ma mère est morte, comment peut-elle être sur cette plage à dix mètres de moi ?

— Je ne sais pas Nathan, c'est très troublant. Excuse-moi de te demander cela mais est-ce que tu as vu ta mère morte ?

— Non, le cercueil est toujours resté fermé. Ils avaient mis trop de temps à rapatrier son corps, on ne pouvait plus la voir.

— Donc tu n'as pas la certitude qu'elle soit décédée.

— Non. Mais quand ton père te dit que ta mère est morte dans un accident et que tu assistes à son enterrement, tu ne te dis pas qu'il peut en être autrement.

— C'est sûr.

— Il faudrait que je m'approche de cette femme, que je l'observe de plus près, peut-être que je lui parle pour voir si ce n'est qu'une troublante ressemblance ou si c'est bien ma mère.

— Attends, j'ai un plan. Hier je l'ai suivie jusque chez elle. Je me suis introduit dans sa maison et j'ai emprunté ce livre qui traînait sur sa table de nuit.

— Tu rentres chez les gens sans autorisation ? Ça ne va pas bien toi !

— C'était pour la bonne cause. Écoute-moi, on va s'approcher d'elle, lui dire qu'hier elle a fait tomber ce bouquin sur la plage et qu'on lui rapporte. Ça fera une entrée en matière. Comme ça, tu auras le temps d'écouter sa voix et de confirmer qu'il s'agit bien de ta mère ou pas.

— OK, ton plan est bien ficelé, faisons comme ça.

Ils marchaient vers elle. Le cœur de Nathan était au bord de l'explosion, animé par l'espoir soudain que sa mère soit toujours en vie. Après tout, il n'avait jamais vu sa dépouille, le cercueil était resté scellé. Et puis tous ces mystères qui surgissaient soudainement autour des circonstances de son décès. Si en fait elle n'était tout simplement pas morte ? Si son père avait monté la mort de sa mère de toutes pièces ? Comme Nathan n'avait pas encore réuni tous les morceaux du puzzle, son esprit envisageait toutes sortes d'hypothèses, toutes plus improbables les unes que les autres.

Arrivés à sa hauteur, l'ombre du duo ainsi que le crissement de leur pas dans le sable sortirent la mystérieuse femme de sa méditation. Ses yeux s'ouvrirent brusquement et elle leur adressa un regard de surprise.

— Excusez-nous de vous interrompre, vous avez fait tomber ce livre hier matin sur la plage.

Lydia lui tendit l'objet en question.

— Bonjour, en effet, c'est le roman que je lis en ce moment. Justement je le cherchais partout. Je ne pensais pas l'avoir emmené à la plage. En tout cas, je vous remercie. Vous êtes en vacances sur l'île ?

— Oui, nous sommes arrivés il y a quelques jours, c'est un endroit superbe. Vous habitez ici ?

— Oui, je travaille à l'hôtel juste derrière. Mais dites-moi, ce n'est pas vous qui êtes venue me rendre visite en cuisine ?

— Si, vous avez bonne mémoire.

— Oh ! On ne peut pas dire ça vous savez, mais je me souviens de vous car c'est assez rare que les gens se déplacent pour nous faire des compliments. Vous ne vous êtes pas levés aussi tôt pour me rendre le livre tout de même ?

— Non, nous voulions regarder le lever du soleil, c'était superbe n'est-ce pas Nathan ? Lydia lui donna un petit coup de coude pour le sortir de son mutisme.

— Oui… oui c'était a… a… absolument ma… magnifique. Mes parents avaient séjourné sur cette île il y a quelques années et m'avaient parlé des sublimes levers de soleil, j'ai voulu constater par mes propres yeux.

— Nous sommes gâtés par la nature ici.

— Vous êtes installée depuis longtemps à Siquijor ?

— Depuis cinq ans environ.

— Vous veniez de quelle région de France ?

La femme jeta un coup d'œil furtif à sa montre et se leva précipitamment.

— Je ne voudrais pas vous paraître impolie mais l'heure tourne, je dois me préparer pour le service du petit-déjeuner. Je vous souhaite de bonnes vacances et encore merci pour le livre.

Et elle s'éloigna.

67

Paul pestait contre son pied. Lydia avait posé ses béquilles un peu trop loin hier soir et il n'arrivait pas à les atteindre. Il appelait Nathan à la rescousse mais c'est Faustin qui fut tiré de son sommeil par les cris du vieil homme.

— Ah Faustin tu es là. Je t'ai réveillé ?

— Je pense que tu as réveillé toute l'île Paul. Qu'est-ce qu'il se passe ?

— Tu veux bien me passer mes béquilles, j'ai besoin de me lever.

Faustin lui donna un coup de main.

— Ton plan se déroule bien Faustin ?

— Oui, la mission se passe au mieux. Je pense qu'on aura des résultats au-delà de nos attentes. Mais j'ai un peu peur du retour à la réalité. Peut-être que la durée qu'on avait fixée était un peu longue.

— Quand est-ce qu'elle prend fin ?

— En théorie dans trois jours. Mais je ne pensais pas qu'on se serait retrouvés ici. J'aurais aimé y mettre un terme en France, dans un cadre familier.

— C'est certain. Tu as le droit de modifier le contrat en cours de route ?

— Non, je ne peux pas changer les termes sans la validation de l'autre partie. Je risque gros sinon. Au fait, Nathan est au courant.

— Ah bon, comment est-ce possible ?

— Il a vu ma carte d'identité.

— J'espère qu'il ne va pas tout gâcher.

— Je lui ai fait promettre, maintenant, rien n'est garanti d'autant plus qu'il a très mal réagi.

— Je peux le comprendre, ce n'est pas quelque chose d'habituel et mon fils est quelqu'un de très droit. Il doit se sentir mal à l'aise. D'ailleurs ils sont où nos tourtereaux ? Ils s'imaginent sans doute que nous n'avons rien remarqué de leur petit manège, nous les vieux de la vieille ?

68

— C’est complètement fou mais je n’ai absolument aucun doute Lydia, cette femme est bien ma mère : même silhouette, même visage, même voix, mêmes expressions. Elle a juste quelques rides en plus, une nouvelle coupe de cheveux et le teint hâlé.

— C’est incroyable Nathan que ta mère soit en vie ! C’est étrange, elle ne t’a pas reconnu… Tu es bien certain qu’il ne peut pas s’agir d’un sosie ?

— Sûr et certain, je suis quand même capable de reconnaître ma propre mère sans avoir le moindre doute. Papa a des révélations à me faire, mais je ne sais pas s’il s’attend à une telle surprise de ma part. Tu sais, je me demande s’il ne m’a pas emmené ici pour m’avouer que Maman était vivante et me conduire auprès d’elle.

— Ton père est persuadé que Nelly est morte. Je peux t’assurer qu’il ne ment pas sur ce point. Ou alors, il est mûr pour recevoir le César du meilleur acteur de tous les temps. Il faudra qu’on ait un défibrillateur à portée de main quand il la découvrira en vie, ça risque d’être un sacré choc.

— Comment a-t-il pu laisser ma mère pour morte ici ? C’est insensé. Lydia, je ne veux plus attendre une minute de plus pour qu’il me raconte ce qu’il s’est passé sur cette île.

— Nathan, essaye de ménager ton père quand même, il est fragile. Pourquoi ta mère ne t’a pas reconnu à ton avis ?

Il marchait d’un pas rapide et Lydia lui courait après.

— Je n’en sais rien elle est peut-être devenue amnésique après cet accident de voiture ? Si seulement je connaissais la vérité, j'aurais peut-être une explication rationnelle à fournir. Mais non, mon père me préserve !

— Nathan, j'ai un truc qui me revient d'un coup.

— Quoi ?

— Le soir où j'ai trouvé ton père ivre sur la plage. Il m'a dit qu'il avait vu passer sa femme et qu'il attendait qu'elle revienne, assis sur ce tronc mort. Étant donné son état, je n'ai prêté aucune attention à ses propos, mais aujourd'hui c'est différent. Il l'avait peut-être réellement aperçue.

— Il t'en a reparlé ?

— Non il a pris une telle cuite ce soir-là, je pense qu'il n'a conservé aucun souvenir de ce qu'il a pu dire ou voir. Comment tu comptes t'y prendre pour lui annoncer que tu as parlé à ta mère ?

— Je ne sais pas, je vais lui dire que j'ai vu Maman et puis je vais le conduire à sa rencontre aussi, tout simplement comme tu as fait avec moi. Je ne peux pas garder ça pour moi.

— Tu veux que je t'accompagne ou je reste là ?

— Non, viens, tu es bien impliquée dans nos histoires de famille il me semble. Et je n'ai rien à cacher à personne. Autant que tout le monde ici soit au même niveau d'informations, ça évitera bien des malentendus et à quatre cerveaux on trouvera peut-être des explications sensées à tout ce cirque.

69

Paul fumait tranquillement sa pipe en buvant son café. Il ne se doutait pas du tsunami qui allait bientôt l'éclabousser. Faustin se tenait attablé avec lui, mal réveillé, il soulevait péniblement sa tasse de thé.

— Salut Papa, ça va ?

— Je n'arrive pas à me faire un café digne de ce nom avec cette machine.

— Tu veux que je t'en prépare un correct ?

— Volontiers. Tu as décidé de prendre soin de ton handicapé de père ce matin ?

— J'ai quelque chose à te dire, mais avant j'essaye de te mettre dans de bonnes conditions et je crois savoir que la qualité du café compte pour beaucoup.

— J'espère que c'est une bonne nouvelle.

— Tu ne peux même pas imaginer.

Paul jeta un regard interrogateur à Lydia qui ne sut que lui répondre. Nathan arriva la cafetière pleine et en servit une bonne rasade à tout le monde.

— Alors quelle est cette nouvelle ?

— Papa, est-ce que tu as vu Maman morte ?

Paul recracha son café.

— Enfin mais qu'est-ce que c'est que cette question ?

— Désolé d'être un peu brutal de bon matin, mais réponds-moi simplement si oui ou non tu as vu le cadavre de Maman.

Estomaqué par la question de son fils, il se demandait quelle mouche l'avait piqué au réveil. Lydia se sentait très mal à l'aise, elle avait demandé à Nathan de prendre des gants. Au début, elle y avait cru avec le service du café mais il avait vite vrillé.

— Mais pourquoi cette question lugubre ?

Il réfléchit un moment.

— Non, je n'ai pas vu sa dépouille.

— Alors tu ne peux pas certifier qu'elle soit morte ?

Le visage du vieil homme blêmit.

— Les médecins de l'hôpital m'ont confirmé son décès et ils m'ont rendu les affaires pleines de sang qu'elle portait, je pense que c'est suffisant. Qu'est-ce que tu insinues avec tes questions ? Tu crois que si ta mère était encore en vie, je ne serais pas au courant ?

— Papa je viens de la voir…

Paul reçut cette phrase comme un uppercut en pleine face.

— Vous vous êtes drogués tous les deux cette nuit ? Lydia qu'est-ce qu'il raconte ?

— La vérité Paul, j'ai vu Nelly aussi de mes propres yeux et je lui ai parlé.

— J'espère que vous ne vous payez pas ma tête tous les deux parce que ce serait vraiment de très mauvais goût.

— Je ne me permettrais pas. Une femme qui a tout de Nelly travaille au restaurant luxueux où nous avons dîné. C'est elle qui réalise la pâtisserie et tous les matins, elle vient faire de la méditation sur la plage.

— On vient de lui parler. C'est Maman j'en suis sûr, en revanche elle ne m'a pas reconnu.

Paul, l'air sceptique, considérait les propos de Lydia et de son fils avec attention.

— Je vois que tu ne crois pas un mot de ce que nous venons de te dire.

— Nous avons enterré ta mère tous ensemble. Elle n'a pas pu ressusciter.

— Papa, il faut que tu la voies de tes propres yeux.

Elle prépare le petit-déjeuner en ce moment. On va aller prendre le café là-bas et la trouver.

— Ah oui je veux bien que vous me montriez cette femme. C'est impossible que ça soit ta mère, mais puisque vous insistez, allons-y. ça alors ! Mais qu'est-ce que c'est que cette mascarade de bon matin ? Ils veulent me faire passer l'arme à gauche avant l'heure ces deux-là.

70

Nathan poussait le fauteuil roulant de son père à toute allure.

— Vas-y mollo Fangio, si je dois rencontrer ta mère, j'aimerais bien que les derniers cheveux qu'il me reste sur le caillou ne s'envolent pas.

Arrivés au restaurant plus vite que leur ombre, ils s'installèrent et commandèrent tous les gâteaux de la carte.

— Quelque chose ne va pas Monsieur ? s'inquiéta la serveuse en regardant Paul.

— Je crois que je suis en train de faire une allergie. Quels sont les ingrédients que vous avez mis dans les petits gâteaux ?

— Je ne sais pas Monsieur, je vais aller me renseigner.

— Merci, dépêchez-vous s'il vous plaît, j'ai de plus en plus de mal à respirer.

La serveuse était confuse et marcha d'un pas rapide en direction de la cuisine. Une femme en tablier en ressortit aussitôt et vint à leur rencontre.

— Bonjour, je suis la cheffe cuisinière, il paraît que vous avez un souci avec le petit-déjeuner ?

Cette femme en surpoids possédait des bras velus et portait la moustache.

— Ta mère a beaucoup changé, chuchota Paul avant de poser sa question.

C'est vous qui avez préparé ces petits gâteaux ?

— Non, c'est ma collègue, que se passe-t-il ?

— Ils sont absolument délicieux mais je suis allergique à l'huile d'arachide et je pense qu'il y en a dedans ?

Pouvez-vous appeler votre collègue car je peux faire un grave malaise, je dois vérifier immédiatement.

— Je vais la chercher Monsieur.

Elle se présenta enfin à leur table dans ses habits de travail. Paul la dévisagea, consterné. Lydia comprit qu'il n'y avait plus aucun doute sur l'identité de cette mystérieuse femme. Il s'agissait bien de Nelly mais seulement de son enveloppe corporelle car elle n'eut pas plus de réaction en découvrant son mari qu'elle n'en avait eu en rencontrant son propre fils.

— Messieurs, Madame, vous souhaitez un renseignement sur la composition des viennoiseries ?

Paul se trouvait au bord du malaise. Des milliards de questions se bousculaient aux portes de son esprit et arrivaient trop vite pour que son cerveau ne les assimile. Sa bouche pendait grande ouverte, sans doute pour laisser ressortir le trop-plein. Nathan se lança à sa place.

— Est-ce que vous avez mis de l'huile d'arachide dans les gâteaux car mon père est allergique.

— Non absolument pas, j'ai utilisé de l'huile de noisette. Est-ce que vous y êtes allergique aussi Monsieur ?

Paul ne répondit pas, il restait bloqué. La pâtissière, pensant qu'il était atteint de surdité, répéta sa question plus fort, en prenant soin de bien articuler.

— Êtes-vous allergique à l'huile de noisette ?

— Non, non euh... pas à ma co... connaissance.

— Oh ! Mais c'est vous que j'ai croisés sur la plage ce matin, je ne vous avais pas reconnus.

— Oui, nous sommes venus goûter vos pâtisseries en famille, pour voir si elles étaient aussi bonnes que celles du soir ! Et nous ne sommes pas déçus, lança Lydia.

— Merci, c'est très gentil.

Paul réveilla Facteur qui dormait sur ses genoux. Le chien se tourna vers la femme au tablier. Il bondit immédiatement de sa chaise et lui fit une fête monumentale.

— Votre chien est très amical.

— Il ne fait pas ça avec tout le monde, on dirait qu'il vous aime bien.

— Il doit surtout aimer les odeurs de la cuisine. Messieurs, Madame, ce fut un plaisir. Bonne dégustation.

Le départ de la pâtissière laissa planer un long silence durant lequel les regards de stupéfaction s'échangeaient.

— Alors Papa, est-ce que tu as consommé la même drogue que nous ?

— Je ne sais pas quoi dire... C'est elle, c'est ma femme, c'est ta mère. Pourquoi elle ne nous reconnaît pas ?

La voix de Paul tremblait.

— Je ne sais pas Papa. Il faut que tu me racontes ce qu'il s'est passé en détail le jour de la mort de Maman...

71

Père et fils s'expliquaient, enfermés dans le bungalow. Il était grand temps que Paul se mette à table.

De son côté, Lydia avait embarqué dans le premier bateau pour aller creuser la piste du côté de l'hôpital de Cebu. Elle avait mis tous ses atouts en main : un tailleur et un attaché-case fraîchement achetés en ville, une fausse carte de journaliste bricolée dans un cybercafé, son anglais impeccable, sa force de persuasion et son plus beau sourire mis en valeur par une touche de rouge à lèvres.

Les portes automatiques s'ouvrirent la laissant apercevoir le guichet d'accueil où une jeune fille pianotait frénétiquement sur son ordinateur.

— Bonjour Mademoiselle, je suis Lydia Rossi journaliste française et j'enquête sur une personne portée disparue dans mon pays. Elle aurait séjourné dans cet hôpital il y a quelques années. J'ai rendez-vous avec le directeur de l'établissement, pouvez-vous le prévenir de mon arrivée ?

— Madame, je suis secrétaire médicale, je m'occupe des admissions. Les bureaux, se trouvent au premier étage, à gauche en sortant de l'ascenseur. La secrétaire de direction, Madame Mendoza vous recevra.

Lydia arpentait discrètement le couloir dans le but d'examiner les plaques affichées à l'entrée des bureaux. Elle pouvait y lire le nom et la fonction de chaque employé. Le bureau du directeur se situait tout au fond, il se prénommait Emilio Gomez et par chance, il se trouvait assis derrière son ordinateur. Madame Mendoza sortit de son bureau et fondit sur Lydia.

— Vous cherchez quelqu'un ?

Son regard perçant et son ton autoritaire faisaient froid dans le dos. Lydia ne se démonta pas pour autant.

— J'ai rendez-vous avec Monsieur Gomez.

— Vous êtes ?

— Lydia Rossi, je suis journaliste française, j'enquête sur la disparition d'une personne qui a été opérée dans cet hôpital, il y a cinq ans.

— Je n'ai aucun rendez-vous à votre nom.

— Il doit y avoir une erreur. J'ai eu quelqu'un au téléphone qui m'avait fixé cet entretien. Je me suis déplacée exprès depuis la France.

— Vous avez le nom de la personne qui vous a donné ce rendez-vous ?

— Non, j'ai eu affaire à une jeune femme, un peu timide, elle ne m'a pas communiqué son nom.

— Ce doit être Alyssa, notre stagiaire. Je lui ai déjà dit cent fois de noter tout dans l'agenda. On n'est jamais mieux servi que par soi-même. Je suis confuse, veuillez-nous excuser, je vais voir si Monsieur Gomez peut vous recevoir.

Après une brève altercation avec sa secrétaire, le directeur sortit de son bureau.

— Mademoiselle, vous souhaitiez vous entretenir avec moi ?

— Bonjour Monsieur Gomez. Merci de m'accorder un peu de votre temps. Je suis journaliste et j'enquête sur la disparition d'une Française d'environ soixante-dix ans, Nelly Mills.

— En quoi puis-je vous aider ?

— Elle a été admise dans votre hôpital le 18 mars 2013. Le docteur Wang l'a opérée. C'était le jour où il y a eu ce violent attentat lors d'une manifestation étudiante, vous vous souvenez ?

— Bien sûr, je me souviens parfaitement de cette

journée. J'ai même dû prêter main-forte tellement l'équipe soignante était débordée. Nous avons déploré beaucoup de morts à la suite de cette explosion.

— Est-il possible de consulter le dossier médical de cette patiente ? Cela m'aiderait beaucoup dans mon enquête, sa famille la recherche activement et j'ai retrouvé une piste ici, aux Philippines.

— Ma secrétaire va vous conduire aux archives et vous sortir le dossier.

Madame Mendoza, sa jupe trop cintrée et ses talons hauts guidèrent Lydia jusqu'au sous-sol de l'hôpital. Armée de son trousseau de clé, elle déverrouilla la porte de la salle des archives. Lydia lui communiqua la date et le nom de la patiente et elle s'engouffra dans le couloir d'étagères à la recherche du dossier en question. À l'aide de ses grandes lunettes rondes, elle arpentait toutes les étiquettes et ne tarda pas à revenir avec une pochette à la main qu'elle transmit à Lydia.

— Je peux m'installer ici ?

— Non, je vais vous faire une place dans mon bureau.

Lydia déplia le dossier comme s'il s'agissait d'un précieux manuscrit, remplie d'espoir quant à son contenu. La pochette renfermait quatre feuillets. Le premier indiquait l'état civil de Nelly, le jour et l'heure de son admission. Elle était passée par le service des urgences, admise pour une blessure par balle, le chirurgien en charge de l'opération était Monsieur Zhang Tao. Le deuxième feuillet était le compte rendu de l'opération rédigé par Monsieur Wang. La patiente était âgée de quatre-vingt-cinq ans, de sexe féminin et souffrait d'un traumatisme crânien ainsi que d'une multitude de fractures. Elle était décédée au cours de l'opération des suites d'une hémorragie interne.

Le nom du chirurgien ne correspondait pas, l'âge de la

patiente non plus et la blessure par balle ne figurait pas dans le résumé. Quelque chose ne tournait pas rond.

— Madame Mendoza, est-ce que je pourrais consulter les dossiers du dix-huit Mars ? Je pense que les feuillets ont été mélangés. Le compte rendu ne correspond pas à l'opération qu'a subie Madame Mills.

— Comment ça, il ne correspond pas ? Montrez-moi.

— Vous voyez, le nom des chirurgiens est différent et l'âge de la patiente est incorrect.

Elle repositionna ses lunettes, fronça les sourcils en comparant attentivement les deux feuillets.

— Effectivement vous avez raison. Il semblerait que deux dossiers aient été mélangés. Suivez-moi, nous allons descendre pour chercher l'autre.

Elles déterrèrent une pochette au nom de Madame Gloria Grey, admise pour un accident de la circulation. Le compte rendu de l'opération, rédigé par Monsieur Zhang Tao, décrivait une femme de soixante-cinq ans, blessée par balle au niveau de l'artère fémorale. La patiente se trouvait dans le coma. L'équipe médicale avait réussi à extraire le projectile, stopper l'hémorragie et procéder à une transfusion sanguine. Admise aux soins intensifs, elle y avait séjourné quinze jours. Un autre feuillet correspondait à son passage en service de traumatologie. Sortie du coma au bout de deux semaines, elle souffrait d'une amnésie totale. Elle avait quitté l'hôpital le quinze avril. Lydia tomba sur la facture des soins d'un montant de plusieurs centaines de milliers de pesos philippins. Le tampon « acquittée » avait été apposé sur le document. Qui avait bien pu régler la note qui s'élevait tout de même à l'équivalent de cinq mille euros ?

Lydia tenait entre ses mains la preuve que Nelly était bel et bien vivante. Les deux dossiers des femmes impliquées dans l'accident de la circulation avaient été mélangés. C'est

Gloria Grey qui avait perdu la vie ce jour-là et non Nelly Mills. En revanche, la femme de Paul avait totalement perdu la mémoire.

72

— Allô Marie ?
— Oui, c'est moi-même. À qui ai-je l'honneur ?
— C'est Lydia.
— Oh Lydia ! Je suis heureuse de t'entendre. Tout va bien ?
— Oui, à part Paul qui s'est cassé le pied en pensant qu'il avait encore vingt ans mais rien de grave !
— Oh le malheureux ! J'espère qu'il ne souffre pas trop.
— Marie, j'ai un service à te demander.
— Je t'écoute.
— Pourrais-tu me récupérer un album photo qui se trouve à l'intérieur du voilier de Paul ? Il est rangé dans les étagères du salon, sa couverture est bleue.
— Je vais envoyer Georges te le chercher.
— Dans les premières pages, il y a une photo avec des barques colorées. Est-ce que tu pourrais me la scanner et me l'envoyer par courriel ? C'est assez urgent.
— C'est noté, nous nous occupons de cela aussi vite que possible.
— Merci Marie, embrasse Georges. À bientôt.

Arrivée trop tard pour monter à bord du dernier ferry, Lydia était restée en ville. Paul lui avait prêté un peu d'argent pour financer son aller-retour sur l'île voisine. Installée au cybercafé de son hôtel, elle avait contacté le gérant de leur bungalow à Siquijor dans le but de joindre Nathan, mais on lui avait passé Faustin. Elle avait besoin qu'on lui rende un service en attendant son retour. Elle lui avait transmis le cliché de la barque. Cette embarcation jaune appartenait à un pêcheur de l'île. C'était à l'intérieur de celle-ci que Paul avait déposé la moitié du butin cinq ans auparavant. Le but de la mission consistait à retrouver le propriétaire, afin de mettre la main sur son neveu, le présumé racketteur de Paul. Lydia n'avait nullement l'intention de faire justice elle-même mais seulement d'obtenir des informations supplémentaires pour comprendre ce qu'il s'était passé et comment Nelly avait survécu.

73

Les quelques pêcheurs présents sur la plage de San Juan débarquaient leurs filets bien garnis. Faustin balaya toutes les embarcations du regard, sans trouver trace de la barque jaune. Il s'approcha d'un des hommes en combinaison de plongée et lui montra la photo. Le pêcheur lui fit un signe affirmatif de la tête et pointa du doigt une barque verte. Il répétait « Rodrigo ». Faustin comprit qu'il s'agissait du nom du propriétaire. Il compara l'embarcation avec celle du cliché. Il semblait s'agir du bateau en question, mais il avait été repeint entièrement. Faustin attendit l'arrivée du pêcheur, qui ne vint pas.

Il se rendit chez Alibaba, le bazar dans lequel il avait acheté le matériel de spéléologie quelques jours plus tôt. Le magasin était déjà ouvert. Hormis l'homme qui se tenait derrière le comptoir et qui lisait le journal en fumant sa cigarette, le lieu était complètement désert. Faustin arpenta les rayons, remplit son panier de quelques articles et passa en caisse. Pendant que l'employé comptabilisait ses achats, il se permit de lui poser quelques questions.

— Est-ce que vous connaissez un pêcheur du nom de Rodrigo ?

— Peut-être.

— Voici sa barque, je ne l'ai pas vu ce matin sur la plage.

Faustin sortit la photo de sa poche. Son interlocuteur y jeta un coup d'œil furtif.

— Rodrigo ne pêche plus.

— Je l'ai rencontré il y a quelques années et comme je suis de passage sur l'île, je voulais le saluer. Savez-vous où je peux le trouver ?

— Il ne parle plus, il a perdu la tête à la suite d'un accident de plongée.

— Quelle tristesse. Et son neveu comment va-t-il ?

— Dario ?

— Oui Dario, vous savez où je peux le trouver ?

— Certainement pas ici, il est en prison à Cebu.

— Je n'ai pas de chance décidément.

Faustin régla la note et sortit du magasin.

74

— Good morning, Madame la journaliste !

— Faustin ! Mais qu'est-ce que tu fais là ?

— J'ai pris le premier vol. J'avais des infos importantes à te transmettre.

— ça ne pouvait pas attendre mon retour ?

— Justement non. J'ai retrouvé le pêcheur.

— Quelle rapidité…

— Je n'ai pas tellement de mérite, l'île est un microcosme, tout le monde se connaît. C'est assez facile. Il s'appelle Rodrigo. Il a eu un accident de plongée, depuis il ne parle plus.

— C'est pour me dire ça que tu as pris l'avion ?

— Mais non, soit patiente. Comme le type avait l'air de bien connaître Rodrigo, je lui ai demandé des nouvelles de son neveu dans la foulée. Il s'appelle Dario. Et c'est là que ça devient intéressant.

— Je suis pendue à tes lèvres.

— Il est en prison à Cebu. Un centre de détention pour hommes n'est pas un lieu à fréquenter seule quand on est une jeune femme. J'ai pensé que je pouvais t'accompagner.

— Écoute je ne t'en demandais pas tant. Mais effectivement, c'est mieux de s'y rendre à deux. Avale ton croissant, on saute dans le premier taxi !

75

Paul s'était rasé la barbe et coupé les cheveux, il avait enfilé sa plus belle chemise. Il tenait dans la main droite une rose qu'il avait cueillie dans le jardin de l'hôtel. Il sonna la clochette et Nelly se présenta à la porte.

— Madame, puis-je vous offrir cette rose ?

— C'est très gentil à vous mais que me vaut cet honneur ?

— Je voudrais vous parler si vous avez un instant à m'accorder.

— À quel sujet ?

— Je vous ai bien connue avant votre accident...

Surprise par la réponse, elle l'invita à entrer. Paul monta tant bien que mal les trois marches du perron et il prit place dans le canapé. Nelly sortit maladroitement un peu de vaisselle et prit soin de leur servir une tasse de thé.

— Vous dites m'avoir rencontrée auparavant ?

— Tout à fait Nelly, je t'ai rencontrée il y a cinquante ans.

— Mais c'est si vieux ! Je n'étais encore qu'une enfant. On m'a dit que je m'appelais Gloria Mills.

— Tu ne t'appelles pas Gloria, tu t'appelles Nelly. Mais ton nom de famille c'est bien Mills. Et moi je suis Paul.

Il laissa planer un long silence avant de poursuivre.

— Paul Mills... ton mari.

Enfoncée dans le dossier de son fauteuil, elle posa ses mains jointes sur sa bouche. Elle fixait désormais Paul sans dire mot, détaillant chaque partie de son visage et de son corps.

— Je ne m'attendais plus à ce que quelqu'un me retrouve. À l'hôpital, on m'a dit que j'avais eu un grave accident de voiture. Un jeune homme, qui se prénomme Dario, venait me rendre visite tous les jours. Il m'a raconté que mon mari conduisait le véhicule et qu'il n'avait pas survécu au choc. Il m'a expliqué que j'habitais avec mon époux sur un voilier, amarré dans une baie de l'île de Siquijor, mais qu'en notre absence, le bateau avait été dérobé. Il m'a proposé de m'héberger dans sa famille. Je n'avais plus rien : ni vêtement, ni maison, ni famille, pas d'argent et aucun souvenir.

Paul saisit les mains de Nelly et les pressa contre les siennes. Il la regarda avec tendresse. Elle paraissait fragile, désemparée. Sa tendre épouse était vivante et il n'en avait rien su. Il culpabilisait tellement en l'imaginant se réveiller seule à l'hôpital complètement démunie. Comment tout cela avait-il pu arriver ? Elle posa sa main sur le visage de Paul et essuya la larme naissante au coin de son œil.

— Vous n'y êtes pour rien Paul. Je n'ai pas été malheureuse car je n'avais pas conscience de ce que j'avais perdu dans cet accident.

Il sortit de son portefeuille quelques photos qu'il emportait toujours avec lui.

— Regarde Nelly, voici la photo de notre mariage. Et ici, celle de notre départ en croisière.

Elle se saisit des clichés, qu'elle détailla avec attention.

— Dario ne t'a pas menti sur un point, nous habitions sur un voilier les dernières années. Nous faisions le tour du monde.

— C'est bien moi sur ces photos, légèrement plus jeune. Je suis toute déboussolée. Je vais me resservir une tasse de thé bien chaud, vous en voulez ?

— Oui, volontiers. Mais ne me dis plus « vous », je t'en prie Nelly.

La théière tremblait entre ses frêles mains, sur lesquelles le temps avait laissé quelques traces indélébiles. Paul se remémorait les fines phalanges de sa compagne, lorsqu'il lui avait passé la bague au doigt. De l'eau bouillante se renversa sur la table basse. Paul saisit la théière brûlante et termina le service à la place de son épouse bouleversée.

— Je suis aussi troublé que toi. Le chirurgien m'avait affirmé que tu étais décédée durant l'opération. Ils m'ont rendu ton corps dans un cercueil et nous t'avons enterrée en France. Imagine un peu ma surprise lorsque je suis revenu sur le lieu de nos dernières vacances, cinq ans plus tard et que je t'ai vue nous servir des pâtisseries.

Elle gratifia Paul d'un premier sourire. Le vieil homme reconnut les adorables fossettes qui se dessinaient sur le visage de sa femme à chaque fois qu'elle souriait.

— Je travaille ici pour me sentir utile et remplir ces longues journées. C'est le cousin de Dario qui m'a proposé ce poste. Paul, est-ce que nous avons des enfants ?

— Quatre exactement : Sacha, Carmen, Noémie et Nathan.

— Eh bien ! nous avons drôlement travaillé ! Est-ce que tu peux me montrer des photos d'eux ?

— J'ai celle-ci sur moi mais ils étaient tout petits, aujourd'hui ils ont entre trente-cinq et quarante-cinq ans. Le dernier se trouve sur l'île avec moi. Il est venu te rapporter ton roman sur la plage.

— C'est terrible de ne me souvenir de rien. C'est comme si j'étais née à soixante-cinq ans, en avril 2013. Et à présent mon mari ressuscite et je découvre quatre adorables enfants.

— Et ce n'est pas tout ! Nous avons aussi des petits-enfants.

— Oh, je suis grand-mère ! Combien sont-ils Paul ?

— Déjà cinq et ce n'est sûrement pas fini.

— Quelle grande famille je découvre, moi qui me sentais si seule. Dario m'avait montré ta tombe Paul, ici sur l'île.

— Ma tombe ! On dirait qu'ils ont mis en scène notre mort ces oiseaux de malheur !

Paul ravala sa colère et radoucit le ton de sa voix.

— J'aimerais t'inviter à dîner ce soir, est-ce que tu accepterais ?

— Tout cela est si soudain. Mais puis-je refuser une invitation à mon mari ?

— Évidemment que non ! Disons, ce soir, vingt heures au Tropical bird ?

Elle acquiesça d'un sourire. Il déposa un baiser sur le revers de sa main, enfila son chapeau et quitta les lieux.

76

Il existait deux centres de détention pour hommes à Cebu : le CPDRC et le CRBB. Le premier jouissait d'une notoriété mondiale grâce à son fameux programme de réhabilitation par la danse. Lydia avait vu passer sur le Net, les vidéos de ces détenus se déhanchant dans leur combinaison orange sur le tube international *Thriller*. Elle ne pensait pas un jour se retrouver devant les portes de ce pénitencier. Elle montra sa carte de journaliste au gardien et lui expliqua qu'elle souhaitait rencontrer Dario.

— Quel est son nom de famille à votre Dario ? Il y a plus de mille cinq cents détenus ici, alors juste avec un prénom ça risque d'être compliqué ma petite dame.

— Je ne connais pas son nom de famille, je sais juste qu'il est originaire de l'île de Siquijor.

— Eh bien dans ce cas, revenez quand vous aurez plus d'informations.

Il referma brutalement le volet en bois.

— Lydia, je peux appeler Paul pour qu'il nous aide depuis l'île.

— Tu as un nouveau téléphone ?

— J'en emmène toujours deux au cas où.

— Je n'ai jamais vu quelqu'un d'aussi prévoyant.

— On ne se refait pas.

Faustin composa le numéro. Paul qui venait de sortir de chez Nelly, fit demi-tour pour obtenir le laissez-passer pour la prison.

— C'est ton jour de chance, j'ai l'info ! Et j'ai même un bonus, c'est Dario qui a sorti Nelly de l'hôpital il y a cinq ans et qui l'a hébergée dans sa famille sur l'île.

— Tu es un génie ! On va demander à ce gros balourd qu'il nous ouvre à nouveau.

Lydia toqua au volet. L'homme ouvrit avec toute la douceur qui le caractérisait.

— On a le nom.

Il appuya sur un bouton pour déverrouiller la porte. Lydia et Faustin déposèrent toutes leurs affaires dans un bac et se plièrent au contrôle de sécurité. Un gardien les installa au parloir. Un quart d'heure plus tard, le fameux Dario prenait place devant eux.

— Bonjour Dario, le temps nous est compté alors je ne vais pas y aller par quatre chemins. Je sais que tu connais Nelly Mills. Elle a perdu la mémoire dans un accident de voiture. Avant son transfert à l'hôpital, on lui avait tiré dessus sur son voilier. Qu'est-ce que tu sais sur cette histoire ?

— Pourquoi je vous parlerais ? Vous êtes qui d'abord ? Vous ne vous êtes même pas présentés.

— Tu as raison, je te prie de m'excuser. Je suis la fille de Nelly, je cherche à savoir ce qui est arrivé à ma mère.

— Et lui, c'est qui ?

— Je suis son frère, autrement dit le fils de Nelly.

— Votre mère est en vie, vous la trouverez à Siquijor. Je n'ai rien de plus à vous dire.

— Nous sommes au courant. A priori, ce serait toi qui l'aurais sortie de l'hôpital et hébergée à ton domicile. Pourrais-tu nous expliquer pour quelles raisons ?

— Qu'est-ce que je gagne à vous répondre ? Vous avez un truc qui peut m'intéresser ?

— Qu'est-ce que tu veux ?

— Sortir d'ici.

— Nous n'allons pas pouvoir faire grand-chose pour toi.

— Détrompez-vous. Si je vous raconte ce que je sais, vous

devrez me rendre un service sur l'île. Deal ?

— Marché conclu, à condition qu'il n'y ait rien de dangereux ou de malhonnête.

— C'est une prison ici pas un couvent de bonnes sœurs au cas où vous n'auriez pas remarqué.

— Merci pour cet éclaircissement, nous t'écoutons.

— Tes parents avaient mis la main sur un trésor au fond de la mer. Avec mon cousin Joseph, on leur avait demandé de nous filer le butin et ils nous avaient gentiment obéi. Joseph et moi, on était persuadé qu'ils ne nous avaient pas donné tout le magot et ils étaient en train de se faire la malle. Alors on est monté sur leur voilier et on les a braqués. On voulait juste leur foutre les jetons avec le flingue, mais le cabot s'en est mêlé. Le coup est parti tout seul. Il faut me croire, on ne voulait pas leur faire de mal. Joseph et moi, on a paniqué et on s'est enfui.

— Nous savons déjà tout ça.

— Attendez, je vous pose le décor, ça vient. Les Occidentaux vous êtes tellement pressés. On a aperçu l'intervention des secouristes. On les a suivis jusqu'à l'hôpital. Avec mon cousin, on avait un plan. On voulait enlever votre mère à sa sortie et demander une rançon à son mari pour récupérer le magot. Mon cousin a inversé les dossiers pour écarter le vieux de l'hosto en lui faisant croire que sa femme était morte. Le problème c'est qu'elle a mis du temps à sortir de là. J'ai commencé à paniquer et à vouloir tout arrêter. Je suis allé trouver le vieux sur le bateau pour tout lui balancer mais quand je suis rentré, il était étalé sur le sol et tout était en l'air. J'ai cru qu'il était mort. Je suis ressorti en courant de peur que quelqu'un me trouve à bord et pense que je l'avais buté. On avait été trop loin. On voulait juste se faire un peu de fric et on avait envoyé une femme à l'hôpital et son mari était mort. Quand ta mère s'est réveillée, je suis allée la voir, j'avais pitié d'elle.

Elle avait tout perdu à cause de moi. Pour l'aider, j'ai payé la facture et je lui ai proposé de l'héberger sans lui avouer que tout était ma faute. Elle m'a appris quelques mots de français et m'a donné des cours de cuisine, puis on est devenu des amis, elle et moi.

— C'est pour cette histoire de braquage que tu es en prison ?

— C'est que derrière avec mon cousin les choses ont mal tourné. Il s'est fait construire un hôtel de luxe sur l'île avec la vente du butin. La construction était lente et il s'ennuyait. Il s'est mis à fréquenter les boîtes de nuit et les casinos. Il flambait tout : drogues, jeux, prostituées… Un jour il a perdu gros contre un truand. Il n'avait plus de quoi payer. Alors il m'a demandé de l'aider avec ma part. J'ai refusé car la somme était colossale. Je voulais offrir des études à mes frères et sœurs et une belle maison à mes parents. J'ai planqué ma part pour qu'il ne me la dérobe pas. Joseph, il a donné rencard une nuit au truand, au milieu de la mer. Il est allé au rendez-vous avec la barque de mon oncle. C'est moi qui utilisais habituellement ce bateau. Il a buté le type et l'a jeté à l'eau. Dans l'embarcation, il y avait du sang partout et mes empreintes, il m'a fait porter le chapeau. Tout le monde me croit coupable, je n'ai aucune visite et pas d'avocat. Mais j'ai la preuve que c'est Joseph qui a tué ce type. Il avait fait tomber son portable cette nuit-là et en allant à la barque le matin, je l'ai ramassé sur la plage. Ses échanges avec le mec qu'il a buté sont enregistrés dans l'appareil. Récupérez ce portable, filez-le à mon père, il tient le bazar. Racontez-lui l'histoire, il fera le nécessaire contre Joseph et me fera sortir de là.

— Tu nous as dit ce qu'on avait besoin d'entendre, pourquoi on te rendrait service alors que tu as détruit notre famille ?

— Parce que Joseph sait que votre vieux n'est pas mort

et qu'il est de retour à Siquijor. Il est venu me le dire hier au parloir. C'est la première fois que je le revoyais depuis mon incarcération. Joseph est accro à l'argent et tout ce qu'il permet d'avoir. Il va s'en prendre à vous, il ne vous laissera pas quitter l'île sans avoir ce qu'il veut. Vous êtes tous en danger. Le portable est enterré dans la fausse tombe de Paul. Vous savez ce qu'il vous reste à faire.

Il se leva et quitta le parloir.

77

— Faustin, Lydia ! Vous en avez mis du temps !

— Ce n'est pas du temps perdu Nathan, on a découvert ce qu'il s'était passé à l'hôpital il y a cinq ans. Une mise en scène a été montée de toutes pièces pour faire croire à ton père que son épouse était morte. Nous avons aussi retrouvé la trace d'un des braqueurs et nous sommes allés l'interroger en prison.

— Vous avez loupé votre vocation dans la police tous les deux !

— Où est Paul ?

— Papa est parti dîner avec Maman au Tropical bird.

— Il faut qu'on aille les chercher tout de suite, ils ne sont pas en sécurité, surtout avec ton père et son pied cassé.

— Comment ça, ils ne sont pas en sécurité ?

— On t'explique tout sur le chemin, il ne faut pas traîner.

78

Paul, attablé seul, se servait de l'eau. Il s'agitait, le visage fermé à la fois inquiet et impatient.

— Salut Papa, désolé d'interrompre ton dîner romantique, nous avons des choses importantes à te dire.

— Vous n'interrompez rien, ta mère n'est pas encore arrivée. Cela fait plus d'une demi-heure que je l'attends. J'ai peur qu'elle ne vienne pas. Tout ça a dû lui faire un choc, j'aurais sans doute dû la ménager. J'étais tellement heureux de la retrouver, je me suis peut-être un peu emballé.

— Faustin et moi, nous nous sommes rendus à Cebu pour enquêter sur la fausse mort de Nelly auprès de l'hôpital et de la prison.

— Qu'êtes-vous allés faire en prison ?

— Interroger un des deux braqueurs dont nous avons trouvé l'identité.

— Ça alors, ça me laisse sans voix.

— Paul, l'autre braqueur est le patron de l'hôtel de luxe où travaille Nelly. Il a encore en tête de mettre la main sur l'autre moitié du trésor. Nelly et toi, êtes de nouveau la cible de ce truand. Vous n'êtes pas en sécurité.

— Non mais ça ne s'arrêtera jamais cet enfer ? Lydia, tu penses qu'il peut faire du mal à Nelly ?

— J'en ai bien peur, c'est un homme violent, il est capable de tuer pour de l'argent. Nathan va rester avec toi, au cas où Nelly arriverait enfin et il va tout t'expliquer en détail. Faustin et moi, on va se rendre chez elle pour vérifier si elle s'y trouve encore. On vous appelle pour vous tenir au courant.

— Moi qui pensais passer une soirée romantique avec ma femme, voilà que ça vire encore au cauchemar. Quelqu'un nous a jeté un sort, ce n'est pas croyable. Faites attention à vous, je n'ai pas envie d'un nouveau drame.

79

Au bout du sentier, la maisonnette de Nelly apparaissait entièrement plongée dans le noir. Soit l'épouse de Paul s'était déjà mise au lit, soit elle était sortie. Pour en avoir le cœur net, Faustin et Lydia pénétrèrent dans l'habitation. L'intérieur propre et bien rangé, n'avait pas bougé depuis la première intrusion de Lydia. Ils examinèrent chaque pièce mais ne détectèrent aucune trace de présence de la vieille femme. Dans la salle de bains, régnait encore l'odeur d'un parfum aux notes épicées. Nelly s'était donc pomponnée pour rejoindre Paul.

Ils se rendirent aux cuisines de l'hôtel pour interroger ses collègues. Il s'agissait d'une soirée comme une autre, les employés tout de blanc vêtus s'activaient en plein service.

— Bonsoir, savez-vous si Nelly travaille ce soir ?

La jeune femme qui confectionnait des gâteaux, prit la parole.

— Non, elle a pris congé, je la remplace.

— Est-ce qu'elle vous a indiqué où elle se rendait ?

— Elle devait retrouver son nouveau mari pour dîner.

La demoiselle visiblement amusée par ces retrouvailles partageait un sourire ingénu avec sa collègue.

— Vous l'avez vu partir ?

— Elle marchait sur la route quand je suis arrivée. Elle portait une belle robe, elle sentait bon.

Elle ricana de nouveau.

— Monsieur Joseph a proposé de la conduire en voiture.

Lydia tressaillit. Ils étaient arrivés trop tard, Nelly était déjà tombée entre les griffes de ce Joseph.

— À quoi ressemble la voiture de Joseph ?

— Oh, vous ne pouvez pas la louper, Monsieur Joseph il a la plus belle voiture de l'île, c'est une voiture de sport jaune.

Faustin et Lydia quittèrent la cuisine à la hâte et coururent récupérer leurs scooters.

Paul et Nathan patientaient toujours dans la plus grande inquiétude. La sonnerie du téléphone retentit, Nathan décrocha.

— Allô Faustin ?

— Nathan, ta mère ne se trouvait pas chez elle. Les employés de la cuisine l'ont vu monter en voiture avec Joseph, on arrive avec les scooters.

— Pas de nouvelles de Maman de notre côté, Joseph ne l'a jamais déposée. Papa et moi on vous attend.

80

Faustin et Lydia roulaient à la poursuite de la voiture de Joseph. L'île n'était pas grande et à force de la parcourir, ils commençaient à connaître tout le réseau routier par cœur. Ils examinaient chaque habitation, chaque garage, chaque jardin espérant voir briller dans la nuit, un bout de carrosserie jaune. À un carrefour, ils croisèrent enfin la route du rutilant véhicule. Son vrombissant moteur fit trembler leurs os. Les vitres teintées ne permettaient pas d'entrevoir les passagers. Ils décidèrent de tenter la filature.

Le bolide se gara devant l'hôtel et le fameux Joseph en sortit. Faustin et Lydia, tapis dans l'obscurité, observaient la scène. Debout, à côté de son extravagante voiture de sport, le patron de l'hôtel tenait une conversation téléphonique en fumant un énorme cigare. Il portait un costume cintré. Une quantité très importante de gel fixait ses cheveux noirs en l'air. L'homme n'était pas très grand, peut-être arrangeait-il ses cheveux de sorte à gagner quelques centimètres. Joseph fit le tour de sa voiture et s'attarda sur le pare-chocs arrière, très agité et très agacé. Il pénétra dans le hall de l'hôtel d'un pas déterminé, toujours pendu à son téléphone.

Lydia examinait le véhicule sous toutes les coutures tandis que Faustin faisait le guet. L'automobile présentait les signes d'un récent accrochage : le pare-chocs était légèrement enfoncé et la peinture avait sauté sur quelques centimètres. Lydia tenta d'ouvrir les portières et le coffre sans succès. Elle frappa sur la voiture dans l'hypothèse où Nelly serait retenue prisonnière à l'intérieur, mais aucun écho ne lui parvint en retour. Il semblait ne plus rien avoir à tirer de ce grotesque tas de ferraille. Lydia et Faustin ne demeurèrent pas plus longtemps sur les lieux pour éviter de se faire remarquer. Ils redémarrèrent les scooters et partirent retrouver Paul et Nathan.

81

Installé autour de la table ronde, le clan avait déclenché une réunion de crise.

— Il est possible que Joseph ait enlevé Nelly mais nous ne disposons d'aucune preuve à l'heure actuelle. Ce truand a sans doute en tête de remettre sur pied son plan initial. Si c'est le cas, sa prochaine étape sera de contacter Paul pour lui demander une rançon.

Lydia exposait calmement ses hypothèses.

— Il n'a aucune raison de faire du mal à Maman pour l'instant car elle est garante de l'argent qu'il convoite, mais s'il n'obtient pas ce qu'il veut, ça pourrait se corser.

— Nous disposons de plusieurs cartes dans notre main. Il y a tout d'abord ce téléphone dont nous a parlé Dario à la prison. Je pense qu'il s'avère prioritaire de mettre la main dessus. Il constitue notre seule preuve pour envoyer Joseph derrière les barreaux. Et nous possédons une longueur d'avance puisqu'il ignore complètement l'existence de cet objet qu'il a perdu depuis plus de trois ans. Nous savons aussi où se trouve l'autre moitié du trésor même si nous ne sommes pas certain qu'il y soit encore.

— De son côté, Joseph a eu le temps de repérer où nous logeons. Il ne va pas tarder à venir nous trouver. Qu'est-ce que vous penseriez d'un déménagement d'urgence ?

Faustin était inquiet.

— C'est une idée qui nous permettrait de gagner du temps. S'il ne peut pas nous trouver pour nous dire qu'il détient Maman, son plan n'en sera que ralentit.

— Oui mais à l'heure qu'il est, quelqu'un se tient

sûrement en poste près du bungalow et nous observe. Il est trop tard pour filer à l'anglaise. Et au cas où vous l'auriez oublié, je ne suis pas agile comme un cabri, partir va nous demander du temps, on va se faire repérer.

— Tu as raison. Au fait, est-ce que quelqu'un sait où se trouve la fausse tombe de Papa ?

— Nelly me l'a expliqué cet après-midi. Ma sépulture trône au cimetière derrière l'église, elle est surmontée d'une croix en bois sur lequel est gravé mon nom.

— On ne peut pas creuser une tombe en plein jour. On doit obligatoirement s'y rendre de nuit. D'autant qu'avec toutes les histoires de croyances et de superstition, personne ne doit se balader la nuit dans ces cimetières, on y sera tranquille. Cependant, comment l'atteindre sans être suivi, si les sbires de Joseph nous guettent en permanence ?

Faustin, dans toutes les situations, restait toujours rationnel et méthodique.

— J'ai bien une idée, mais elle risque de ne pas vous plaire.

— Dis toujours Papa.

— On pourrait s'y rendre par la mer.

Les trois autres le regardaient d'un air dubitatif.

— Je m'explique. Deux d'entre nous s'équipent pour une plongée de nuit. Les deux autres restent sur le rivage pour les surveiller. Un des deux plongeurs se balade avec les deux bouées et le phare pour faire diversion, tandis que l'autre trace discrètement en direction de la pointe. Il ressort de l'autre côté, déterre ce foutu téléphone dans le cimetière et revient à pied. Le second plongeur ressort et le tour est joué.

— Ingénieux ton plan Papa, mais celui qui file vers la pointe ne va pas se faire repérer avec sa lumière sous l'eau ?

— Non, il faudra nager suffisamment profond et régler le faisceau lumineux. Puis si on allume les phares des scooters sur la plage en guise de repère pour les plongeurs, avec l'éblouissement on ne verra rien depuis le rivage. Les yeux suivront naturellement le chemin des deux bouées.

— Super, reste encore deux points non négligeables : qui est capable de plonger de nuit ? Et où on se procure le matos ?

— Pour le matériel, vous n'avez qu'à ouvrir le placard. Nous disposons de deux combinaisons, deux phares, deux bouées gonflables et une boussole pour mettre le cap sur la pointe sans se perdre en route. Je les avais emportés dans ma valise. Pour les bouteilles et les détendeurs, on pourra les emprunter au club de plongée. Ils ne ferment jamais à clé, il n'y a pas de voleurs ici.

— Non, mais il y a un meurtrier. Je me demande pourquoi j'ai accepté de me joindre à vous pour ces vacances.

— C'est ce qu'on appelle tendre les mains à son destin !

— De votre côté, vous avez eu la main chanceuse en m'invitant car je possède mon niveau deux de plongée.

— Eh bien voilà ! Faustin et moi nous pouvons faire le job. En revanche, je te léguerai la mission de rejoindre la terre ferme car mon pied n'est pas encore prêt pour ce genre d'exercice. Je promènerais les deux bouées, ce sera plus sage. Et puis creuser ma tombe ne me réjouissait guère.

— Papa, ce n'est pas raisonnable du tout.

— Est-ce qu'on a seulement le choix Nathan ? Je ne risque rien dans l'eau. Je suis très expérimenté et je connais bien les fonds du coin. Si j'ai le moindre souci, je vous ferai signe.

— Et Faustin, tu te sens de faire ça ? demanda Lydia.

— J'ai un souvenir magique d'une plongée nocturne, ça fait des années que j'avais envie de retenter l'expérience, ça se présente comme une occasion. Je sais me débrouiller, ne vous inquiétez pas pour moi.

— Et si notre escapade nocturne leur fait penser que nous sommes en train de remonter des éléments de ce foutu trésor, ils vont débarquer et foutre en l'air notre plan.

— Regarde, il y a une quinzaine de touristes qui organise une festivité sur la plage, il y a trop de témoins pour qu'ils fassent quelque chose ce soir. Et puis, ils me verront ressortir les mains vides, ça les rassurera. Est-ce que vous êtes tous d'accord pour ce plan et les risques qu'il comporte ?

82

Serrée contre Nathan, le sang glacé, Lydia regardait Faustin et Paul se mettre à l'eau. Elle angoissait qu'il arrive malheur à l'un d'entre eux. Elle s'était attachée à leur petit groupe et leurs drôles de vacances. En son for intérieur, elle priait sa bonne étoile pour qu'ils ressortent tous indemnes de cette histoire.

Le souffle tiède de Nathan lui réchauffait la nuque. Ses bras rassurants entouraient la jeune femme inquiète. Tous les deux silencieux, les yeux fixés sur les bouées, ils se tenaient prêts à intervenir en cas de pépin. Les boules orange se déplaçaient lentement vers l'ouest, tandis que Faustin devait être en chemin vers l'est. Se repérer sous l'eau de nuit ne s'avérait pas chose aisée. Si Faustin se perdait, ils n'avaient pas élaboré de plan de secours.

De temps à autre, Lydia scrutait les alentours à la recherche de celui qui les espionnait potentiellement en douce. Facteur se trouvait à leur côté, si un homme rôdait dans le coin, il donnerait l'alerte. Lydia aurait aimé transformer d'un coup de baguette magique leur petit compagnon en doberman impitoyable pour qu'il puisse les protéger contre les brigands. Les jacks Russell étaient réputés pour être intrépides et intelligents mais ils étaient rarement recrutés pour assurer la sécurité.

Lydia se concentrait de temps à autre sur le brouhaha qui émanait du petit groupe d'Allemands attablés dans le sable. Leur dîner festif offrait une distraction rassurante au duo de guetteurs. Ils espéraient que leur soirée se prolonge encore quelques heures et cela semblait bien parti.

83

Il faisait très sombre. Faustin s'orientait dans une obscurité quasi-totale à l'aide de sa boussole et de son mince faisceau lumineux. Il évitait tant bien que mal les nombreux obstacles naturels qui se dressaient sur son passage. Il peinait à maintenir son équilibre dans cette noirceur, tous ses repères étant bousculés. Il avait déjà pratiqué la plongée de nuit, encadré par des professionnels, dans l'unique but de se divertir. Seul dans les profondeurs ténébreuses de la mer de Bohol, sous la pression de ce truand à leurs trousses et le poids de la mission sur ses épaules, le stress le gagnait au fur et à mesure de son avancée. Impossible d'apprécier la faune sous-marine pourtant splendide qui s'activait autour de lui. Il se concentrait pour maintenir sa respiration stable. Dans quelle histoire s'était-il embarqué ? Il ne s'était pas bien rendu compte dans le feu de l'action, il mesurait seulement maintenant les risques qu'il encourait. Il pensait à ses enfants qui commençaient à lui manquer terriblement. Encore si jeunes, ils avaient besoin de lui, il devait faire tout son possible pour se préserver. La vision de leurs visages angéliques lui donna un regain d'énergie et il palma plus fort pour atteindre son objectif.

La côte rocailleuse se dévoilait devant lui, il avait réussi la partie la plus périlleuse de la mission. Il se dégagea du matériel de plongée, qu'il cala entre les rochers de sorte que la mer ne l'emporte pas. Sa lampe éteinte, il gravissait les roches à la seule lumière de la lune. Ses doigts s'écorchaient sur les pierres rugueuses. Il glissa deux fois, provoquant un léger éboulis avant de parvenir à la terre ferme. Les lumières du hameau guidaient désormais ses pas. Vêtu de sa combinaison de plongée, il veillait à ne pas se faire repérer. Une légère brume se dégageait de l'asphalte. Désertique et silencieuse, la rue semblait endormie. Soudain, un bruit fracassant vint percer le silence. Faustin se calfeutra dans le premier buisson et se griffa le visage. Un bruit de casserole continuait de retentir. Il fixait la ruelle avec attention et entendait son cœur battre à tout rompre. La combinaison un peu trop serrée, lui comprimait la cage thoracique. Il avait du mal à respirer. Un vieux matou décharné fit surface des poubelles. Le pouls de Faustin ralentit.

L'église se dressait devant lui. Il poussa le portillon rouillé et pénétra dans l'enceinte. Le cimetière se situait à l'arrière, complètement plongé dans l'obscurité. À l'aide de sa torche, il parcourait les allées en scrutant chaque nom à la recherche de celui de Paul. Faustin ne croyait pas aux esprits mais en pleine nuit, au milieu de dizaines de corps enterrés sous ses pieds, chaque bruit étrange remettait sérieusement ses convictions en doute. Il pressait le pas comme poursuivi par une masse invisible. Des frissons parcouraient son dos en sueur. Il tomba soudain nez à nez avec la fausse sépulture de Paul. On distinguait à peine son nom. La pluie abondante de ces derniers jours avait détrempé le sol, ce qui allait lui faciliter le travail. Il se saisit d'une pelle adossée à un muret et commença ses fouilles. À chaque pelletée, il redoutait de tomber sur un cadavre humain en décomposition ou de vieux ossements. Arrivé à un mètre de profondeur, Faustin entendit un bruit d'impact, la pelle venait de heurter un objet métallique. Il plongea sa main dans la terre humide, attrapa la boîte et l'ouvrit. Elle renfermait bien un téléphone. Il reboucha le trou en vitesse et déguerpit.

84

Faustin arriva au bungalow à pas de loup, sa mission glorieusement accomplie. Nathan enclencha les warnings, donnant le signal à Paul de regagner le rivage. Les deux bouées se mirent immédiatement en mouvement. La pression redescendait d'un cran pour tous. Lorsque le patriarche arriva à plat ventre sur la plage, son fils courut l'aider à s'extraire de l'eau.

— Ça va Papa ? Ton pied n'a pas trop souffert ?

— Je n'ai pas vu le temps passer, je me suis régalé. Les plongées de nuit sont vraiment les meilleures. J'ai vu une tortue, des langoustes et même un bébé poulpe.

Paul savait qu'à cet instant précis, un homme le scrutait. Il s'efforçait d'afficher une mine décontractée et de mettre en évidence ses mains vides.

— Je suis ravi Papa que tu aies passé du bon temps. Pardon mais je ne vais pas être en mesure de sortir ton pied sans te faire un mal de chien. Je vais devoir découper la combinaison.

— Vas-y, ce n'est pas grave, on l'exposera au musée de nos aventures familiales.

Pendant que Paul et Nathan se dépatouillaient avec les habits de plongée, Lydia poussa la porte du cottage. Elle ressentit un sentiment étrange en pénétrant les lieux. La journaliste inquiète inspecta chacune des chambres : les lits, les armoires, les sacs, tout était sens dessus dessous. Les trois hommes regagnèrent le bungalow à leur tour.

— Non seulement nous étions surveillés mais quelqu'un s'est introduit chez nous. Contrôlez vos affaires pour voir s'il manque des choses.

— Je n'ai plus mon passeport, brailla Faustin.

— Moi non plus, s'écria Nathan, ni mon téléphone.

— Ils nous ont dérobé nos documents de voyage et nos mobiles pour nous empêcher de partir et de communiquer. Ils détiennent ma femme et nos papiers, ces salopards.

— Venez voir, ils ont laissé une enveloppe sur la table.

Nathan chercha une inscription quelconque, puis la décacheta.

— C'est une photo de Maman avec le journal du jour. Elle est assise sur une chaise et ligotée.

Paul lui arracha nerveusement le cliché des mains. Il l'examina un court instant, fou de rage, puis la retourna. Il lut le message à voix haute :

— *« Venez donc petit déjeuner demain matin au Coral blue, vous serez mes invités. Vous récupérerez la femme quand vous m'aurez donné la suite du trésor. Ne mêlez pas la police à nos affaires, vous êtes sous surveillance »*

— Super, qu'est-ce qu'on fait maintenant ?

Nathan était exaspéré.

— On doit trouver une solution pour transmettre ce téléphone au père de Dario, c'est notre seule chance.

Lydia parlait fermement.

— Allons à ce rendez-vous demain matin, nous verrons s'il est possible de trouver un arrangement avec ce Joseph, proposa Paul.

— J'insiste, mais avant nous devons mettre notre garantie en sécurité.

— Si ça se trouve, ils nous cueilleront dès la sortie du bungalow, on se retrouvera coincés.

Nathan s'exprimait avec un ton des plus pessimistes.

La nuit défilait, à court de solutions, la fatigue les gagnait tous.

— Allez-vous coucher, je vais veiller les trois prochaines heures puis Nathan me relaiera.

Faustin fut approuvé à l'unanimité.

85

La nuit fut courte, surtout pour les veilleurs. Les hommes attendaient réunis dans la kitchenette tandis que Lydia prenait sa douche. Nathan, qui ne s'était octroyé que trois heures de sommeil, décida d'aller prendre un bol d'air frais sur la plage en compagnie de Facteur. À sa sortie, il découvrit avec stupeur, un homme campé sur le perron. Adossé au mur, il chiquait. Sur la peau ambrée de son visage se dessinaient de nombreuses cicatrices. Nathan échangea avec lui un regard glacial. L'homme basané souleva sa veste pour mettre en évidence son revolver. Il demanda à Nathan d'aller chercher ses camarades pour le petit-déjeuner auquel ils étaient conviés. Lydia avait entendu la scène depuis la fenêtre ouverte de la salle de bains. Elle attrapa son rasoir, serra les dents et se trancha un petit bout de doigt. Elle savait que cet endroit du corps saignait beaucoup. Elle prit son pantalon et le tacha copieusement avec son sang. Elle immergea son doigt sous l'eau froide, fit un point de compression et apposa un pansement pour stopper le saignement. En sortant de la douche, elle glissa le téléphone dans son sac et rejoignit le groupe.

— Monte dans la voiture avec le vieux, les deux autres, vous suivrez en scooter. Je vous préviens, pas d'entourloupes, je suis armé.

— Monsieur, j'ai un problème d'ordre féminin.

Lydia lui montra son pantalon taché de sang et prit une mine contrariée.

— J'ai besoin de faire un arrêt au bazar pour acheter des

serviettes hygiéniques.

— Tu vas tacher la voiture, monte sur le scooter à la place de ton collègue. Les bonnes femmes, toujours là pour nous empoisonner. On va faire un détour par chez Alibaba mais tu ne traîneras pas.

La voiture et le deux-roues se mirent en route.

— Lydia, bon sang, qu'est-ce que tu as fait ?

— Nathan, j'ai fait le nécessaire pour qu'on s'arrête déposer le téléphone.

— C'est plutôt osé mais assez bien joué je dois le reconnaître.

Après quelques virages, le cortège s'arrêta devant la boutique. Lydia descendit du scooter et pénétra dans le magasin. Le chauffeur de la voiture baissa sa vitre et brailla à Lydia

— Magne-toi, je ne voudrais pas faire attendre Joseph.

— Fais attention Lydia.

Lydia fondit sur le premier paquet de serviettes et se précipita à la caisse. Elle espérait que l'homme derrière le comptoir serait bien celui qu'elle cherchait et aussi qu'il parlerait anglais.

— Vous êtes le père de Dario ?

— Malheureusement oui.

— J'ai fait sa rencontre en prison.

— Mais qui êtes-vous ?

— Je n'ai pas le temps de vous expliquer mais j'ai échangé avec lui et il m'a confié être innocent.

— Et vous l'avez cru ? Ce gosse a le diable au corps.

— Laissez-moi vous confier cette preuve, il s'agit de l'ancien téléphone de Joseph. Votre fils l'avait trouvé sur la plage avant son arrestation. Il contient des échanges entre ce truand qui a été assassiné et Joseph. Il m'a demandé de vous le transmettre pour que vous lui veniez en aide. Apportez-le à la police pour faire libérer Dario et emprisonner le vrai coupable.

Le chauffeur de la voiture pénétra dans la boutique.

— Qu'est-ce que tu fous bordel ?

— Je ne trouvais pas les serviettes, j'ai dû demander de l'aide, c'est bon je les ai, j'arrive.

Le père de Dario semblait troublé par ce que venait de lui révéler Lydia. Il avait rapidement caché le portable derrière son comptoir. Il connaissait l'homme qui attendait au seuil de la porte de son commerce, il savait qu'il travaillait pour Joseph. Il murmura à Lydia :

— Vous avez des ennuis ?

— Oui.

Elle lui glissa parmi les billets de banque philippins, la photo de Nelly ligotée, puis rejoint la sortie.

86

Le Coral blue leur paraissait beaucoup moins accueillant à présent. Attablés sous le regard du gorille qui les avait conduits jusqu'ici, ils attendaient Joseph en silence. Il ne tarda pas à les rejoindre. Il portait toujours la même coiffure ridicule ainsi que des vêtements trop serrés sur son corps grassouillet. Ses yeux fourbes se dissimulaient derrière de grandes lunettes noires. Il portait au poignet une montre extravagante. Il prit place à table avec eux. Joseph et Dario étaient jeunes, deux gamins qui se donnaient des airs de caïds.

— Vous ne mangez pas ? C'est vrai que les gâteaux sont moins appétissants que d'habitude. Ma pâtissière a été contrainte de s'absenter quelques jours.

Il souriait, fier de son entrée.

— Vous êtes bien silencieux. Je vais continuer à faire la conversation dans ce cas. Tout d'abord Paul, j'ai été ravi de constater que vous n'étiez pas mort. Et ma joie s'est décuplée en projetant l'opportunité de récupérer l'autre partie du trésor que vous avez gardée. Vous savez pourquoi je suis persuadé que vous ne m'avez pas tout donné ?

— Absolument pas.

— Parce que la voyante me l'a dit. Et moi je crois beaucoup en cette voyante. Dans ses visions, elle le perçoit caché sur l'île, dans un endroit profond, mais elle n'arrive pas à me dire où exactement. Et c'est là que vous intervenez Polo. Mon trésor se trouve enterré quelque part et je veux le récupérer. Votre trésor aussi est caché. Faisons un échange, comme ça tout le monde sera satisfait. Qu'en pensez-vous ?

— De quelle garantie nous disposons ?

— Ah ! J'aime votre question. Vous êtes un homme prévoyant. C'est sans doute la maturité qui vous fait parler ainsi. Déjà vous ne niez pas l'existence du trésor caché et vous me faites plaisir, car la première fois que je vous ai vu, vous m'aviez menti petit cachottier. Alors voilà, venons-en au concret.

Il déposa leurs passeports ainsi qu'une pochette de compagnie aérienne sur la table.

— J'ai réservé cinq billets d'avion à vos noms. Si vous êtes coopératifs, vous rentrerez tous ensemble en France dans deux jours et vous pourrez savourer vos petites retrouvailles en famille loin d'ici, où vous ne reviendrez jamais plus. Si vous n'êtes pas coopératifs, votre séjour risque d'être prolongé de manière très désagréable. Comme vous n'êtes pas très bavards, je devine que vous avez besoin de réfléchir à ma proposition avant de prendre une décision. Je vais donc vous installer confortablement dans une de mes locations. Vous serez sous la surveillance de mon garde du corps, je vous déconseille d'envisager de vous échapper. Je viendrai vous rendre visite d'ici une heure et vous me ferez part de votre décision de coopérer ou non. À tout à l'heure mes agneaux.

87

— Qu'est-ce que j'ai envie de lui coller mon poing dans la gueule à cette espèce de connard en costume étriqué ! Vous avez vu comment il s'adressait à nous ? Il se payait clairement notre tête.

— Nathan calme-toi, il est armé et il a la gâchette facile. C'est lui qui a tiré sur ta mère il y a cinq ans.

— Je crois que nous n'avons pas d'autres choix que de coopérer. Je ne sais pas pour vous, mais personnellement, le « *séjour prolongé très désagréable* » ne me tente pas vraiment.

— Je t'avouerais que moi non plus Faustin. Papa, on s'en fiche pas mal de ce trésor, non ? On lui indique où il se trouve, il nous rend Maman et on se tire d'ici en vitesse. Qui est d'accord avec ça ?

— Le problème c'est que nous n'avons aucune garantie qu'il ne nous tue pas. Il est imprévisible, manipulateur et violent. Il faut garder un atout en main pour assurer notre retour en vie.

— J'ai des enfants et j'aimerais bien pouvoir finir de les élever.

— Ils ne vont quand même pas tuer cinq personnes, relativisa Nathan.

— Ils peuvent maquiller notre mort en accident, c'est assez facile avec toutes ces caves. Regarde j'ai moi-même failli y rester.

— Ce serait une mauvaise pub pour l'île et pour son hôtel. Il n'a pas besoin de se débarrasser de nous, nous ne sommes pas une menace, si nous allions à la police maintenant, ce serait notre parole contre celle de Joseph, nous n'aurions aucune preuve suffisante pour le faire inculper. En plus, si ça se trouve la police de l'île est corrompue, expliqua Lydia.

— On a quand même la photo de Maman ligotée, si ce n'est pas une preuve ça. Et nous pouvons tous les cinq témoigner contre lui.

— Nous ne sommes pas en France. Et il faudra encore prouver que c'était bien Joseph le corbeau et le ravisseur. Cela prendra du temps et là il y a urgence. C'est un flagrant délit qu'il nous faut. J'ai réussi à donner le téléphone de Joseph et la photo de Nelly au père de Dario. S'il fait le nécessaire, ils pourront le coincer et nous serons tirés d'affaires.

— Ce serait vraiment ce qui pourrait nous arriver de mieux, soupira Faustin.

— Ce serait effectivement une bonne porte de sortie mais on ne peut pas compter uniquement sur ça. Si le père de Dario ne fait rien, nous sommes coincés. Je vais leur dire où se cache le trésor, cela nous fera gagner du temps. Mais la monnaie d'échange contre Nelly et notre liberté, ce sera ce fameux téléphone. C'est la seule chose qui peut le faire trembler. En prison, son trésor ne lui sera d'aucune utilité.

88

Joseph pénétra dans la suite escorté de deux gardes du corps. Il marchait d'un pas lent, balayant du regard ses quatre otages. Il se dirigea vers le minibar, sortit une bouteille et se servit un verre de Whisky.

— Je peux vous offrir quelque chose ?

— Non merci, nous n'avons rien à célébrer.

— Pas encore mais cela va venir, vous êtes trop impatients. Avez-vous réfléchi ?

— Oui, je vais vous révéler où j'ai caché le trésor.

— Quelle bonne nouvelle ! Je lève mon verre à nos affaires.

Il avala le contenu d'une traite.

— Nous avons une offre à vous faire.

Paul avait été désigné comme le porte-parole du groupe.

— Tiens donc, vous prenez des initiatives, je suis tout à l'écoute.

— Je ne suis pas en état de marcher alors Nathan et Faustin vont vous conduire jusqu'à la cachette. Pendant ce temps, vous nous installerez, Lydia et moi-même, à l'aéroport avec les billets d'avion, sous la surveillance d'un de vos hommes. Je guiderai l'expédition par téléphone mais avant de la lancer, vous me permettrez de discuter en visio avec ma femme pour m'assurer qu'elle va bien. Une fois que vous aurez mis la main sur le trésor, je veux que vous libériez ma femme et que vous la déposiez aussi à l'aéroport pour honorer notre marché. Nous nous enregistrerons sur le vol. Ensuite vous déposerez, Nathan et Faustin et nous partirons tous.

— Ça me paraît être une proposition honnête. Paul nous venons de conclure l'affaire.

Il lui tendit la main. Paul lui serra avec beaucoup d'amertume mais ce n'était pas le moment d'adopter des airs de rebelles.

— Vous ne voulez toujours rien boire ?

— Non merci.

— Vous êtes horriblement sages.

— Comment peut-on se préparer à cette expédition ? Je suis tout excité à l'idée de cette chasse au trésor ! S'il y a besoin de matériel, je vous laisse transmettre la liste à mes hommes. Ils iront chercher l'équipement nécessaire. Pour ne pas se faire remarquer, nous commencerons légèrement avant le lever du soleil, c'est envisageable ?

— L'endroit se trouve à l'abri des regards, on peut s'y rendre à toute heure.

— Dites-moi Paul, vous êtes certain qu'il est toujours là ?

— Je ne suis pas allé vérifier depuis cinq ans mais il était extrêmement bien caché.

— Parfait. S'il ne s'y trouvait plus, notre marché serait caduc. Je vous propose de passer la fin de la journée à l'hôtel. Je préfère vous garder sous la main. Vous êtes mes invités, vous pouvez disposer de tout ce qui est à la carte du restaurant et vous relaxer au Spa. Mes hommes accompagneront chacun de vos déplacements au sein de l'établissement. Je vous souhaite un bon séjour. Si vous êtes satisfaits n'hésitez pas à laisser vos commentaires sur TripAdvisor.

Il quitta la suite dans un rire excentrique.

89

En fumant une cigarette, Miguel astiquait son fusil de chasse. Il le tenait de son père qui lui avait appris à s'en servir. Issu d'une lignée d'agriculteurs, gamin, il avait délaissé les bancs de l'école pour aider ses parents aux champs. Dans sa famille, on comptait sept bouches à nourrir : ses deux parents, ses trois frères, sa sœur et lui. Ils exploitaient des plantations de bananes et de cocotiers, possédaient également un potager ainsi que quelques animaux pour subvenir aux besoins quotidiens. Son père lui avait appris à se servir de ce fusil pour chasser les prédateurs des cultures et de leur élevage. Il était même devenu un excellent tireur. À sa mort, il lui avait confié l'arme comme un passage de témoin. En tant que fils aîné, il héritait des lourdes charges de protéger et de nourrir la famille.

Durant son adolescence, ses frères et lui travaillaient sous la direction de leur père et assuraient la récolte périlleuse des noix de coco. À la force de leurs bras juvéniles, ils soulevaient une longue canne en bambou sur laquelle était accrochée une serpe à l'extrémité. Il fallait être agile et puissant pour manier cet outil. Il s'était entraîné de longues années avant de manipuler la canne à la perfection. La noix de coco pouvant peser plus de deux kilos, il était nécessaire de se mettre rapidement à l'abri après les avoir coupées. Il se souvient encore du bruit des fruits tombant sur la terre. Lorsque les cocotiers étaient plus hauts que la canne, il grimpait pieds nus jusqu'à trente mètres au-dessus du sol pour décrocher les précieuses noix à l'aide de sa machette. Il les faisait ensuite descendre avec des cordes pour qu'elles ne s'explosent pas dans leur chute.

Il avait connu bien trop jeune la rudesse du travail, le maniement d'un fusil et les drames familiaux. Il avait perdu son plus jeune frère au cours d'une récolte. Le métier comportait beaucoup de risques, il savait combien l'argent gagné à la sueur de son front était précieux. Il rêvait d'un métier moins dangereux et moins physique. Sa sœur lui apprenait l'anglais, le soir, en revenant de l'école. Sa maîtresse n'était autre que la femme du propriétaire des terres qu'ils exploitaient et du hangar de transformation. Elle mettait un point d'honneur à enseigner l'anglais à ses élèves, dès leur plus jeune âge. Il espérait pouvoir vivre un jour du tourisme et côtoyer des Occidentaux, alors il apprenait rigoureusement les leçons de sa sœur.

Il nettoyait avec soin chaque pièce du fusil en pensant à ce qu'il s'apprêtait à faire. Ses mains tremblaient légèrement. Il se souvenait du jour où son deuxième frère avait trouvé la mort des suites d'une longue maladie. Il avait alors recueilli son fils au sein de sa famille, le gamin avait à peine huit ans. Sa mère avait été contrainte d'accepter un travail de femme de ménage sur une île voisine et ne pouvait plus s'occuper de ses enfants. Néanmoins, elle leur envoyait de l'argent tous les mois. Il avait élevé ce gosse comme son propre fils, donnant à chacun des enfants de la maison une éducation rigoureuse avec des valeurs d'entraide et de partage. Mais le gamin était égoïste et se croyait supérieur aux autres. Il ne voulait pas se tuer au travail comme l'avaient fait ses parents. Il estimait que la vie lui avait gâché son enfance mais qu'il comptait bien se rattraper une fois adulte. Adolescent, il lui avait donné beaucoup de fil à retordre. Il fuyait les bancs de l'école pour dérober les affaires des touristes. Ce qui lui faisait le plus mal au cœur c'est qu'il entraînait également son fils dans ses petites activités délinquantes. Avait-il manqué de la présence d'un homme à la maison, lui qui travaillait treize heures par jour ?

Il ouvrit le vieux placard qui renfermait tout ce qui devait être mis à l'écart des enfants. Posée sur l'étagère centrale, dormait la mallette poussiéreuse de son père. Il la plaça sur la table de la cuisine et fit sauter le verrou. Il étala les cartouches les unes à côté des autres afin de les inspecter. Il en inséra quatre dans sa poche et chargea son fusil.

90

Il faisait nuit. Enfermés dans leur prison de luxe, Faustin vidait le minibar, enfoncé dans un fauteuil du salon tandis que Paul dormait dans la suite parentale. Nathan et Lydia, partageaient la chambre conçue pour les enfants. Aménagée de deux lits simples, elle donnait sur un patio, dans lequel se trouvait une grande balançoire. Lydia s'était assise dessus et faisait de petits va-et-vient pour s'aérer. Nathan qui se tenait adossé au cadre de la porte, suivait son mouvement du regard.

— Nathan, j'appréhende demain.

— Moi aussi, cette île est en train de me rendre fou. Je crois que je vais me pendre avec les cordes de ta balançoire pour ne pas avoir à vivre cela.

— Suicide-toi plutôt avec la taie de traversin. Comment je vais occuper le reste de ma soirée si tu casses mon seul jouet ?

— Pour nos potentielles dernières heures, je suis certain qu'on pourrait trouver mieux à faire que de se suicider ou faire de la balançoire.

— C'est vrai ça...

Nathan se positionna devant Lydia et arrêta son mouvement.

— J'ai l'impression que notre relation est un peu comme le va-et-vient de ce manège.

— Je ne suis pas certaine de comprendre Nathan.

— Regarde, je vais te montrer.

Il poussa pour envoyer la jeune femme dans les airs. À chaque fois qu'elle revenait à son niveau, il la relançait. Lydia le laissait dérouler sa démonstration sans l'interrompre.

— On se rapproche, jusqu'à se frôler puis on s'éloigne, puis on se rapproche de nouveau et on s'éloigne encore. Tu saisis le concept ?

— Je commence doucement...

— Depuis quelques jours, j'y pense et je m'interroge par rapport à ce jeu d'allers et de retours entre nous. Pas toi ?

— Je te mentirais, si je te répondais non. Est-ce que je peux t'apporter des réponses ?

— C'est bien possible. En fait, je n'ai qu'une simple question à te formuler.

Il saisit l'assise en bois de la balançoire et l'attira jusqu'à lui. Les cordelettes enroulées autour de ses doigts, il pencha son visage au-dessus de celui de Lydia. Ses yeux plongèrent dans l'âme de la jeune femme. Ils se contemplèrent de longues secondes, savourant l'instant en suspension. Lydia sentait des frissons parcourir tout le long de son dos. L'assurance soudaine de Nathan, le rendait encore plus séduisant. Immobilisée entre la balançoire et le corps du jeune homme, elle se consumait en attendant la fameuse question.

Nathan prit une voix douce pour murmurer ces quelques mots à l'oreille de Lydia :

— As-tu envie que je laisse repartir cette balançoire ?

Par un mouvement de tête, elle lui communiqua sa réponse. Nathan bascula son visage pour atteindre lentement les lèvres de Lydia. Ils s'embrassèrent sans aucune modération, l'abus de baisers n'étant pas dangereux pour la santé. Leurs deux bouches ne se décollaient que pour partager un sourire ou reprendre un peu de souffle.

— On dirait que tu t'es pris dans les filets de la petite sirène, grand ours sauvage.

— Tu n'es pas une sirène, je t'ai entendu chanter sous la douche, c'est une catastrophe !

Lydia entama une berceuse mélodieuse, descendit de son perchoir et attira Nathan en direction de leur chambre.

— Je te préviens, j'ai des principes, je ne couche jamais le premier soir. Et même si on me chante une chanson !

91

Cueillis au saut du lit par deux gorilles peu aimables, ils se préparaient à affronter une des plus terrifiantes journées de leur vie. Nathan enlaça Lydia avant le départ chacun de leur côté.

— Je ne sais pas comment les événements vont se dérouler, mais si on ne s'en sort pas, sache que j'aurais passé des moments très agréables auprès de toi et de ta folie douce. Et puis si par miracle on s'en sort, j'ai très envie qu'on en partage encore de nombreux tous les deux.

— C'est une demande en mariage ?

— Euh... là tu t'emballes !

— Non, je sais qu'on se mariera un jour toi et moi et tu sais pourquoi ?

— Dis-le-moi.

— Parce que je détiens la love potion et que tu ne peux pas lutter contre ça.

— Tu ne voudrais pas en faire boire un peu aux deux molosses devant la porte. Peut-être qu'ils tomberaient subitement amoureux l'un de l'autre et pendant qu'ils se feraient des bisous dans le jacuzzi, on pourrait s'enfuir en douce.

— C'est un bien meilleur plan que celui de ton père mais ma potion est restée dans ma chambre.

— Attends, je rentre en connexion spirituelle avec un macaque et je lui demande qu'il nous la rapporte immédiatement contre un forfait open bananes à l'hôtel Coral blue. Il ne va pas pouvoir refuser l'offre.

Nathan se tenait assis sur le lit, torse nu, les doigts sur

les tempes. Il était terriblement drôle et sexy en pleine communication avec monsieur macaque, notre sauveur. Lydia rêvait de lui subtiliser le reste de ses vêtements et de passer la journée entière avec lui. Elle le masserait avec la potion d'amour pour qu'il soit fou d'elle pour toujours. Même dans une situation dramatique leur complicité et leur joie d'être ensemble, restaient intactes. Aucun truand ne pouvait s'emparer du lien qui les unissait.

— C'est bon, le macaque a accepté la proposition, on est sauvé !

Ils sautaient tous les deux sur les lits comme deux enfants attardés. Paul passa une tête dans la chambre en entendant le barouf qui en émergeait.

— Vous faites une bataille de polochons à trente-cinq ans ? Qu'est-ce que j'ai loupé dans ton éducation ?

— Papa, tu as été un père parfait !

Et il lui balança l'oreiller en pleine tête.

— Je ne peux pas riposter ! C'est une bagarre injuste ! Attends un peu que ton vieux père soit rétabli. Bon, trêve de plaisanterie, Nathan peux-tu venir quelques instants que je t'explique où se trouve le pactole même si je le ferai aussi par téléphone. J'aimerais aussi te serrer dans mes bras avant que les malabars ne nous embarquent.

92

L'hostile homme de main de Joseph tendit le téléphone à Paul, la visio était en cours. Il pouvait voir Nelly assise sur sa chaise, au milieu d'un lieu quasi vide et très obscur. Elle paraissait inquiète et désorientée mais ne semblait pas avoir subi de sévices.

— Nelly, ma chérie, tu vas bien ?

— Paul, je ne comprends rien à ce qu'il se passe. Joseph m'a conduite ici au lieu de m'accompagner au restaurant et il m'a séquestrée.

— Ne t'en fais pas, nous aurons tout le temps pour un autre dîner. Ce restaurant n'était pas terrible, je t'emmènerai dans quelque chose de bien mieux. Ils ne t'ont pas fait de mal ?

— Non, mais le décor est sinistre. Où tu es toi ?

— À l'aéroport, je règle une affaire et je t'attends pour le décollage.

— Abrège Papy. Tu as vu que Mamie était en bonne santé, on va devoir changer d'interlocuteur à présent.

— Nelly, nous allons être coupés, à tout à l'heure.

Le malabar lui arracha le téléphone des mains. Il composa un nouveau numéro et lui rendit l'appareil.

— Paul c'est Joseph, tout se passe bien ? Vous avez pu parler à votre femme ?

— Oui, c'était bref mais j'ai pu la voir.

— Il s'agissait d'une mise en bouche avant les retrouvailles pour l'éternité. Cessez d'en vouloir toujours trop. « *Tout vient à point à qui sait attendre* », n'est-ce pas un proverbe de chez vous ?

— Oui oui, nous parlerons culture une autre fois. Où en êtes-vous ?

— Nous sommes devant l'entrée d'une grotte.

— Parfait, Nathan connaît les indications pour la suite. Je vous conseille de descendre à trois personnes pour faire le travail, la caverne est difficile d'accès, il y a beaucoup de galeries immergées dans l'eau boueuse et de grands risques d'éboulements.

— Bien reçu, je désigne trois volontaires et je vous recontacte quand ils seront ressortis avec mon or. À tout à l'heure mon chou ! Pense à t'acheter quelques souvenirs à mes frais avant le départ.

93

Son bon vieux Pick-up ronronnait encore comme un chat. Il avait appartenu à Monsieur Hoffman. Lorsque lui et sa femme décidèrent de quitter l'île pour rejoindre leur Allemagne natale, ils lui offrirent le 4x4 en guise de remerciements de ses bons et loyaux services sur l'exploitation. Miguel avait appris à conduire sur ce tas de ferraille et depuis il lui avait rendu bien des services.

Cette route, il la connaissait par cœur. Combien de fois l'avait-il empruntée avec sa famille. Sa mère travaillait dans le hangar avec d'autres femmes de l'île. Elles coupaient, pelaient et pressaient les noix de coco encore fraîches pour en extraire le précieux nectar. Monsieur Hoffman commercialisait l'huile de coco à destination de l'Allemagne. Il avait quitté Siquijor en 1980 mais n'avait pas vendu la plantation. Il espérait que ses enfants reprennent l'affaire, mais personne n'avait jamais remis les pieds sur le site depuis presque quarante ans. Le hangar gisait en ruine, partiellement envahi par la végétation. Au début, les enfants du village en avaient fait leur terrain de jeux secret. Il s'y déroulait des parties de cache-cache géantes, des jeux de course-poursuite entre policiers et bandits. Puis en grandissant, ces mêmes enfants y organisaient de temps à autre des soirées clandestines. On y écoutait de la musique, on s'exerçait à l'art de rue, on venait y jouer aux cartes. Mais depuis une dizaine d'années, plus personne ne venait ici. Le site était devenu bien trop dangereux.

La dernière fois qu'il s'y était rendu, c'était pour aller chercher son fils. Il avait découvert qu'il y planquait avec son cousin, les butins dérobés aux touristes. Il l'avait ramené à la maison par la peau des fesses, lui avait flanqué la raclée de sa vie et l'avait enfermé dans sa chambre une semaine, avec pour seule distraction des livres pour apprendre l'anglais.

Le Pick-up grinçait à chaque relief qu'il rencontrait sur la route. Cette vieille carcasse avait besoin de quelques travaux d'entretien mais il avait de plus en plus de mal à se procurer les pièces et ses doigts bourrés d'arthrose l'empêchaient de bricoler convenablement.

Il jeta un œil au fusil de son père, posé sur le siège passager. Il priait pour ne pas avoir à s'en servir aujourd'hui mais s'il fallait, il irait jusqu'au bout. Il n'avait plus rien à perdre. Ce merdeux lui menait la vie dure depuis vingt ans. Il n'avait qu'une envie : lui filer la raclée qu'il méritait depuis bien longtemps.

La route goudronnée s'arrêtait là. Il lui restait à emprunter la piste en piteux état pour atteindre le site. Il s'engagea.

94

Il y avait toujours quelque chose à extraire de cette grotte. La première fois c'était Paul et à présent un sac de monnaie et de vaisselle d'un autre siècle. Faustin et Nathan n'avaient plus qu'à se reconvertir en guide, ils commençaient à connaître par cœur cette maudite caverne et avaient un tas d'histoires à conter à son sujet. Un des molosses de Joseph était descendu avec eux pour les accompagner dans cette chasse au trésor. Le gaillard semblait plus à l'aise en costume, un revolver à la ceinture, que sous terre. Il peinait dans sa progression. Joseph lui avait forcé la main alors qu'il souffrait de claustrophobie. Nathan et Faustin attendaient le moment où il devrait passer dans le tunnel pour se payer un peu sa tête, c'était de bonne guerre.

Progressant avec de l'eau jusqu'à la taille, tous deux savaient qu'ils vivaient leurs derniers instants en sécurité. Ils étaient les héros sur qui comptait Joseph pour s'enrichir. Mais une fois qu'il tiendrait entre ses mains l'objet de sa convoitise, qu'adviendrait-il de leur sort ?

Nathan prit sa respiration avant de se faufiler dans le tunnel.

— C'est bon pour moi, donne le top départ au malabar !

— Il refuse de passer de l'autre côté.

— Il n'a pas le choix, sinon on ne pourra pas sortir ce foutu trésor. Dis-lui de faire une première plongée pour repérer l'orifice. Ensuite il n'aura qu'à suivre la corde, je le récupérerai de l'autre côté.

— Il tremble comme une feuille.

— Fais-le respirer calmement. Tu n'as pas un sucre avec de l'alcool comme l'autre fois ?

— Malheureusement non. On ne peut pas se débrouiller sans lui ?

— Non, si le trésor nous échappe des mains pendant l'extraction et qu'il s'éparpille au fond, dans le sol boueux, on ne le récupérera jamais. On a de l'eau jusqu'aux épaules dans cette partie de la caverne, tu te souviens ?

— Comme si c'était hier.

— Qu'est-ce qu'il fabrique là ?

— Il respire, il essaye de retrouver ses esprits. Il me fait signe, c'est bon, il va se lancer.

— OK je le réceptionne.

Le colosse claustrophobe plongea et remonta aussitôt. La première tentative était infructueuse. Il s'agitait trop pour pouvoir traverser. Il retenta sa chance, une fois, deux fois, trois fois... Il n'y parvenait pas.

— Écoute, on va essayer autrement. Je vais plonger et tu vas attraper mon pied. Tu ne le lâches pas et tu te laisses glisser jusque de l'autre côté. Tu es prêt mec ?

Il acquiesça. Faustin prit une profonde inspiration et descendit. Il resta volontairement quelques secondes immergé sous le tunnel, laissant le temps au garde du corps de saisir son pied. Lorsqu'il sentit la pression sur son talon droit il se hissa.

Le malabar avait lâché prise en cours de route. Il n'était pas passé mais il n'était pas ressorti de l'autre côté non plus. Nathan et Faustin observaient l'eau trouble, espérant le voir surgir. Des bulles se formaient en surface.

— Merde, il est coincé dans le tunnel.

— Comment il a fait son compte cet abruti ?

— La galerie est assez étroite, il est plus costaud que nous, il doit être bloqué au niveau de la taille.

Nathan plongea et tâtonna le fond. L'homme s'agitait, il

était bien coincé.

— Descends vite avec moi Faustin, il faut le hisser, il est en train de se noyer.

— Si on le tire de ce côté, il sera incapable de franchir l'obstacle à nouveau. Il faut le pousser.

— OK allons-y maintenant sinon il va y passer.

Ils plongèrent en cœur et poussèrent de toutes leurs forces sur les bras du molosse sandwich.

— C'est bon, il est débloqué mais je crois qu'il ne bouge plus. Je repasse de l'autre côté avec lui, suis-moi !

Ils remontèrent le corps à la surface. Son visage était rouge, presque bleu, il était inconscient. Ils le hissèrent sur une pierre hors de l'eau.

— Il respire.

— Vous nous entendez ? Monsieur le méchant allô ? Répondez-nous, est-ce que vous êtes là ?

Le noyé se mit à tousser puis à respirer bruyamment.

— Ça va mieux ?

— Qu'est-ce qu'il s'est passé ?

— Vous êtes resté coincé dans le tunnel, on a dû vous pousser de l'autre côté. Vous êtes tombé dans les pommes quelques secondes.

Il regardait autour de lui, comme s'il vivait un cauchemar.

— Qu'est-ce qu'on fout là ?

— On est descendu chercher le trésor pour Joseph, vous ne vous souvenez plus ?

— Si si c'est bon, ça me revient. Merci les gars. Vous n'étiez pas obligés de me sauver la vie. Je ne l'aurais pas fait pour vous.

On va retourner de l'autre côté tous les deux et sortir le butin. Vous nous attendez ici, OK ?

— OK je ne vais pas bouger, vous pouvez me faire confiance.

— C'est reparti Faustin. On fera ce qu'on peut, si une partie du butin tombe à l'eau, on s'en fout, l'important c'est de ressortir de ce trou vivant, avec quelques pièces à lui donner. De toute façon, il ne sait pas ce qu'il reste dans cette grotte. Et si ça le chante, il n'aura qu'à se débrouiller comme un grand pour aller chercher le reste !

Le jeune homme, debout sur les épaules de Faustin cherchait la cavité. Paul l'avait obstruée avec une pierre afin de la rendre la plus discrète possible et la moins accessible. Nathan peinait à trouver son équilibre, d'autant que Faustin vacillait sous son poids. Il repéra la roche oscillante et tenta de la dégager en douceur, mais l'exercice était périlleux. Il ne fallait ni tomber ni la faire rouler sur Faustin. Il réussit à la faire basculer dans l'eau sans dommage collatéral. Nathan glissa son bras à l'intérieur de la paroi et sentit quelque chose d'à la fois souple et solide. On aurait dit un sac en toile de jute. Il l'empoigna fermement et le tira hors de son piège rocailleux.

— Faustin, on l'a ! On a réussi !

— Si seulement c'était le prix de notre liberté et non le début de la fin.

— On va s'en sortir Faustin, on ne peut pas crever ici, ce n'est pas notre destin. Le sac est bien fermé, je vais sauter dans l'eau avec.

95

Le halo de lumière ne se trouvait plus qu'à quelques dizaines de mètres. L'issue était proche. Ils marchaient d'un pas modéré, ne sachant pas ce qui les attendrait une fois dehors. Ils trempaient dans cette eau boueuse depuis plus d'une heure. L'envie de se mettre au sec et de revoir la lumière naturelle était forte, aussi forte que la peur de sortir de cette zone sécurisante.

— Les gars attendez, Joseph ne va pas vous laisser sortir d'ici vivants.

— Comment ça ?

Le visage de Nathan se trouvait déformé par la haine et la terreur.

— Le plan c'est que je ressorte le premier avec le sac, ensuite Joseph retirera la corde, fera exploser une dynamite et vous mourrez ensevelis ou prisonniers de cette caverne. Comme vous m'avez sauvé la vie, je me devais de vous prévenir.

— Attends, maintenant que tu nous as dit ça, je n'ai plus vraiment envie de me diriger vers la sortie.

Nathan stoppa net la progression du groupe.

— Qu'est-ce qu'on a comme options, on ne peut pas rester terrer là des jours ?

Faustin commençait à perdre ses moyens.

— Il faudrait trouver une issue de secours.

— Ben voyons, on a qu'à suivre les panneaux verts lumineux, tu sais ceux où il y a le bonhomme blanc qui court dessus.

— Je ne suis pas d'humeur à plaisanter Faustin, on doit

trouver une solution en vitesse. Je ne compte pas crever comme un chien dans ce trou pendant que l'autre abruti savourera sa victoire et dépensera son sale pognon.

— Moi non plus, j'ai deux gosses et cette histoire ne me concerne aucunement. Deux fois que je risque ma vie dans cet endroit lugubre, je commence vraiment à en avoir assez.

— Mec, le sac est plein d'or. Si tu nous aides à sortir de ce trou en vie, tu peux toucher ta part. Joseph ne sait pas ce qu'il y a dans le sac, seuls Faustin et moi sommes au courant. ça te dirait d'avoir aussi la grande vie plutôt que d'être le larbin d'un type plein aux as ?

— Joseph me paie convenablement.

— Oui mais ça ne te permet pas de réaliser tes rêves. Avec cet or, tout te serait accessible.

— Si Joseph découvre que je l'ai doublé, il me tuera.

— Joseph ne va pas tarder à être coffré pour un meurtre qu'il a commis il y a trois ans, les preuves sont en cours d'acheminement. Tu vas bientôt perdre ton emploi, il faut que tu assures ton avenir.

— Pourquoi je vous ferais confiance ? Qui me dit que vous ne me racontez pas un tas de conneries pour sauver votre peau ?

— Tu te souviens du type qui a été buté sur une barque ?

— Oui, c'est Dario qui a fait le coup, Joseph n'a rien à voir là-dedans.

— C'est là que tu te trompes, Dario paye pour Joseph. On en a la preuve.

— Vous êtes des saloperies de flics ?

— Non, on a seulement rencontré Dario lorsqu'on recherchait notre mère, Nelly.

— Je connais bien Dario, il est comme un frère pour moi. Et Joseph et Dario aussi, pourquoi il lui aurait fait ça ?

— Parce que Joseph avait tout perdu au jeu et qu'il était menacé. Il s'en est tiré en butant son maître chanteur et en faisant porter le chapeau à son cousin. Va rendre visite à Dario si tu ne me crois pas.

Nathan avait réussi à semer le doute dans l'esprit du garde du corps. Les décisions qui allaient se prendre dans les secondes à venir pouvaient bouleverser leurs destins.

96

— Vous en avez mis du temps, elle est si grande que ça cette foutue caverne ?

— Patron, c'est pire que des galeries de souris là-dedans.

— Vous avez trouvé le butin ?

— Oui, on a mis la main dessus.

Les yeux de Joseph s'illuminèrent d'un subtil mélange de joie et de vice.

— Balance-moi le sac et sors de là.

— On n'a pas pu le remonter. Il y a eu un éboulement et le sac est resté coincé dessous. Il faut des outils pour le dégager, expliqua Nathan.

— Vous vous foutez de ma gueule ?

— Non, il dit vrai Joseph. Regarde, on a sauvé ce vase avant que ça s'écoule. Il y en a au moins trois comme cela, des centaines de pièces de monnaie et des assiettes. Je n'ai jamais vu autant d'or de ma vie.

— Toi, remonte avec le vase. Vous, vous restez à l'intérieur. Tu vas aller chercher des outils dans l'atelier de l'hôtel et tu reviens en vitesse. Moi je garde ces deux-là à l'œil. Magne-toi ! Il faut récupérer le sac avant la tombée de la nuit.

— Joseph, l'intérieur de la cave est inondé, on ne peut pas rester dans l'eau éternellement, laisse-nous sortir, quémanda Nathan.

— Soit, j'accède à votre requête, sortez, vous y retournerez bien assez vite.

97

Il stationna son Pick-up un peu à l'écart de la piste. Le fusil à l'épaule, il entama l'ascension jusqu'au hangar. Il ressentait la raideur de la côte dans ses jambes frêles. Le vent de face faisait pression contre son corps, ses vingt ans se trouvaient bien loin, il devait s'arrêter régulièrement pour reprendre son souffle. Lui qui avait grimpé aux arbres toutes les matinées de sa jeunesse, peinait face à un sentier pentu. Ce n'était pas seulement le fait de l'âge, les deux paquets de cigarettes consommés quotidiennement n'avaient rien arrangé.

Une voiture attendait garée devant le hangar. La femme européenne était placée sous surveillance, mais il avait cet avantage de connaître les lieux mieux que quiconque. Il passa par-derrière pour atteindre l'étage, il jouirait ainsi d'une vue aérienne sur la prise d'otage. Il prenait un gros risque en empruntant cet accès. L'escalier et les tôles étaient dans un état de corrosion très avancé. À chacun de ses pas, tout pouvait s'effondrer. La météo lui conférait un avantage. Le vent s'était levé et une averse s'amorçait. Une vieille poulie se balançait en grinçant au gré des rafales tandis que la pluie martelait les restes de la toiture. Les courants d'air sifflaient à l'intérieur du vieil atelier en ruine. Ce vacarme lui servait de couverture pour ses déplacements.

À plat ventre, sur les quelques lames encore en place du plancher, il jeta un œil discret au niveau inférieur. La vieille femme était ligotée par les pieds à la chaise sur laquelle elle se tenait assise. Emmitouflée dans une couverture, elle lisait le journal. Son garde du corps se tenait à sa droite, en retrait. Il jouait sur son smartphone. À chaque victoire, le téléphone le gratifiait d'une mélodie triomphante faisant naître systématiquement un sourire de satisfaction sur son visage.

Deux options se profilaient dans son esprit : lui tirer une balle en pleine tête ou l'assommer en faisant choir un morceau d'engrenage qui traînait encore à l'étage. Il considéra les deux solutions et choisit la seconde, lui laissant encore la première en cas d'échec.

L'homme se leva en entendant la pièce métallique racler le sol avant de la recevoir en plein sur la nuque et de s'effondrer. Nelly poussa un cri d'effroi.

— N'ayez pas peur Madame, je viens vous aider.

— De grâce sortez-moi de là, cet homme me terrifie.

Il descendit la rejoindre. Il écarta de son pied l'arme à feu du garde-corps puis le ligota contre l'ancienne presse. L'homme était inconscient.

— Il ne pourra plus vous faire de mal désormais. Est-ce que Joseph vient vous rendre visite ?

— Non, c'est lui qui m'a emmené ici mais ensuite, son garde du corps a pris le relais et il n'est jamais revenu. Joseph détient mon mari en otage à l'aéroport. Pouvez-vous me détacher ? Les liens me font terriblement mal.

— Je vais prévenir la police pour qu'ils viennent vous secourir.

Il quitta le hangar.

— Ne me laissez pas là pour l'amour du ciel ! Monsieur, revenez !

Ses cris implorants s'évanouissaient dans les hauteurs du vieux bâtiment délabré, sans écho en retour.

98

Le malabar était revenu, des outils plein les mains. La perspective de descendre à nouveau dans la grotte humide ne réjouissait pas Nathan et Faustin. Épuisés physiquement et nerveusement, ils grelottaient plantés dans leurs vêtements gorgés d'eau. Sans nouvelles des autres, le stress les rongeait petit à petit. Le téléphone de Joseph sonna, leur laissant quelques secondes de répit.

— Allô... Oui c'est moi... Mais qui est à l'appareil ? ... Que je me rende personnellement au hangar ? Je suis occupé, que se passe-t-il ? ... OK je vais pouvoir me libérer.

— Patron, un problème ?

— Il y a du grabuge au hangar, je vais devoir aller régler ça moi-même. Est-ce que tu te sens capable de me garder ces deux-là ? Tu restes à l'entrée avec le flingue pendant qu'ils vont redescendre récupérer les pièces. Tu ne bouges sous aucun prétexte. Si je ne suis toujours pas de retour à leur sortie, vous rentrez tous les trois à l'hôtel. C'est clair ?

— Absolument Joseph.

— Tu m'appelles pour me tenir informé. S'ils font les malins, tu n'hésites pas à leur tirer dans les jambes. Mais je sens qu'ils vont être sages comme des images.

— Est-ce que ma mère va bien ?

— Ne vous inquiétez pas pour elle, finissez le job et ce soir votre petite famille parfaite sera réunie.

Il leur adressa un regard dénué de sentiment et empreint de folie dominatrice. Malgré l'apparente assise de sa puissance et sa maîtrise quasi parfaite, Joseph était nerveux et agacé. Il s'agitait, tournait en rond tel un lion en cage et se grattait frénétiquement le cuir chevelu. Ses plans ne se déroulaient pas comme il l'avait escompté, il perdait le contrôle de la situation.

Il quitta les lieux, les laissant en tête à tête avec le malabar claustrophobe.

— Vous avez entendu le patron? Vous retournez là-dedans avec les outils et vous ressortez avec le sac.

— Est-ce que notre accord tient toujours?

— Je vous ai déjà sauvé la mise tout à l'heure avec cette histoire d'éboulement. On poursuivra nos discussions quand vous serez de retour, en fonction de ce que contient le sac et de comment les événements tournent. En attendant, magnez-vous car si Joseph se pointe avant votre sortie, aucune négociation entre nous ne sera possible.

Nathan et Faustin n'étaient pas en position de force pour exiger quoique ce soit de la part du garde armé. Ils descendirent une nouvelle fois dans cet enfer humide, en espérant que l'appât du gain aurait raison du fidèle serviteur de Joseph et qu'il basculerait de leur côté.

99

La police pénétra dans l'aéroport. Les deux gardiens de la paix en uniforme balayaient du regard tout le hall. Leur présence apaisa Paul et Lydia qui mourraient d'envie de leur faire un signe discret et priait intérieurement pour qu'ils soient à leur recherche. Le garde du corps se rapprocha de Paul et lui chuchota.

— Lève-toi Papy avec ta fille, on va bouger de là. Suivez-moi sans faire d'histoires vers les toilettes.

— Nous n'avons pas besoin d'aller aux cabinets, merci, mais vous pouvez aller faire vos besoins sans nous, nous vous attendrons sagement.

— Très drôle, ne te fous pas de ma gueule Pépé, tu m'as très bien compris. Levez-vous et fissa.

Il lui enfonça le canon du pistolet dans les côtes. Paul ne bougeait pas, voyant que les deux policiers se dirigeaient dans leur direction. Le garde du corps rangea son arme et s'écarta.

— Bonjour Monsieur, veuillez-nous suivre, s'il vous plaît. Nous allons procéder à un contrôle d'identité.

— Avec plaisir, est-ce que ma fille peut m'accompagner ? J'ai le pied cassé, elle m'aide à me déplacer.

— Bien évidemment, nous allons tous nous installer dans le bureau derrière le comptoir.

Le malabar s'était mis à l'écart dans la plus grande discrétion. Il se cachait derrière un journal à l'entrée du kiosque. Il n'avait pas d'autre choix que de laisser Paul et Lydia partir avec la police, mais il gardait un œil sur eux.

Confinés dans le minuscule bureau de l'aéroport, Paul et

Lydia se sentaient désormais en sécurité.

— Nous avons reçu un appel anonyme, nous signalant qu'un homme européen d'environ soixante-quinze ans était retenu en otage à l'aéroport. Comme vous nous sembliez correspondre au profil, nous sommes venus vers vous.

— Vous avez vu dans le mil. Nous étions accompagnés d'un grand costaud armé, il est parti se réfugier dans le kiosque à journaux quand vous êtes arrivés. Il agit pour le compte d'un certain Joseph, le patron de l'hôtel Coral Blue. Il tient aussi mon fils, ma femme et un ami en otage.

— Pour quelles raisons vous ont-ils enlevés ?

— Pour de l'argent, ils nous rackettent.

— Pour votre femme, nous avons aussi reçu un appel anonyme. Une autre équipe est en route pour la récupérer dans un ancien hangar de transformation.

— Dieu merci, notre cauchemar est en train de prendre fin. Et pour mon fils ?

— Je regrette, personne ne nous a parlé de votre fils. Vous savez où Joseph le retient prisonnier ?

— Bien sûr, je peux vous y conduire.

100

Il roulait comme un forcené, jetant un œil toutes les trente secondes à son téléphone. Son imposante voiture noire aux pneus disproportionnés ne cessait de sortir de la route pour s'embourber dans le bas-côté, propulsant des gerbes d'eau boueuses à tout va. Quelqu'un compromettait ses plans. Qui était cet homme à la voix grimée qui s'était emparé de son otage ? Après quel but courrait-il ?

Joseph ne se déplaçait jamais seul, craignant ses ennemis. Pour assurer sa protection, il s'offrait les services permanents de trois gardes du corps mais ils se trouvaient tous en mission. Cet or lui était monté à la tête, laissant pénétrer la désorganisation dans sa vie habituellement réglée comme une horloge suisse. Le téléphone sonna, le nom du garde du corps en poste à l'aéroport clignotait sur l'écran.

— Joe, je t'écoute.

— Boss, la police a embarqué le vieux et la fille. Je n'ai rien pu faire.

— Ce n'est pas possible, je rémunère une bande d'incapables ! Appelle tout de suite Kalyane, ordonne-lui de faire sortir les deux derniers otages de la grotte. Tu les rejoins et vous filez en vitesse vous planquer dans la montagne. Le vieux risque de conduire les flics à la caverne. Je dois monter au hangar, un type a trouvé Nelly et me fait chanter. Je vais lui régler son compte et je vous retrouve là-haut. L'hôtel n'est plus sûr, les flics vont débarquer.

Il enfonça son pied sur la pédale d'accélérateur, les pneus crissèrent. Joseph et son puissant 4x4 ébène avalaient les derniers kilomètres de piste dans un bruit de moteur vrombissant.

Devant les portes, il tira violemment sur le frein à main. Encore assis au volant, il fit sauter le cran de sûreté de son pistolet. Tel un chien enragé, la bave lui dégoulinait presque des gencives. La haine avait pris possession de son cerveau déséquilibré. Il posa pied à terre, sa respiration haletante provoquait un nuage de vapeur ardente devant son visage. Il referma bruyamment la portière, chacun de ses gestes était appuyé pour que l'homme qui avait osé le provoquer l'entende arriver d'un pas assuré. Il n'avait pas peur, il se présentait à découvert, déterminé à se faire respecter.

Son visage positionné dans la faille des portes du hangar, il tentait d'entrevoir ce qu'il se passait à l'intérieur. Dans son champ visuel, se tenait un espace désertique. Dans sa frénétique course, il n'avait même pas remarqué le vieux pick-up rouillé stationné aux abords de la piste. Les mains sur les poignées, il ouvrit les deux portes simultanément et se présenta au milieu de l'atelier. Il tira en l'air pour s'annoncer. Il ne reçut pour réponse qu'un silence méprisant.

— Où es-tu ? Tu grimes ta voix, tu te caches, je n'ai pas vraiment le temps de jouer aux devinettes ! Je suis un homme d'affaires moi !

Un cliquetis fendit le calme puis fut suivi par un puissant grincement. Joseph leva la tête et vit déferler sur lui une énorme poulie rouillée suspendue à une longue chaîne en acier. Il la reçut en plein dans l'abdomen et fut projeté violemment contre le mur de béton.

101

— Les gars, sortez de là en vitesse !

Le malabar s'égosillait à l'entrée.

— Nathan, tu l'as entendu comme moi ?

— Il faut rentrer, il faut sortir, ils vont finir par me rendre fou. Qu'est-ce qu'il se passe à ton avis ?

— Je n'en sais fichtre rien. Joseph est parti. Le garde est tout seul à l'entrée et il ne peut pas descendre nous chercher.

— À part s'ils font sauter l'entrée de la caverne, on n'a pas vraiment intérêt à sortir. On reste et on attend de voir ce qu'il se passe.

— S'il fait tout péter et qu'on crève là ? Je ne sais pas si je suis prêt à prendre le risque.

— Pas de panique, on a de l'oxygène, de la lumière et surtout des outils. S'il balance la dynamite, on aura une chance de déblayer l'accès.

— Je suis en train de paniquer, je n'arrive plus à réfléchir, Nathan je suis à bout.

— Oh, oh ! Calme-toi. Si on sort et qu'on lui donne le sac, on se condamne. Si on sort et qu'on laisse le sac, ces gars viendront le récupérer assez tôt puis nous éliminerons. S'il nous demande d'évacuer, ce n'est pas pour nos beaux yeux, il se trame quelque chose.

— Vous m'entendez ? Sortez, Joseph m'a ordonné de faire tout péter ! Je vous laisse une chance de vivre mais il faut la saisir maintenant ! Je vais compter jusqu'à dix, si je ne vous vois pas revenir, j'exécuterai les ordres.

— C'est du putain de bluff Faustin.

— Désolé mec, je ne te suis pas sur ce coup.

— 10

— On arrive !

— 9

Faustin démarra sa course vers la sortie. Nathan se lança à ses trousses et bondit sur lui le faisant trébucher dans l'eau.

— 8

— Laisse-moi sortir Nathan, chacun est libre de ses choix. Tu ne peux pas me retenir ici par la force.

— Je t'empêche de faire une connerie, tu me remercieras dans quelques heures. Ils vont te buter si tu sors de là.

— 7, qu'est-ce que vous foutez ?

Faustin envoya un crochet du droit à Nathan qui riposta en plaquant le manche de la pioche contre son cou, l'immobilisant contre la paroi rocheuse.

— Faustin arrête, on ne va pas se battre ! On forme une équipe toi et moi. Fais-moi confiance, jusqu'ici on s'en est bien sorti. Raisonne-toi, bon sang !

— 6

Faustin lui envoya un coup de pied dans l'estomac. Nathan commença à voir rouge et sauta à la gorge de son partenaire récalcitrant. Ses quinze ans de moins et les quelques cours de boxe qu'il avait pris lui attribuaient un avantage certain sur celui qui était devenu son adversaire pour les quelques secondes à venir. Il devait le maîtriser le temps du décompte pour lui prouver qu'il ne s'agissait que d'une grotesque mise en scène. Mais Nathan n'en était pas complètement convaincu non plus, il subsistait une grande part de risque. Il pariait sur le fait que Joseph ne pouvait pas les enterrer vivants avec le trésor, cette stratégie lui paraissait totalement stupide. Sa décision était prise, Faustin et lui resteraient là. Il lui enfonça la tête sous l'eau.

— 3,2,1...

Faustin refit surface en inspirant à plein poumons.

— Le décompte est terminé, c'était du bluff. Ils n'ont rien fait sauter.

Encore sous le choc de sa bagarre avec Nathan, Faustin ne répondit pas. Son visage restait fermé, ses poings serrés. Lassé, épuisé, rempli de doutes et envahi par le désespoir, les mots ne sortaient plus tandis que les larmes montaient. La coupe était pleine.

— Pardonne-moi, tu n'étais plus rationnel, j'ai juste voulu nous donner une chance de sortir de là en vie.

Le silence régnait en maître, interrompu ponctuellement par le goutte-à-goutte. Ce calme s'avérait plutôt rassurant : pas d'explosion, ni de nouvelle requête de la part du malabar. Faustin et Nathan demeuraient quand même en sursis. Tapis dans leur tanière, ils laissaient le temps s'écouler, à l'affût du moindre bruit.

— Police ! Est-ce qu'il y a quelqu'un dans cette caverne ?

— Nathan, Faustin c'est Lydia, est-ce que vous êtes là ?

Faustin fondit en larmes. Nathan le pressa contre lui l'entourant fraternellement de son bras droit. Le visage dans son épaule, il étouffa un remerciement entre deux sanglots.

— On est là Lydia ! Tout va bien, on arrive !

— Vous êtes en vie ! Je suis tellement heureuse de vous entendre, remontez vite les garçons.

102

Sonné contre le mur de béton froid, Joseph tenait fermement son arme dans la main droite. Sa vision était trouble. Il commença à gesticuler, tentant de se relever, mais la douleur trop vive le clouait au sol. La poulie lui avait brisé les côtes. Il poussait des cris de douleurs et de rage aux moindres mouvements. Les yeux injectés de sang, il scrutait le hangar vide et froid. Dans sa vision floue, il distingua une ombre qui se rapprochait lentement de lui. Il pointa son arme tremblante en sa direction. Son père adoptif se tenait droit devant lui, le canon de son fusil pointé en sa direction.

— Miguel, qu'est-ce qui te prend ?

— C'est plutôt à toi que je poserais cette question Joseph. Tu séquestres une vieille femme ici, tu retiens son mari et son fils en otage. Quel genre d'homme es-tu devenu Joseph ? Un homme d'affaires, c'est ça que tu hurlais en rentrant ici ? Un homme d'affaires ne braque pas de pauvres gens sans défense. Tu es une petite vermine, voilà ce que tu es !

— J'ai juste plus d'ambition que toi et Papa n'en avez jamais eu. Vous étiez les larbins du colon blanc, moi je suis un homme libre, je gère un établissement de luxe.

— Mon argent, je l'ai gagné à la sueur de mon front et honnêtement. Si tu es en vie et en bonne santé aujourd'hui c'est grâce à mon travail que tu oses dénigrer. Comment as-tu obtenu ton argent Joseph pour construire ton luxueux domaine ?

— Du business, ça ne te regarde pas.

— En effet, en revanche ce qui me regarde c'est que Dario purge une peine à perpétuité à ta place et que moi, son propre père je l'ai cru coupable.

— Je n'ai rien à voir dans vos histoires de famille.

— Tu as raison, tu ne fais plus partie de notre clan et tu vas bientôt aller prendre la place de Dario.

Joseph ricanait comme un aliéné.

— Tu te crois intouchable Joseph ? Que ce soit en tant qu'homme d'affaires ou en tant que truand, tu es mauvais. Tes otages ont tous été libérés et sont en train de témoigner de tes bons soins au poste de police. Il y a une justice divine. Je sais que tu n'as jamais voulu y croire.

— Qu'est-ce que tu vas faire Miguel, justice toi-même, c'est ça ? Tu en es incapable !

— Non Joseph, je veux que tu me dises en face pourquoi tu as fait porter le chapeau à Dario ? Vous avez été élevés comme des frères. Que tu me détestes, je peux le comprendre mais pourquoi mon fils ? Il t'a toujours suivi dans tes petits délits. Il t'a couvert de nombreuses fois et toi tu l'as fait condamner à ta place.

— Je ne vois pas de quoi tu parles.

— Cet homme que tu as tué dans la barque de Rodrigo.

— Je n'y suis pour rien.

— Un touriste a retrouvé ton téléphone de l'époque et me l'a confié. Tu te souviens l'avoir égaré ce jour-là ?

— Tu bluffes.

— Comment veux-tu que j'invente une chose pareille ?

— Depuis le temps, il ne fonctionne plus.

— Malheureusement pour toi, les messages sont enregistrés sur la carte SIM.

Miguel s'approcha de Joseph et lui montra son écran de téléphone.

— Regarde, lis bien cette petite conversation et dis-moi si tu retrouves la mémoire.

— Putain Miguel, donne-moi cette puce.

— Joseph, l'argent ne résout pas tout. J'ai essayé de te l'inculquer tellement de fois.

Le neveu blessé se tordait de douleur. Sa main tremblait de plus en plus.

— Miguel, j'étais jeune et j'ai commis une grave erreur. J'ai mûri et je te propose de me racheter. L'argent n'est qu'un moyen de résoudre nos histoires de famille. Cette puce contre la liberté de ton fils. Je lui trouverais le meilleur avocat, je paierais sa caution et je lui fabriquerais un alibi. Est-ce qu'on peut s'entendre ?

— Je crois que même si tu possédais tout l'or du monde, il ne suffirait pas à t'éduquer et te racheter une conduite. Être un homme de valeur ça ne s'achète pas Joseph. Je vais te laisser méditer sur tes péchés.

— Je ne te laisserai pas sortir avec ma puce Miguel. Soit on fait affaire soit tu ne sors pas vivant d'ici.

— Je ne fais pas d'affaires avec un meurtrier. Adieu Joseph.

— Adieu Miguel.

Le coup de feu partit et Miguel s'effondra devant les portes grandes ouvertes.

103

Au petit matin, l'heure était aux retrouvailles sur Paliton beach, pour ces cinq âmes dont le destin avait été uni pour le pire tandis que le meilleur restait à venir. Nelly, Faustin, Lydia, Paul et Nathan avaient passé une bonne partie de la nuit au poste, sous la protection de la police. Allongés les uns à côté des autres sur la plage de sable blanc, ils savouraient quelques heures de repos sous les rayons du soleil.

Les forces de l'ordre leur avaient rendu leur liberté, juste après avoir mis la main sur Joseph et Miguel gisants dans le hangar. Le père de Dario avait été transféré d'urgence à l'hôpital. Touché à l'épaule, il avait perdu beaucoup de sang, mais sa vie n'était pas en danger. Quant à Joseph, il vivait sa première journée de détention, probablement le début d'une longue série derrière les barreaux.

La caresse humide de la petite langue fraîche de Facteur tira Nelly de son profond sommeil. Le petit animal se blottit contre sa maîtresse qui lui avait tant manqué. Si seulement il pouvait parler et lui raconter tout ce que Paul et lui avait traversé sans elle.

Nelly venait de faire un cauchemar, elle avait revécu sa séquestration. Elle tourna la tête à gauche et aperçut le visage paisible de son fils endormi. Elle avait mis au monde et élevé ce grand garçon et pourtant elle ne connaissait rien de lui. Elle tourna la tête à droite et détailla le visage de l'homme qui partageait sa vie depuis toujours et dont elle ne savait rien non plus. Il détenait la mémoire de toute son existence. C'est à travers lui qu'elle allait découvrir d'où elle venait, qui elle était, ce qu'elle avait réalisé dans sa vie. Par quel miracle était-il revenu la chercher ? Existe-t-il entre les êtres qui s'aiment une sorte de lien si puissant qu'ils sont capables de se retrouver même à des milliers de kilomètres ? Aussi vrai qu'improbable, à soixante-dix ans, une seconde vie s'offrait à elle. Elle incarnait le corps de Nelly, son présent, son futur, mais son passé appartenait aux seules âmes capables de s'en souvenir. Sa main glissa lentement le long de son corps et elle l'appliqua délicatement contre celle de Paul qui ne sourcilla point. À son contact, elle sentait son cœur battre plus fort, plus vite dans sa poitrine. Pouvait-on retomber amoureuse de l'homme que l'on a aimé durant de si longues années ? À quoi ressemblait l'amour à son âge ? Elle souriait en se posant toutes ces questions naïves.

Lydia s'était assise. Son regard croisa celui de Nelly, les deux femmes échangèrent un sourire complice. Elle se leva et fit signe à sa nouvelle belle-mère de la suivre dans son élan.

— Vous connaissez un endroit pour discuter ?

— Oui, suivez-moi je vous emmène.

Assises sur un joli banc surplombant la baie, elles partageaient un instant suspendu.

— Comment vous sentez-vous après toutes les aventures que vous venez de vivre ?

— Je ne saurais par quel qualificatif commencer tellement il y en a.

Elle souriait, tout en levant au ciel des yeux incrédules.

— Partager moi votre ressenti Nelly, je suis curieuse de connaître l'explosion d'émotions que peuvent provoquer de tels événements.

— Je suis toute déboussolée, le petit monde que je m'étais reconstruit a volé en éclats. Mais je ressens en parallèle un énorme soulagement d'avoir renoué avec mes origines, ma famille. Je ne sens plus ce vide, ce manque, ce perpétuel questionnement. Ma curiosité est à son paroxysme, j'ai vraiment hâte de découvrir ma vie. C'est assez drôle comme phrase d'ailleurs.

– Vous avez vécu des choses incroyables, peu d'humains ont enduré une pareille expérience.

– J'ai bien envie de prendre un stylo et d'écrire tout ce qu'il m'est arrivé depuis mon réveil à l'hôpital.

– Qu'est-ce qui vous motive dans l'écriture ?

– La peur d'oublier de nouveau et l'envie de transmettre mon histoire.

– Je suis journaliste, je pourrai vous interviewer et rédiger un article, si vous avez envie de partager votre aventure avec un public de lecteurs.

– C'est une idée qui ne me déplaît pas ! J'y réfléchirai quand tout cela sera un peu tassé. Dites-moi, est-ce que vous êtes en couple avec mon fils ?

– Oh c'est tout à fait récent, je crois que Paul et Faustin ne sont même pas au courant.

– Je ne voulais pas vous faire rougir, ni passer pour une belle-mère indiscrète.

Elle sourit, laissant se dessiner de petites fossettes espiègles sur son visage de femme mature.

– Il n'y a pas de souci. Je voulais interviewer Paul et j'ai rencontré Nathan par son intermédiaire. Puis, une attirance s'est installée progressivement entre nous. Je suis curieuse de savoir ce que l'on ressent lorsqu'on rencontre un fils dont on ignorait l'existence ?

– On a envie de tout savoir sur lui !

– Comme qui est sa petite amie par exemple ? Lydia lui adressa un clin d'œil.

– Je crois que j'ai besoin de voir des photos de la maternité, de la petite enfance, des vacances en famille, pour donner une réalité concrète à cette rencontre toute nouvelle pour moi. Je suis heureuse de savoir que j'ai fondé une grande famille. Je suis impatiente de rencontrer mes trois autres enfants.

— Je n'ai pas encore eu l'occasion de vous le dire mais j'ai aussi perdu une partie de ma mémoire.

— Vous avez eu un accident ?

— Je ne connais pas l'origine du trouble, je vais creuser à mon retour en France.

— L'amnésie vous a touchée durant votre séjour ici ?

— Quelques jours auparavant. Je trouve incroyable que nos deux destins de femmes à la mémoire tourmentée se soient croisés sur cette île. Pensez-vous qu'il y ait un lien de cause à effet ?

— Vous savez, il y a tellement de choses dans ce monde qui nous dépassent, pauvres humains ignorants que nous sommes.

— En tout cas, je voulais vous dire que si vous en avez l'envie, nous pouvons nous confier l'une à l'autre sur ce sujet.

— C'est très aimable, nous aurons sûrement beaucoup de choses à partager.

Elle posa ses mains sur ses cuisses, les bras tendus, s'étirant comme un chat. Les yeux levés au ciel, elle suivait le vol d'un oiseau avec un paisible sourire dessiné sur ses lèvres fendillées. Lydia aperçut les garçons sortir de leur sieste et scruter les environs, intrigués par l'absence féminine.

— Nelly, je crois que nos hommes nous cherchent.

Elles levèrent les bras en l'air en leur adressant de grands signes pour signaler leur présence.

104

— J'ai acheté toutes les valises que j'ai pu trouver.

Paul déposa dans le salon de Nelly un lot de bagages multicolores de toutes tailles différentes. Il scruta la pièce entière, essayant de calculer si les affaires avaient une chance de trouver une place à l'intérieur.

— Merci Paul, tu es adorable. Je n'ai pas beaucoup de biens mais je compte presque tout emmener !

— Il y a un sujet que je devrais aborder tôt ou tard avec toi… c'est que… euh… comment dire… j'ai vendu notre maison.

— Je ne peux pas t'en vouloir. Où vis-tu désormais ?

— Bah c'est justement de cela que je dois te parler, je n'ai plus vraiment de domicile. Enfin bref, je t'expliquerai tout ça, mais pour notre retour, ne t'en fais pas, nous pourrons nous installer temporairement dans notre voilier, après tout c'est le dernier endroit où nous avons vécu.

— Je suis si heureuse de découvrir la France et ma famille, les questions matérielles m'importent peu, ne te soucie pas avec cela.

— Voilà une nouvelle qui est bonne ! Et une deuxième, c'est que tu n'as pas changé, car le matériel t'importait déjà peu avant ta perte de mémoire. Tu es vraiment la même mais ton disque dur est vide.

— Prends garde mon cher mari de ne pas essayer de me reformater à ta sauce.

— Si tu as gardé ton sale caractère, il y a peu de chance que j'y parvienne.

— Comment ça mon fichu caractère ? Je n'y crois pas une

seule seconde. Je suis la douceur et la bonté incarnées.

— Oui oui oui, je me souviens très bien de ta douceur et de ta bonté lorsque tu m'as laissé dormir dehors un soir d'hiver.

— Il devait y avoir une excellente raison, j'imagine.

— J'étais soi-disant rentré ivre et trop tardivement d'une soirée avec les copains du club de voile.

— Je l'ai sûrement fait pour ton bien, tu devais avoir besoin de te rafraîchir les idées. Aurais-je un mari alcoolique ?

— Depuis la fausse mort de sa femme peut-être un peu, mais avant bien évidemment que non, tu buvais plus que moi !

Ils échangèrent un regard complice et un rire spontané.

— Allez, assez de plaisanteries, j'ai du travail pour emballer tout cela avant ce soir.

Une pile de vêtements attendait posée sur le canapé. Nelly faisait du tri. Elle observait chaque pièce, une à une et prenait la décision de les insérer dans une valise ou de les mettre de côté. Elle s'attarda sur un pantalon ample, souple et coloré.

— Paul, est-ce qu'en France il existe des cours de yoga et de méditation ?

— Bien sûr que oui ! La France est un pays développé tu sais, il y a absolument tout le nécessaire et même bien plus. Tu vas découvrir la société de surconsommation ma chérie.

— Est-ce que j'aimais le Yoga avant l'accident ?

— Évidemment que tu aimais cela ! Tu l'as pratiqué durant des années. Crois-tu avoir acquis ta souplesse à soixante-cinq ans ? Elle est le fruit de nombreuses heures de travail.

— Ça doit être comme le vélo alors, je suppose que ça ne s'oublie pas.

— Le corps possède sa propre mémoire.

Paul posa une main chaleureuse sur ses épaules fragiles. Elle tourna la tête en direction de son visage.

— Nelly, tu m'as tellement manqué. C'est peut-être un peu tôt mais m'autoriserais-tu un tout petit baiser ?

Elle retint dans sa gorge un rire amusé. Ses doux yeux gris braqués sur Paul brillaient, lui laissant entrevoir une lueur d'espoir.

— Le premier baiser d'une femme de soixante-dix ans est une chose précieuse. Il se gagne à force de patience, d'élégance et de courtoisie. J'ai bien envie que mon mari me fasse la cour.

— Mais je n'ai courtisé personne depuis notre rencontre. Moi aussi j'ai perdu la mémoire !

— Tu réapprendras, tout comme moi !

— J'ai réussi une fois à te séduire, je serais bien capable d'y arriver une seconde fois. Mais j'ai besoin d'encouragements. Un baiser sur la joue est-il envisageable ?

— Laisse-moi considérer ta proposition quelques secondes... hmmm... Je crois que c'est une faveur qu'il m'est possible de t'accorder si tu m'aides à déplacer cette grosse malle.

— Tu négocies et tu m'exploites en plus !

— Je ne faisais pas cela auparavant ?

Un sourire espiègle aux lèvres, elle tendit son cou délicat. Paul lui déposa son premier baiser sur sa joue tiède, rendant son cœur aussi léger que celui d'un adolescent.

105

La nuit était tombée sur Siquijor, la dernière pour le groupe qui décollerait demain en direction de la France.

La jeune journaliste, les yeux bandés, s'en remettait à son bien-aimé qui la conduisait doucement par la main. Plongée dans le noir, avançant à pas de louve, Lydia pouvait sentir de douces odeurs sucrées, mélange de bois, d'épices et de fleurs. Nathan lui demanda de marquer l'arrêt un instant. Il s'agenouilla devant elle et lui ôta délicatement ses chaussures. Elle se sentait choyée comme une princesse royale. Il l'entraîna à nouveau, pieds nus elle progressait sur un sol chaleureux tel un parquet resté au soleil toute la journée et qui renvoyait les précieux degrés accumulés le soir venu.

Lydia brûlait d'impatience de découvrir la surprise que Nathan lui avait concoctée. La bise lui caressait le visage. Elle venait de traverser une pièce mais se trouvait désormais à l'extérieur. Elle entendait le vent souffler dans les longues feuilles de palmiers. Nathan se rapprocha d'elle et plaqua tendrement son torse contre son dos dénudé. Un frisson électrisant lui traversa le corps tout entier. Sa tête posée contre la sienne, son souffle chaud lui effleurait le cou. Il lui déposa un baiser de ses lèvres humides sur la nuque. Lydia ne bougeait plus, privée de la vue, tous ses autres sens étaient en éveil. Malgré la chaleur ambiante, elle avait la chair de poule. Nathan fit glisser ses mains, le long du corps frissonnant de sa jolie brune et les arrêta au niveau de ses cuisses. Il saisit le tissu de sa robe la fit remonter lentement le long de son buste. La caresse du coton et des mains de Nathan sur sa peau la plongea dans un état d'excitation délicieux. Debout, les yeux bandés, en sous-vêtement, elle pouvait sentir l'air ambiant lui chatouiller chaque centimètre carré de sa peau délicate. Il ne se passait plus rien. Puis, une lame de parquet craqua et Lydia sentit un baiser sur sa cheville, puis un autre sur son genou, sa cuisse. Nathan remontait, déposant ses lèvres sur chaque partie de son anatomie. Elle sentait son sang bouillir, des frissons se propageaient par onde à chaque endroit où il s'attardait. Puis ce fut le vide à nouveau, plus de baiser et une attente qui la consumait lentement. Brusquement, elle décolla du sol, se retrouvant les jambes enroulées autour de la taille de Nathan. Elle poussa un cri de surprise lorsqu'il s'immergea avec elle dans une eau tiède. Quelques secondes s'écoulèrent pendant lesquelles il sonda l'expression du visage de sa belle pour jauger l'effet de sa mise en scène. Les lèvres de Nathan s'emparèrent des siennes pour fusionner dans un baiser gorgé de passion. Il tira sur le nœud du bandeau qui tomba dans l'eau. Ils baignaient tous les deux dans une piscine, creusée dans la terrasse en teck. Des bougies et des lampions par dizaines apportaient une douce lumière vibrante. En contrebas, les palmiers dansaient au gré du vent et à leurs pieds se tenait la mer. Jamais personne n'avait dessiné pour la jeune femme un cadre aussi merveilleux. Des étoiles plein les yeux, elle contemplait le décor et le sourire magnifique de l'homme qui l'avait mis en scène. Leurs lèvres qui s'étaient accordé une pause, se rejoignirent sans émettre un son. Aucun mot n'aurait été à la hauteur de l'instant, seulement vivre et ne rien dire. Nathan dégrafa le soutien-gorge de Lydia, libérant sa poitrine ferme pleine de désir. Il la contempla puis la dévora à pleine bouche. Le bas-ventre de Lydia frémissait, elle gémissait sous les caresses de la langue ferme de son amant. Nathan fit glisser la fine culotte de dentelle le long des cuisses de sa jolie brune, tourmentée par le désir. Nue, en proie aux caresses subtiles de l'eau et de Nathan, Lydia perdait progressivement pied lorsqu'il la souleva pour ne faire plus qu'un, assouvissant ce désir qui les avait inondés depuis des jours.

Toujours silencieux, il sortit de la piscine, abandonnant quelques instants son amante à sa rêverie. De retour avec deux peignoirs blancs et moelleux, il enveloppa Lydia à sa sortie de l'eau et la souleva une dernière fois pour la déposer délicatement sur la couette blanche voluptueuse.

— Nathan, je ne sais pas quoi te dire.

— Ne dis rien, tes yeux s'en chargent très bien.

— Sur cette île, chaque jour livre son lot de sensations fortes. Je vais suggérer au chef de village un panneau informatif : « Cardiaques s'abstenir ! ».

— Ce n'est peut-être pas l'endroit mais juste nous qui provoquons cela. Est-ce que tu accepterais de passer toute ta nuit avec moi ou tu crains que ton petit cœur fragile ne le supporte pas ?

— Voici la réponse de mon petit cœur fragile.

Elle saisit un oreiller et le fit fondre sur Nathan à plusieurs reprises.

— Il n'est pas fragile du tout ce cœur, je dirai même qu'il est violent. Je vais donc être obligé d'utiliser la force.

Il lui retira l'oreiller des mains, saisit chacun de ses poignets agités et les déposa au-dessus de sa tête ébouriffée en les serrant fermement.

— Est-ce que vous capitulez Mademoiselle la querelleuse des draps blancs ?

— Jamais je ne me rendrais !

— Ce n'est pas grave, j'ai les moyens de vous faire céder.

À l'aide des ceintures des peignoirs, il la ligota au lit et ouvrit la sortie-de-bain de Lydia pour contempler les voluptueuses courbes de son corps.

— Vous pouvez me torturer, je ne crains absolument rien.

— C'est ce qu'on va voir, Lydia l'insolente.

Il promena ses lèvres sur sa joue rose, puis descendit le long de son cou tendu, pour poursuivre sa route sur sa délicieuse poitrine.

— Vous débutez dans la torture jeune homme ?

— Vous m'obligez à sévir.

Il détendit ses liens et la retourna brusquement sur le ventre.

— Comment vous sentez-vous désormais ?

— Très bien, continuez, je suis curieuse de découvrir vos talents cachés.

Nathan, après un massage voluptueux, lui fit l'amour, jusqu'à ce que l'épuisement des jours précédents les gagne, les laissant profiter d'un sommeil réparateur dans la torpeur tiède de la nuit tropicale.

106

Dans le corridor qui reliait l'avion à l'aéroport, Nelly se sentait frigorifiée, empreinte à un subtil mélange du grand frisson de l'inconnu et des conditions climatiques automnales. Paul déposa sur ses épaules sa veste en laine et lui saisit la main pour l'accompagner vers sa nouvelle vie.

Le groupe des cinq, entouré de tous les passagers du vol, progressait lentement dans les couloirs interminables conduisant à la réception des bagages. Tous voyaient défiler en boucle leurs frais souvenirs de ce séjour particulièrement atypique. Siquijor avait métamorphosé leur vie. Paul avait quitté la France chargé d'un lourd chagrin de veuf inconsolable, il rentrait marié avec sa femme fraîchement ressuscitée. Nelly avait vécu plusieurs années dans une solitude absolue et se retrouvait soudainement épouse, mère de quatre enfants et grand-mère à plusieurs reprises. Nathan et Lydia passaient du statut de célibataires dépités à celui de jeune couple passionné. Quant aux mystérieux Faustin, il revenait avec des aventures incroyables à conter à qui voudrait bien les entendre.

Les portes automatiques s'ouvrirent laissant apparaître une troupe d'adultes et d'enfants qui se tenaient prostrés au milieu du hall. Tous sur leur trente et un, ils parlaient fort, affichaient un sourire béat et agitaient des pancartes. Nelly marqua l'arrêt par curiosité pour lire les écriteaux qu'ils brandissaient. « Bienvenue chez toi », « Maman on t'aime », « Bonjour Mamie ». Nelly observa les visages de cette famille qui la fixait étrangement. Envahie par une bouffée de chaleur, elle comprit tout à coup qu'il s'agissait de ses propres enfants et petits-enfants. Ils étaient venus l'accueillir. Traversée par un tsunami d'émotions, des larmes roulèrent sur ses joues. Pétrifiée, elle regardait Paul. Il la rassura de son doux regard azur, la prit par le bras et l'entraîna vers les siens. Les jambes chancelantes, elle se retrouva enlacée de toute part et couverte de baisers. Elle nageait dans un océan d'amour inconditionnel. Nelly était vivante, chez elle, aimée et entourée. D'une voix tremblante, elle prononça quelques mots.

— Merci à tous d'être venu m'accueillir. Je constate que je suis une femme chanceuse d'être entourée d'une aussi belle famille avec un grand cœur.

Un homme très grand, à la voix puissante et grave et aux tempes grisonnantes sortit du rang pour venir l'enlacer et lui déposer une bise.

— Ne nous remercie pas, cette famille c'est toi qui l'as construite Maman.

— Mamie, Mamie, tiens je t'ai fait un dessin.

Dans son rôle de nouvelle grand-mère, elle saisit le bout de papier crayonné tendu par une petite tête blonde bouclée à la voix aiguë.

— Merci mon poussin.

— C'est toi et Papy sur le dessin, sur votre bateau. Maman m'a dit que vous aviez un voilier, est-ce que je pourrais naviguer avec vous ?

— Absolument petit matelot, nous te montrerons comment tenir la barre.

— Youpi ! Trop bien !

— Je sens une odeur qui m'est familière depuis tout à l'heure mais je ne saurais définir de quoi il s'agit. Quelqu'un peut-il m'aider ?

— Maman, c'est pour toi, c'est un pochon de lavande. Tu en glissais tout le temps dans mes étagères et en accrochais au-dessus de mon lit. C'est une madeleine de Proust pour adoucir ton arrivée.

Nelly inspira profondément la petite besace colorée et ferma les yeux. Elle fut transportée olfactivement dans une époque lointaine sans qu'aucune image ne se joigne au voyage.

— J'adore ce parfum, je pourrais passer le reste de la journée à le respirer.

Au milieu du groupe, une jeune femme enveloppée dans un long manteau pourpre pleurait toutes les larmes de son corps. Son mascara noir dégoulinait sur son visage pâle. Nelly se fraya un passage pour l'atteindre. Elle comprit qu'il s'agissait de sa plus jeune fille, la ressemblance était frappante. Elle l'entoura de ses bras maternels et lui murmura au creux de son oreille.

— Ne pleure plus ma chérie, je suis là.

— Maman c'était si dur sans toi. Tu m'as manqué si fort. Je t'aime.

L'étreinte dura quelques instants, jusqu'à ce que la vague d'émotions qui avait déferlé sur Noémie s'apaise. Entre rires et larmes, chacun vivait ces retrouvailles à sa manière, par rapport à un vécu, une personnalité, une façon de ressentir les choses de la vie, ce qui donnait à cet instant une palette infinie d'humanité à l'état brut. Lydia aurait aimé se glisser dans la peau d'un artiste peintre, s'asseoir à l'écart et immortaliser cette scène au caractère unique et éphémère.

Tel un couple mythique, Paul et Nelly incarnaient à merveilles les idoles du jour. Les nombreux membres de la famille se bousculaient pour les embrasser, les étreindre, leur donner un cadeau, échanger un mot ou un sourire. Dans ce capharnaüm familial, Nathan et Lydia s'adressaient des regards complices, tout avait été si vite ces derniers jours.

Faustin qui se tenait en retrait, leva sa main en l'air en direction de Lydia. Il lui fit signe de s'écarter quelques instants de la mêlée.

— Lydia, Je ne voudrais pas paraître impoli en interrompant les retrouvailles mais je dois y aller, je suis attendu.

— Oh bien sûr Faustin ! Je me chargerai de leur dire au revoir à ta place.

— J'ai quelque chose à te donner.

Il lui tendit une étroite pochette rouge. Lydia l'ouvrit et découvrit un titre de transport.

— Je ne comprends pas, de quoi s'agit-il ?

— C'est un billet de train à ton nom. Le train part dans une heure, il te raccompagnera chez toi.

— Oui j'ai bien vu mais je ne comprends toujours pas pourquoi tu m'as commandé un voyage en train et encore moins comment tu connais mon adresse.

— Les explications sont dans cette autre pochette. Tu liras son contenu lorsque tu seras installée dans ton compartiment seule et au calme. Ensuite tu pourras m'appeler, voici mon numéro.

— Faustin, qu'est-ce que c'est que cette comédie ?

— Une de tes inventions Lydia. Je file, à bientôt, prends soin de toi.

Il courut en direction de la sortie puis disparut dans la foule de passants. Lydia regardait la pochette qu'il lui avait confiée : un porte-documents de couleur vert pomme. Au marqueur, on pouvait lire : « *Pour Lydia, à ouvrir le 10 octobre 2018* ». Elle glissa le dossier dans son sac à dos, en attendant de trouver le moment propice à sa lecture.

— Où est Faustin ? Il ne m'a même pas dit au revoir.

— Il est parti en courant, juste avant il m'a donné un billet de train et une pochette, je n'y comprends rien Nathan. Il me dit de monter à bord pour rentrer chez moi et de lire le contenu.

— Même si ça me désole de te voir partir si vite, je pense que tu dois faire ce qu'il te dit.

— Tu es au courant de quelque chose ?

— En partie oui.

— Et tu ne m'as rien dit ?

— J'ai été contraint de garder ce secret pour ton bien.

— Vous m'agacez tous les deux avec vos mystères à deux balles.

— Lydia regarde-moi, je tiens énormément à toi.

— Moi aussi mais quand on tient aux gens, on ne leur ment pas.

— Prends ton train, lis ces documents, rentre chez toi et appelle-moi dès que tu y seras. Tu verras, tout s'éclaircira et tu ne seras plus en rogne contre personne.

— Vous avez répété votre texte ensemble ou quoi ? Faustin m'a dit la même chose.

— On a chacun des retrouvailles à vivre de notre côté. Ensuite, on prendra notre temps pour continuer ce qu'on a débuté à Siquijor. Tu en penses quoi Lydia ?

— Pas grand-chose, je suis déboussolée. Je vais aller lire ce truc pour comprendre ce que tout le monde me cache.

— J'aime quand tu deviens raisonnable.

Nathan attira Lydia dans ses bras. Ils s'embrassèrent sous les applaudissements de la famille qui avait marqué un temps d'arrêt pour les observer copieusement.

— Oh les amoureux ! cria une voix enfantine.

— Mêle-toi de tes affaires petit démon de Quentin. Comment elle s'appelle ton amoureuse à toi déjà ?

— J'en ai même pas d'abord. Les filles c'est trop compliqué.

— Si, il en a une ! Moi je sais ! Elle s'appelle Emilie, c'est ma copine à l'école, enchaîna la petite voix espiègle d'une fillette aux taches de rousseur et aux couettes asymétriques.

Lydia s'adressa à son nouveau public.

— Je vous souhaite de belles retrouvailles et vous dis à très bientôt, je dois m'éclipser, mon train m'attend.

Elle embrassa affectueusement Paul et Nelly, leur souhaitant le meilleur et disparut à son tour dans la foule éparse.

107

Le billet pour le train mystère était composté. Sa place se situait dans le compartiment des premières classes. Elle pénétra dans le wagon vide et s'affala dans le fauteuil qui lui avait été attribué. Elle regardait par la fenêtre passer les quelques voyageurs, traînant leur valise trop lourde sur des roulettes en souffrance. Le moment était venu. Elle dézippa la fermeture éclair de son sac à dos et en tira la pochette verte. Cet étui renfermait un mystère qu'elle était visiblement la seule à ignorer. Avant d'ouvrir, elle essaya de deviner ce que pouvaient bien lui révéler ces quelques morceaux de papier. Si seulement ils pouvaient contenir des incantations magiques capables de lui rendre sa mémoire.

La sonnerie bruyante du départ retentit dans le compartiment qu'elle occupait toujours seule. Le train se mit en marche lentement, laissant derrière lui la gare qui s'éloignait progressivement. Est-ce que sa famille serait présente à l'arrivée, brandissant des pancartes et fondant sur elle pour la couvrir de baisers ? Intimement, elle en rêvait.

Elle déplia la tablette située devant elle et y déposa sa pochette. Elle retira les élastiques qui la maintenaient fermée et mis à plat les deux pans pour dévoiler le contenu. Elle sortit le premier feuillet qui portait en gros titre la mention de « *Contrat* ». Lydia éprouva le curieux sentiment que son destin pouvait basculer à la lecture de ces quelques pages. Son esprit vagabondait dans tous les sens. Après s'être accordée un instant pour faire le vide, elle réussit à fixer sa concentration et se plongea dans ces mystérieuses lignes.

CONTRAT

La société « Le petit rapporteur », représentée par Monsieur Gérard en qualité de rédacteur en chef et Madame Rossi, en qualité de journaliste.

Ci-après dénommée le client,

Et

La société « les ailes de l'être », représentée par Monsieur Autissier en qualité de thérapeute.

Ci-après dénommée le Prestataire.

Préambule

Les parties se sont accordées sur la réalisation d'une expérience thérapeutique portant sur un sujet journaliste ayant pour finalité la rédaction d'un article de presse.

Ceci exposé, il a été convenu ce qui suit :

Article 1 - Objet

Le présent contrat est un contrat de prestation d'hypnothérapie ayant pour objet la mission définie au cahier des charges annexé.

Article 2 - Prix

En contrepartie de la réalisation des prestations définies à l'Article premier ci-dessus, le client versera au prestataire la somme forfaitaire de huit mille euros.

Les frais engagés par le prestataire : déplacement, hébergement, repas et frais annexes nécessaires à l'exécution de la prestation, seront facturés en sus au client sur relevé de dépenses.

Article 3 - Durée

Ce contrat est passé pour une durée de 21 jours. Il prendra effet le 16 septembre 2018 et arrivera à son terme le 7 octobre 2018. Afin de ne pas interrompre l'expérimentation en plein milieu d'une phase intéressante, le prestataire pourra s'il le juge nécessaire, allonger la mission de trois jours, reportant la date de fin au 10 octobre 2018, dernier délai.

Lydia, fortement troublée, stoppa sa lecture un instant. La suite du contrat était longue et remplie de termes juridiques fastidieux qu'elle n'avait aucune envie de déchiffrer après ses vingt-quatre heures de voyage. Elle fit glisser entre ses doigts les pages suivantes et trouva une lettre manuscrite écrite de sa propre main.

Bonjour Lydia du futur,

Tu es désormais arrivée au terme de ton expérience. Il est donc temps de te révéler le scénario incroyable imaginé par ton toi du passé. Je sais que tu n'auras pas envie de t'avaler les quinze pages du contrat alors je t'ai concocté un résumé maison.

Ta version 2017 était aux prises avec une profonde remise en question. Rêvant d'une autre vie tous les jours, sans avoir le courage de changer ta routinière mais confortable existence, tu t'es rendu chez un hypnothérapeute pour tenter de libérer tes freins. De cette rencontre et de votre travail commun est née une idée originale. Tu as demandé à ton praticien de tenter une expérience inédite : te conduire à 600 km de chez toi, effacer sous hypnose, la partie de ta mémoire qui te permettrait de rentrer en contact avec tes proches, avec ton travail ou encore de retourner à ton domicile. Puis, une fois ta caboche formatée, te laisser te réveiller sur une place publique sans argent, ni téléphone. Ton thérapeute prenait l'engagement de ne jamais te quitter d'une semelle pour assurer ta protection et te replonger grâce à l'hypnose dans une amnésie partielle autant de fois que nécessaire. Il ne devait jamais révéler son identité, ni intervenir pour orienter tes choix, tu étais la seule décisionnaire. L'interruption de la mission ne pouvait avoir lieu qu'en cas de force majeure si jamais tu te retrouvais dans une situation dangereuse.

Tu te demandes sûrement à cet instant précis, quel était le but de cette expérience loufoque ? Tu souhaitais t'aventurer dans un instant de vie coupé de tes repères, de tes habitudes. Via cette immersion et ce déconditionnement, tu ambitionnais analyser le comportement humain, le tien mais également celui des personnes que tu croiserais sur ta route. Tu voulais savoir, en repartant du point zéro, où la vie te mènerait et quels seraient tes choix. Tu souhaitais expérimenter si une survie sans ressource monétaire ni numérique s'avérait possible, c'est la raison pour laquelle tu as demandé à être dépossédée de tout bien matériel. Tu désirais te plonger dans l'être et mettre de côté l'avoir, pour mesurer la richesse avec une unité différente. Enfin tu aspirais à te sentir libre, laisser venir les événements qui allaient se présenter à toi, les accueillir, ouvrir ton esprit, saisir les opportunités, lâcher prise et te laisser guider par la vie.

Pour mettre en œuvre ton idée, tu as demandé un congé sans solde à ton employeur. Il a été totalement séduit par le concept et t'a proposé de le financer en contrepartie d'un article pour le journal. De là est né le contrat qui se trouve dans ce dossier.

La suite tu la connais. J'espère que ton vécu des trois dernières semaines s'est révélé à la hauteur de tes espérances. Bon retour et à toi de jouer à présent !

108

Lydia vécut cette révélation de manière brutale. Pas une seule seconde durant les trois semaines qui s'étaient écoulées, elle n'avait pu envisager se trouver au cœur d'une expérience, qu'elle avait créée de toutes pièces. Dans le wagon du train qui la reconduisait chez elle, son corps se tenait toujours assis dans son confortable siège de 1ère classe, mais son esprit s'était envolé ailleurs. Elle repensait à tous les moments qu'elle avait vécus depuis son réveil seule dans ce parc, au cœur de Montpellier, dépourvue de tout. La panique qui l'avait traversée alors qu'elle ne comprenait rien à ce qu'il lui arrivait. Elle revisualisait sa consultation chez le médecin, sa nuit aux urgences, les longues heures pendant lesquelles elle redoutait d'avoir été droguée ou d'avoir perdu la raison. Elle faisait défiler les images de son bénévolat chez les tartes solidaires pour obtenir de quoi manger, sa nuit dans un foyer pour femmes, sa rencontre avec Mélissa. Elle revivait chacun de ces souvenirs avec une toute nouvelle dimension. Elle se replongea dans cette matinée où elle avait croisé le chemin de Paul, assis sur son carton aux côtés de Facteur, puis son premier café avec lui. Elle repensait au soir où il l'avait conduite à la découverte de son voilier et leur nuit d'ivresse à bord. Et puis il y eut sa rencontre avec Nathan chez Georges et Marie, suivi de leur départ improvisé pour les Philippines, à la poursuite des secrets de la famille Mills, oubliés sur l'île de Siquijor.

Il s'était écoulé seulement trois semaines entre son réveil sur le banc et aujourd'hui, mais elles resteraient probablement longtemps dans le top du classement des semaines les plus épiques de sa vie. Et ce voyage avec Paul, Nathan et Faustin qui avait remanié tous les éléments de leur existence et les avait fait traverser tant d'émotions. Toutes leurs convictions avaient été ébranlées, les cartes de leurs vies redistribuées. Cette aventure avait tissé des liens indestructibles entre les membres de leur groupe. Personne ne l'oublierait jamais.

Le choc se dissipait peu à peu et elle revenait à elle. Elle ressentait un profond soulagement quant à ses problèmes d'amnésie et commençait à éprouver une certaine fierté. Elle s'étonnait d'avoir été capable de mettre en œuvre un tel scénario. Mais il lui manquait encore des pièces du puzzle, tout n'était pas limpide dans son esprit.

Elle caressait la couverture de son précieux carnet, il renfermait à jamais cette parenthèse de vie. Quatre morceaux de papiers s'échappèrent d'entre les pages. Il s'agissait de leurs trois pronostics de voyage, rédigés au cours du vol aller. Elle les replaça à l'intérieur et s'interdit de les ouvrir sans la présence de Paul et Nathan. Sur le dernier, elle lut le numéro de téléphone de Faustin et elle le composa dans la foulée.

— Faustin c'est Lydia. Je viens de lire le contenu de la pochette.

— Lydia, je suis content de t'entendre. Comment te sens-tu ?

— Je suis littéralement tombée de mon fauteuil SNCF, en comprenant que mes pertes de mémoires étaient liées à un contrat d'hypnose que j'avais passé pour réaliser une expérience de développement personnel, mais je me sens absolument ravie de tout ce que j'ai pu vivre.

— Je peux comprendre ta première réaction. Le choc était inévitable. Il faut dire que tu as repoussé toutes les limites de l'expérimentation, donc il était logique que le retour à la réalité soit un peu brutal. Est-ce que tu as retrouvé l'intégralité de ta mémoire ? J'en doute puisque tu m'appelles encore Faustin.

— Non, je n'ai toujours pas retrouvé les éléments manquants dans mon cerveau. Tout n'est pas vraiment clair pour être honnête avec toi. Je ne comprends toujours pas pourquoi c'est toi qui m'as remis cette pochette. Et comment ça, tu ne t'appelles pas Faustin ? Qui es-tu alors ?

— Je suis Marc Autissier, ton hypnothérapeute, c'est avec moi que tu as passé ce contrat.

Lydia poussa un soupir d'étonnement.

— Écoute, je vais commencer par te rendre la mémoire, on y va. Tu vas te fixer sur ma voix. Lydia, tu n'entends plus que le son de ma voix et à son écoute, tu te détends. Tu as vécu une expérience et elle est désormais terminée. L'intégralité de tes souvenirs peut remonter à la surface, tu les laisses revenir. Tu te souviens dès à présent de tout, ton nom de famille, ceux de tes proches, les adresses, les noms des villes, les numéros de téléphone, tout ce qui concerne ton travail. Lydia, je vais compter jusqu'à trois et lorsque j'aurai fini mon décompte tout redeviendra comme avant. Tu es prête Lydia ? Un, deux, trois...

— Allô ?

— Lydia, est-ce que tout va bien ?

— Oui, qui est-ce ?

— C'est Marc, Marc Autissier, tu me reconnais ?

— Non, je ne connais pas de Marc. Faustin c'est toi ?

— Non Faustin n'existe pas, c'est moi Marc, ton hypnothérapeute.

— Écoutez monsieur, si c'est une blague, je n'ai pas de temps à perdre, je suis dans un train au fin fond des Philippines pour un reportage sur un trésor perdu alors veuillez cesser de m'importuner avec vos démarches commerciales.

— Lydia, tu te moques de moi ?

— Tout à fait !

— Oh ! J'ai eu une peur bleue !

— Tu m'as fait marcher pendant trois semaines, ma petite blague était de bonne guerre, non ?

— Et toi, tu ne m'as pas fait marcher peut-être ? Voler jusqu'aux Philippines même ! Lydia, tu m'as entraîné dans de sacrées histoires. Tu sais, j'ai failli tout stopper à plusieurs reprises, tellement je perdais la maîtrise de ce qui se passait. Et la mission a vraiment failli tourner au cauchemar. Ton employeur était fasciné par la tournure que prenaient les choses, il m'a payé le double pour me convaincre d'aller jusqu'au bout !

— Tout ceci est incroyable, je suis encore sous le choc. J'ai besoin de prendre du recul pour analyser.

— J'imagine bien, je suis dans le même état. Est-ce que tu as bien retrouvé tous tes souvenirs ?

— Je crois que c'est bon. Tout s'éclaire. Marc, comment tu as fait pour me filer sans que je te repère ?

— Ça a été la partie la plus complexe. En réalité, tu m'as vu plusieurs fois et j'ai dû intervenir pour te faire oublier mes apparitions.

— Attends, l'homme au costume gris décrit par la grand-mère aux pigeons, c'était toi ?

— Bien sûr, je suis allé me cacher derrière un platane pour observer ton réveil.

— Et l'homme à la casquette qui me suivait dans la rue, c'était toi aussi ?

— Évidemment ! Je me suis aussi glissé dans la peau d'un médecin pour te réanimer lors de ta transe. J'ai également joué au copain de classe qui t'avait aperçu au village et qui venait te rendre visite sur le bateau. J'en ai profité d'ailleurs pour effacer l'historique de ton portable, car tu avais réussi à téléphoner à ta mère. Mais mon plus gros rôle, restera quand même Faustin, le nutritionniste en plein divorce, ami du couple Mills, qui s'est invité dans votre voyage.

— Je dois avouer que tu as fait fort. Dans la catégorie révélation de l'année, j'ai nommé Marc Autissier pour son interprétation magistrale dans « Hypnose aux Philippines ».

— Arrête, tu vas me faire rougir. Ce n'était pas facile car tu m'échappais souvent et je ne pouvais pas anticiper quand ta mémoire allait refaire surface. À chaque fois que cela se produisait, je devais intervenir au plus vite, te replonger dans un état d'hypnose, sans susciter la méfiance des gens autour et effacer de nouveau tes souvenirs pour une durée que je ne maîtrisais pas.

— Je ne comprenais pas pourquoi j'avais si souvent des blancs et l'impression de tomber dans les pommes. Je comprends mieux maintenant. J'espère que je n'aurais pas de séquelles.

— Ne t'en fais pas, je vais bien te suivre derrière, on va vérifier que tout ce que je t'ai demandé d'oublier a bien réintégré ta mémoire.

— Bien, je suis rassurée. Marc, je peux te demander quelque chose ?

— Bien sûr Lydia, je t'écoute.

— Toi et Paul vous m'avez fait croire que vous étiez de vieux amis. À quel moment tu lui as expliqué le scénario dans lequel nous nous trouvions ?

— Ça s'est passé lorsque tu te trouvais chez Georges et Marie, au moment où tu es sortie pour aller chercher du pain. J'en ai profité pour sonner chez eux. Ils m'ont accueilli et je leur ai expliqué la situation. J'avais besoin de t'approcher régulièrement sans les inquiéter. Dans un premier temps, ils paraissaient septiques et assez surpris, mais à force d'arguments ils ont fini par adhérer au concept. Ensuite, Paul est venu me trouver discrètement le soir pour m'annoncer votre départ imminent pour les Philippines. J'étais catastrophé, personne n'avait envisagé une telle tournure. J'ai contacté immédiatement le journal qui m'a demandé de ne surtout rien empêcher et de te suivre partout où tu irais. Ils ont commandé mon billet d'avion sur votre vol. Paul a été formidable, il a compris l'intérêt de l'expérience mais il est resté très naturel par rapport à cela. Il n'a joué aucun rôle si c'est cela qui t'inquiète. Il est resté lui-même tout au long du voyage.

– Oui, j'ai eu peur que cette révélation ait faussé la donne et notre relation par la même occasion.

– Absolument pas Lydia. Sur l'île, nous n'avons évoqué qu'une seule fois le sujet. Rien n'était calculé ou joué, je te le promets.

– Et Nathan ?

– Avec Nathan ça a été plus compliqué. Il n'était pas au courant. Il a commencé à avoir des doutes en sortant de la séance chez le guérisseur car ta mémoire était soudainement revenue, tu m'avais reconnu et traité d'imposteur. J'ai dû éloigner Nathan et intervenir. Puis il a fini par découvrir mon imposture en tombant sur mon passeport lors de notre partie de pêche, il était furieux. J'ai eu peur qu'il fasse tout capoter. Il ne supportait pas l'idée de te mentir. Il se sentait trahi, j'ai dû beaucoup négocier pour qu'il garde le silence.

– Marc, tout cela est incroyable, je n'en reviens toujours pas. Je me sens si différente. Non, ce n'est pas le mot juste, je me sens profondément moi-même plutôt, je crois que c'est cela.

– Je vais te laisser le temps d'atterrir, puis quand tu en sentiras le besoin, tu m'appelleras pour qu'on débriefe sur ton ressenti et sur l'expérience.

– Sans faute. Marc, merci de m'avoir permis de vivre tout cela et d'avoir veillé sur moi.

— Lydia, j'étais payé pour ça.

— Est-ce que tu l'aurais fait gratuitement ?

— L'hypnothérapeute que j'étais il y a un mois te répondrait non. L'homme que je suis devenu après ce voyage te répond oui. J'ai moi aussi beaucoup appris, en tant que praticien et aussi en tant qu'être humain.

— Je suis ravie de l'entendre. Marc, je suis arrivée à destination.

— J'ai prévenu tes parents, ils t'attendent sur le quai. Bienvenue dans ta nouvelle vie.

— Merci, je vais tâcher d'en prendre soin.

ÉPILOGUE

C'était une belle journée de juin. L'herbe fraîche ornait le jardin de ce vieux Mas provençal aux volets bleu ciel. Quelques fleurs sauvages apportaient une touche de couleur de-ci de-là à ce tableau champêtre. Dans sa salopette en jean et son t-shirt blanc, Lydia courrait dans tous les sens pour finaliser les derniers préparatifs. Sa queue-de-cheval virevoltait au gré de ses déplacements.

La clochette du portail retentit. Nathan se précipita pour ouvrir. Toute la famille Mills se tenait derrière la grille et il pouvait apercevoir celle de sa douce et tendre juste derrière. Ils avaient tous répondu à l'appel de la pendaison de crémaillère. Une odeur de petits fours les guida jusqu'à la grande tablée de déjeuner. Le soleil faisait briller la vaisselle blanche. Les premiers gâteaux apéritifs attendaient aux côtés des flûtes à champagne sur une nappe aux carreaux bleus et blancs. À peine arrivées, les petites têtes blondes courraient déjà à travers champs après les poulettes effrayées.

Lydia portait fièrement son joli ventre rond. Elle leva son verre à la famille et ouvrit ainsi les festivités. Elle observait ce petit monde, heureux d'être tous réunis dans la nouvelle propriété du couple. Ils s'y étaient installés depuis un an déjà et avaient commencé les travaux nécessaires à l'arrivée du futur bambin. Lydia s'était mise à son compte en tant que journaliste indépendante, ce qui lui permettait de consacrer du temps à son livre sur les bienfaits d'une remise en question et d'un nouveau départ. Devant ce tableau festif, elle se remémorait les grandes étapes qui l'avaient menée jusqu'à cette belle journée de printemps. Tout avait commencé par une longue période de trouble qui s'était installée insidieusement dans sa vie sans qu'elle ne s'en rende vraiment compte, venant chasser progressivement son bonheur insouciant au profit d'une tristesse latente. Puis un drame familial lui avait fait perdre ses repères et se poser mille questions sur sa vie. Pour y répondre et refaire surface, elle était partie explorer à travers une thérapie, sa tendre enfance pour comprendre sur quelles fondations s'était construite la jeune femme qu'elle était devenue. Dans sa quête, elle s'efforça de comprendre les comportements qui l'empêchaient de vivre une vie épanouie et la mettait de manière répétitive en situation d'échec. Forte de ce qu'elle avait appris sur elle-même et décidé à se façonner la vie dont elle avait toujours rêvé, elle s'était lancée dans une expérience unique. Aujourd'hui, elle se tenait debout et fière, au milieu des siens. Elle s'était émancipée du fait de savoir si ses proches approuvaient ou non ses choix, c'était sa vie. Ce qui ne l'empêchait pas de leur porter un amour inconditionnel. Elle avait envie de partager son histoire, de la diffuser largement pour permettre à d'autres âmes égarées de trouver le chemin du bonheur et de le faire rayonner autour d'eux. Telle était sa nouvelle ambition.

Lydia entraîna Paul et Nathan un peu à l'écart de la tablée, sous le vieux platane. Ils se demandaient ce que Lydia avait encore bien pu imaginer. Elle sortit de sa poche, trois petits papiers pliés et en confia un à chacun. Les deux hommes plissaient les yeux en les observant, ne se souvenant absolument pas de quoi il s'agissait. Lydia leur donna le top départ pour les ouvrir tous ensemble. Ils redécouvrirent alors les pronostics qu'ils avaient écrits dans l'avion, au sujet de leurs attentes par rapport au voyage. Ils lurent silencieusement leurs papiers respectifs, en prenant le temps de se replonger dans l'ambiance du décollage, puis ils relevèrent leurs yeux simultanément. La même lueur brillait dans leurs regards complices. Ils se rapprochèrent pour former un cercle en passant leurs bras par-dessus leurs épaules et restèrent ainsi durant de longues minutes, pour partager un sourire profondément sincère et se rappeler que le bonheur est contagieux.

REMERCIEMENTS

Tout d'abord, merci d'être encore ici à mes côtés. Cette histoire, je l'ai écrite pour la partager avec vous, chers lecteurs, pour qu'elle voyage entre vos mains. Je prends plaisir à vous imaginer la lire au cours d'une belle journée d'été, allongés sur une plage, ou encore un soir d'hiver blottis sous votre couette, pourquoi pas dans un avion en partance pour d'agréables vacances ou bien dans les transports en commun avant de rejoindre votre lieu de travail. Où que vous soyez, quelle que soit l'heure ou la saison, je vous adresse mon plus chaleureux Merci, c'est grâce à vous que je peux exister et me construire en tant qu'auteur.

Si vous en avez l'envie, je vous propose de prolonger durant quelques lignes, ce moment ensemble. Crampe à l'hippocampe est mon tout premier roman. Je l'ai débuté au cours d'une année sabbatique. La vie nous envoie parfois quelques épreuves et une fois qu'on les a traversées, l'essentiel nous apparaît alors comme une évidence. L'appel du changement résonnait de plus en plus fort en moi. Dans ces moments où l'on s'interroge beaucoup, on se demande si le chemin sur lequel nous marchons peut nous mener à ce bonheur tant recherché ou si l'on s'est égaré. Pour le savoir, je me suis envolée loin de mon quotidien. J'avais besoin de savourer un instant d'infinie liberté, de profiter d'un esprit reposé et libéré pour définir ce qui comptait vraiment, ce dont j'avais besoin pour trouver l'équilibre. Et c'est en Corse que j'ai posé mes valises, dans un chaleureux hameau de montagne. J'y ai fait de belles rencontres qui m'ont chargée en énergie positive. J'ai appris à vivre et à penser autrement. Loin du tumulte de la vie citadine, plongée dans un calme ressourçant et au cœur d'un cadre des plus inspirants, j'ai écrit cette aventure. Je n'étais pas destinée à l'écriture après une quinzaine d'années à travailler dans l'univers des chiffres et pourtant... J'espère vous avoir offert un moment d'évasion, transmis une palette d'émotions et vous avoir encouragé à chercher ou à continuer d'avancer sur le chemin de votre bonheur.

Dans cette démarche de changement de vie et dans l'écriture de mon premier roman, j'ai été soutenue par mes proches. Ils m'ont donné la force de continuer et il est évident que je ne pouvais pas finir sans les remercier.

À ma famille qui a tremblé pour moi lorsque j'ai pris de grandes décisions, en se demandant si elles étaient bonnes, mais qui a toujours été là pour veiller sur moi et m'apporter son inconditionnel amour.

Merci Maman pour ta force, ta fierté, ton amour, ton soutien. Je ne serais pas celle que je suis devenue sans toi. Tu me prénommais ma petite plume et ce surnom a pris tout son sens dans ma vie ces dernières années.

Merci à mon frère Ghislain et sa compagne Claire de m'inonder de votre amour. Ne vous arrêtez jamais d'être heureux !

Merci Papa et Catherine pour votre écoute, vos belles valeurs, vos encouragements qui me donnent des ailes.

Merci Papy et Mamie d'avoir été si présents dans ma vie, de m'avoir autant gâtée de toutes sortes d'attentions. Restez avec moi le plus longtemps possible !

À Jean-Claude, qui nous a quittés bien trop tôt mais dont le départ prématuré a amorcé mon changement de vie et m'a guidé vers son île qu'il m'a fait découvrir durant de nombreuses années.

À Armand et Adélie, à tous nos souvenirs d'enfance, sur lesquels nous nous sommes construits.

À ma famille Corse qui m'a accueillie et m'a accompagnée dans mes réflexions de nouveaux projets de vie, avec une pensée toute particulière pour Maéva, ma cousine, qui veille désormais sur nous tous depuis le ciel.

À mon compagnon, Charles, qui m'encourage et m'entoure de sa bienveillance chaque jour. Quel plaisir de me réveiller tous les matins avec ton si beau sourire.

À la famille Ch'ti de mon chéri, qui m'a chaleureusement accueillie et suit avec attention nos folles aventures.

À mes amies de toujours Biloute, Oriane, Marylise, nous avons partagé des bancs d'école, grandi ensemble, souvent ri, parfois pleuré. Chaque moment auprès de vous me ramène à l'essentiel et nourrit mon réservoir de bonheur.

À mes anciens collègues qui ont partagé avec moi de drôles d'anecdotes de bureau et d'enrichissantes années professionnelles, desquelles sont nés de forts liens d'amitié. Je pense en particulier à Tifenn, Saméra, Dimitri, Lala, Emile, Virginie.

À mes copains de la fac, je pense souvent à vous en regardant les photos de nos nombreuses soirées. Les corps prennent quelques kilos, sur nos visages de poupons se dessinent quelques marques de sagesse, les avis divergent parfois mais l'amitié perdure au fil de ces belles années.

À Sylvie qui m'a accompagnée dans ma démarche de développement personnel, m'a aidée à voir plus clair quand ma vie était remplie de troubles et m'a guidée vers un nouveau chemin.

À mes premières lectrices, Marie-Catherine, Aline, Lise, Pauline. Merci de m'avoir apporté votre œil extérieur et communiqué votre ressenti pour faire grandir mon récit.

À tous ceux qui m'ont encouragée dans l'écriture de ce roman. Vos mots et votre enthousiasme m'ont boostée. Aux personnes que j'ai croisées, avec qui j'ai échangé, qui m'ont inspirée, merci d'exister et de nourrir mon imaginaire.

Aux habitants du Hameau dans lequel je vis et qui font de ce lieu un endroit solidaire et convivial.

Merci à l'équipe de Librinova de permettre à de nouveaux auteurs d'avoir un espace où rencontrer nos lecteurs.

Et en attendant de nous retrouver prochainement, prenez bien soin de vous.